dtv

Beobachtungen des monarchistischen Terroristen und Duckwitz-Biographen Joseph von Westphalen, in denen er sich bezüglich Frühstücksbüffets, rufender Berge und anrufender Talkshow-Moderatoren als Totalverweigerer darstellt, Durchhalteparolen für Hausbesitzer in der Toskana ausgibt und die Maggiflasche unter Denkmalschutz stellt. Dazwischen Reflexionen zur Nützlichkeit der deutschen Fahne als Klopapier nebst der berechtigten Frage, ob ein Soldat am Waldrand eine größere Zierde als eine Mülltüte sei. Als Dreingabe eine Führung durch München als Hauptstadt der Reaktion, ein Generalabwasch mit dem Persilweiß und noch so manch andere Perle aus dem bundesdeutschen Alltag. »Der charmante Stänkerer Joseph von Westphalen ... läuft bekanntlich gerade in der kleinen Betrachtung zur großen Form auf. Sein Terrain ist die satirisch verminte Miniatur, das sarkastische Essay, die respektlose Glosse und das ›federleichte Feuilleton‹.« (Michael Becker, ›Nürnberger Nachrichten‹) – »Joseph-von-Westphalen-Bücher kann man immer lesen. Wenn man sich mal wieder ärgert, kann man sich vom Autor trösten lassen, der sich auch mal wieder witzig in einem Text ärgert oder ein Ereignis bitterböse-genial kommentiert wie in ›Die Geschäfte der Liebe‹.« (Madame)

Joseph von Westphalen, geboren 1945 in Schwandorf, studierte Germanistik und Kunstgeschichte und lebt heute als freier Schriftsteller und Journalist in München.

Joseph von Westphalen

Die Geschäfte der Liebe

Deutscher Taschenbuch Verlag

Originalausgabe
Juni 1995
2. Auflage August 1999

Umschlagkonzept: Balk & Brumshagen
Umschlagbild: ›Der Tanz‹ (1868) von Jean-Baptiste Carpeaux
Gesamtherstellung: C. H. Beck'sche Buchdruckerei,
Nördlingen
Gedruckt auf säurefreiem, chlorfrei gebleichtem Papier
Printed in Germany · ISBN 3-423-12665-5

Inhalt

Die Berge helfen der Liebe so wenig wie das Meer.

Anstelle einer niedlich hingehauchten Widmung hier ein paar der tausend Zeilen, die ich gern geschrieben hätte:

Weg, du Traum, so gold du bist. – Fetter grüne, du Laub, das Rebengeländer, hier mein Fenster herauf. *Goethe*

Ward ich närrisch durch die Liebe? Oder ist die Liebe selber nur die Folge meiner Narrheit? *Heine*

Ach! Wir kennen uns wenig. *Hölderlin*

Weißt du ich will mich schleichen leise aus lautem Kreis. *Rilke*

Flüchtlingsfreuden

oder Die Geheimnisse der Toskana

Wo fahrt ihr hin? Wo seid ihr gewesen? – Die Frage nach dem Urlaubsziel ist ein fester Bestandteil der Wohlstandskonversation. Dabei sind die Zeiten des Prahlens längst vorbei. Eher entschuldigt man sich. Denn genügend Geld und Reisefreiheit schaffen ihre eigenen, grotesken Gesetze. Während die drangsalierten Bewohner ärmerer Länder zum Verreisen wenn schon kein Visum mehr, so doch dringend Devisen benötigen, muß sich der Wohlstandsurlauber um eine Entschuldigung kümmern.

Eine Reise nach Mallorca zum Beispiel wird fast nur noch entschuldigend mitgeteilt. Denn trotz einstiger Anwesenheit von George Sand und Chopin haben die überwinternden Rentner der hübschen Insel ein Neckermann-Image verliehen, von dem man sich fernhalten möchte. Auch Österreich hat als das Lieblingsurlaubsland des Bundeskanzlers den Makel deutscher Spießigkeit erhalten. Eine Fahrt in die Vereinigten Staaten ist zuwenig antiamerikanisch, eine Indienreise sieht nach lachhafter Erleuchtungssuche aus, und eine Visite in Ceylon könnte einen in den Verdacht bringen, wild auf käuflichen Sex zu sein. Klarstellungen sind erforderlich.

Auch von einem Aufenthalt in der Toskana wird heute selten unbeschwert berichtet. Wer aus der Toskana kommt oder dorthin entfleuchen will, gesteht dies dem Fragesteller vorsichtshalber selbstironisch und mit einem Anflug von Verlegenheit. Einst wurde er beneidet, nun fühlt er sich von schiefen Blicken verfolgt. Denn ob er will oder nicht, reiht er sich ein in die Gruppe jener alternativ angehauchten, Beziehungsprobleme diskutierenden, oft freischaffenden, oft künstlerisch tätigen, zumindest kunstsinnigen, meist linksliberalen, den Tourismus panisch fliehenden, ökobewußten, nicht schlecht verdienenden Personen, die seit Anfang der achtziger Jahre mit mildem Spott gern als »Toskanadeutsche« bezeichnet werden. Dabei hat er sich doch als Individuum gefühlt. Nicht zuletzt deshalb hat er immer Zuflucht in der Toskana gesucht. Nun ist er zum Repräsentanten eines Typus geworden. Das macht ihm zu schaffen.

Bis in die sechziger Jahre gab es nur eine, ziemlich homogene Sorte von deutschen Italienurlaubern. Die meisten bevorzugten die Adria. Wer es nicht ganz so teutonisch, angeblich etwas feiner und teurer haben wollte, ließ seinen Leib an der Riviera braten. Verdrängungseuphorie und Wirtschaftswunder der Nachkriegszeit, auch die Brenner- oder St.-Gotthard-Plakette an der Windschutzscheibe, mit der man für das Überwinden der Alpen belohnt wurde, hatten die deutschen Touristen aller Schichten jahrelang vereint. Erst allmählich keimte bei einigen der Verdacht, daß Italien nicht nur aus Küste bestehen könne, daß Wasser, Sand und Sonne nebst Pizzabuden und Eisdielen nicht das endgültige Urlaubsglück auf Erden bedeuten konnten. Aufgeschlosseneren Reisenden fiel bei Abstechern ins Landesinnere auf, daß Städte wie Florenz, Arezzo oder Siena und deren Umgebung geradezu paradiesisch wirkten gegen Jesolo oder Rimini mit ihren brettflachen Stränden und dem halbnackten Menschengetümmel darauf.

Wer Stilgefühl besaß, mußte sich fragen, ob es nicht vernünftiger wäre, auf das Baden im Meer zu verzichten und sich hier im Inland zu erholen, ohne das nach Sonnenöl stinkende, rammdösig machende Strandleben. Hier in der Toskana zirpten die Grillen, hier war nicht unentwegt das Deutsch der Landsleute zu hören und das der Ober und Eisverkäufer, das so beschämend viel besser war als das eigene Italienisch; hier wurde man nicht von heißen Würsteln belästigt, nicht vom Anblick feuerroter Rücken und Bäuche. Hier mußte man italienisch reden, wenn man verstanden werden wollte.

Nichts verstellte den Blick. Die Hügel waren nicht zu flach, nicht zu steil, man fühlte sich geborgen, aber nicht beengt, hier könnte man heimisch werden. Ideale Proportionen, die in jedem empfindsamen Betrachter ein Wohlgefühl auslösen mußten. Die Perspektiven so übersichtlich, so klassisch, so schlicht, daß wenige Bleistiftlinien oder hingetuschte Pinselstriche genügen würden, um das Wesen dieser Gegend sichtbar zu machen. Die Pinie auf dem Hügel, ein paar silbrige Olivenbäume und dann die Zypressen als unverkennbarer Akzent. Hier war nichts verbaut mit Betonhotels. Stellenweise war es so kahl und fast wüstenhaft, daß Anpflanzungen und Gebäude wie Oasen erschienen. Der genialste Landschaftsarchitekt hätte die Bauernhäuser nicht harmonischer in die Landschaft fügen können: als warteten sie darauf, gemalt, gezeichnet, fotografiert zu werden. Jedes noch so einfache Haus lag da wie eine herrschaftliche Villa. Zwei simple Loggia-Bögen und ein paar steile Zypressen säumten die Zufahrt, so gaben sich die Gebäude ein würdiges und kultiviertes Ansehen. Nicht nur die Weite der Landschaft, auch das Innere der Häuser hatte vernünftige Ausmaße, selbst dem unbegüterten Bauern, fand der weiße Mann aus dem Norden berauscht, würde hier wenigstens niemals die Decke auf den Kopf fallen; großzügig die Räume und der Kamin noch des ärmlichsten Hauses ausladend wie der in einem fürstlichen Schloß. Hier verstand man zu leben.

Nachdem die Reize der Toskana von den Fremden entdeckt worden waren, begann das Zeitalter der Kolonialisierung. Die in die Landschaft verliebten Nordländer suchten nach einer Behausung in einer Region, die als untouristische außerhalb der Städte kaum Hotels oder gar Zeltplätze zu bieten hatte. Es kam zu einer Symbiose: Toskanische Bauern oder deren Erben begannen, leerstehende und verfallene Häuser an Ausländer zu verkaufen. Das Geschäft blüht noch heute, nur die Preise haben sich verändert. Anfang der siebziger Jahre kostete ein halbverfallenes Haus schon dreißigtausend Mark. Wenige Jahre vorher hat ein Toskana-Pionier für ein besser in Schuß befindliches und noch schöner gelegenes Haus sechstausend bezahlt. Er legt die Stirn in kulturpessimistische Falten: Ein Paradies sei es nun nicht mehr, sagt er. Ein Paradies hat nämlich nicht nur schön, sondern auch billig zu sein. Und vor allem nicht überlaufen. Anfang der achtziger Jahre ist der Preis für ein ähnliches Haus bereits auf hundertfünfzigtausend gestiegen, und man schwärmt von der Zeit, wo es noch fünfzigtausend gekostet hatte. Unbezahlbar, heißt es wehmütig. Bezahlt wird wie eh und je.

Zum Glück verhalten sich die Toskanadeutschen nicht sonderlich deutsch. Sie haben in der Regel Taktgefühl, Geschmack und Bildung. Sie grölen nicht laut, liegen nicht fett in der Sonne, stellen sich keine Gartenzwerge vors Haus und kochen kein Sauerkraut. Sie sind hier, um sich von den deutschen Lastern auszuruhen. Sie genießen den italienischen Lebensstil, lieben die Handwerker, die freundlicher, billiger, genialer und unaufwendiger die Renovierungsarbeiten durchführen als die Halsabschneider nördlich der Alpen. Im übrigen unterscheiden sich die Toskanadeutschen nicht wesentlich von den auch in der Toskana hausenden Engländern und Amerikanern. Wie bei diesen ist der Bildungsstand über dem Durchschnitt. Viele Akademiker. Bücher und Schreibmaschinen in den Häusern; Aquarellkästen und Zeichenblocks auf den tiefen Fensterbrettern. In der Toskana macht man nicht Urlaub wie ein gewöhnlicher Werktätiger. Hier macht man Ferien.

Findig waren nicht nur die Ausländer aus dem Norden, die sich einst preiswert toskanischen Grund und Hausbesitz aneigneten, findig waren und sind auch die italienischen Hausbesitzer und Makler. Überall in der Toskana kann man zu Ferienhäusern ausgebaute Höfe mieten, »in herrlicher Lage«, wie es meist tönend, doch durchaus zutreffend heißt. Villen, Schlösser, Weingüter, Bauernhäuser in verfallenem, heruntergekommenem, in renoviertem oder gar »liebevoll renoviertem« Zustand – alles ist kaufbar und mietbar; Swimmingpools sind keine Seltenheit mehr, auf daß das Planschen im fernen Meer von den Touristen, die partout keine sein wollen, nicht mehr so schmerzlich vermißt werde. 1972 betrug die Monatsmiete für ein Ferienhaus noch zweihundert Mark. Gute zehn Jahre später hatte sich die Nachfrage aus dem groß gewordenen Kreis der Toskanaliebhaber so verstärkt, daß für dasselbe Haus unbezahlbare achthundert Mark in der Woche bezahlt werden.

Auch das Schöne kann, wenn es Pech hat, zur Mode werden. So hatte es nicht ausbleiben können, daß die Reize der Toskana immer mehr Deutsche, Engländer, Amerikaner anzogen. Eine bittere Tatsache für die frühen Toskanapioniere. Sie waren keine Einsiedler, aber sie wollten ihre Ferien unbehelligt von ihren Landsleuten und anderen Touristen verleben. Längst parlieren sie italienisch, sogar der weiche toskanische Dialekt geht ihnen einigermaßen gekonnt von den Lippen. Nun trifft man beim morgendlichen Einkauf zunehmend Landsleute, die deutsch mit einem reden und einen daran erinnern, daß man kein Italiener ist, obwohl man doch nur noch toskanisch kocht.

In jedem Jahr hat ein weiteres, vorher noch leerstehendes Haus frisch gezimmerte Fenster- und Türstöcke bekommen, ein untrügliches Zeichen, daß hier ein kunstsinniger Zahnarzt, ein sparsamer Lehrer, ein investitionsfreudiger Anwalt oder ein mittelmäßiger Maler aus Deutschland zugegriffen hat, vielleicht auch ein englischer Schauspieler oder ein gescheiterter amerikanischer Schriftsteller oder Archäologieprofessor. Vielleicht hätte man seinerzeit in den siebziger Jahren doch nicht so laut von der schönen Toskana herumschwärmen sollen, denkt sich der Pionier und schaut von der schattigen Loggia aus mit verhaltenem Mißtrauen zu einem hundert Meter entfernten Nachbarhaus, das er nicht rechtzeitig dazugekauft hat, wo gerade ein Lyriker aus Berlin aus- und ein Lehrerehepaar aus Nürnberg einzieht. Obwohl die ja eigentlich alle ganz nett sind. Schreckliche Menschen verirren sich nie hierher. Oder ist die Toskana so schön, so ideal, so sanft, so herb, so harmonisch abgestimmt, daß sie die Menschen sanfter werden läßt? Auch das ist nicht auszuschließen, denkt der Pionier und überlegt sich, ob er das Lehrerehepaar aus Nürnberg heute abend zum Essen einladen soll.

Sie werden sich natürlich über den Wandel der Toskana unterhalten. Ein unerschöpfliches Gesprächsthema für Toskanafreunde. Die Exklusivität ist hin, wird es heißen. Aber die Toskana war doch nie exklusiv, wird geantwortet werden. Es habe Versuche gegeben, sie exklusiv erscheinen zu lassen, indem man sie mit »c« statt mit »k« schrieb. Lächerlich. Toscana. Ist zwar original italienisch, aber irgendwie anmaßend, wenn es ein Deutscher so schreibt, findet der Pionier. Exklusiv? Die Exklusivität bestehe allenfalls darin, daß man hier eben nicht exklusiv war, wie!? – Trink nicht soviel Chianti, sagt die Frau des Pioniers, du wirst schon wieder paradox; und der korrigiert: Man lebt hier immer noch relativ unbeleckt vom Strom des Tourismus, aber eben nicht abgeschlossen. Das Paradies ist offen und insofern nicht exklusiv. Es ist herrlich, aber nicht protzig, ländlich, aber nicht rustikal, kostbar, aber nicht teuer, schön, aber nicht schick, schlicht, aber nicht erlesen. Er stöhnt: Obwohl es in den letzten Jahren voller und teurer geworden ist – und natürlich auch etwas schick. Das ist es ja. Deswegen dieser Rechtfertigungszwang. Aber schön ist es immer noch. Das Paradies ist nicht verloren. Aus dem Refugium wurde eine Kolonie. Aber es gibt kein Kolonialgehabe. Und als Bonbon für jeden altlinken Toskanadeutschen, sagt der Pionier, nun schon ganz blau, gebe es hier trotz weltweiten Zerfalls des Sozialismus noch immer jede Menge kommunistische Bürgermeister.

Am Ende der achtziger und zu Beginn der neunziger

Jahre sieht es so aus, als ebbe die Toskanamode allmählich ab. Eine Zeitlang gab es Regale, Fahrräder und Wandfarben auf dem bundesdeutschen Markt, die sich »Toskana« nannten und so Erlesenheit zu suggerieren suchten. Ein untrügliches Zeichen für die fast kultische Beliebtheit der italienischen Provinz. Das ist vorbei. Und die fanatischen Alternativen, die noch 1985 in der Toskana deutsches Körnerbrot buken und biologischen Anbau predigten, praktizieren jetzt entweder ohne Gedöns diesen Anbau, oder sie sind verschwunden. Sie predigen nicht mehr. Einige, die hier nicht Fuß fassen konnten, sind ins benachbarte Umbrien gezogen, wo die Bauernhäuser weniger feudal in der Landschaft plaziert sind, wo es billiger ist und es sich ökologisch rentabler wirtschaften läßt. Umbrien ist im Vergleich zur Toskana das, was früher die Adria im Vergleich zur Riviera war.

Die Toskana war immer eine Alternative zu den touristischen Massenzielen. Folgerichtig wirkte sie anziehend für alle alternativen Moden. Wurden in den siebziger Jahren um Siena und Florenz herum in der Tradition einer alten Kunstlandschaft meist Sprach- und Malkurse angeboten, so machten in den achtziger Jahren zunehmend Psychoseminare von sich reden. Die zivilisationsgeplagte Seele sollte bei einem »Therapie-Workshop in der Toskana« kuriert werden. Von der Atmosphäre alter toskanischer Bauernhäuser und von der gemeinsamen Trauben- oder Olivenernte am letzten Kurswochenende versprach man sich besondere Heilkraft. Ungeniert und mit wenig Sinn für die eigene Komik wurde bodenständig für toskanisches Kochen, Backen, Singen und Theaterspielen geworben, aber auch für exotische und esoterische Projekte. Es konnte nicht ausbleiben, daß Psychotrainer mit einem Riecher für die Lücken im Modemarkt neben dem Töpfern auch das Tanzen und Trommeln in der Toskana zur Festigung der Identität anpriesen. Je kreativer, um so besser.

Alteingesessene Toskanadeutsche waren entsetzt. Persönlichkeitsentfaltung in Ehren, aber wenn sich ganze Gruppen von bauchtanzenden und trommelnden Deutschen enthemmt in der toskanischen Landschaft tummeln würden, wäre es hier endgültig nicht mehr auszuhalten. Zu den befürchteten Störungen kam es jedoch nicht. Es wurden keine selig lallenden Nordländer gesichtet, die sich selbst suchend oder gerade findend Zypressenalleen abschritten oder über die Hügel hopsten. Entweder fanden die Gruppen den erhofften Zulauf nicht, oder die Selbstsuche fand diskret im Inneren der Häuser statt.

Zu Beginn der neunziger Jahre sind die albernsten Angebote aus den toskanischen Kursprogrammen verschwunden, als hätten die Esoteriker gespürt, daß ihr therapeutisches Herumgetue nicht in eine Gegend paßt, die heute noch aussieht wie im vierzehnten Jahrhundert, von Lorenzetti gemalt. Nach den Inseraten der alternativen Reisepresse zu urteilen, fand eine Abwanderung der überdrehten Seelenarbeiter nach Ägypten und auf die Kanarischen Inseln statt, wo nun die Töpferscheibe gedreht, der Bauch geschwungen und die Trommel geschlagen wird.

Die Ärzte und Zahnärzte, Staats- und Rechtsanwälte, Autoren und Lektoren, Maler, Galeristen und rötlichgrünliche Bundestagsabgeordnete atmen auf: Der Toskanaboom ist vorbei, ohne daß nennenswerte Zerstörungen stattgefunden hätten. Auch was die unvermeidliche Verwüstung der Landschaft durch das fortschreitende Leben betrifft, scheint die Toskana privilegiert zu sein; während die meisten Gegenden, denen der Titel »Ferienparadies« verliehen wurde, in wenigen Jahren auf den Hund kamen, hat die Toskana trotz einiger Einbußen ihren Charakter behalten können. Keine Hotelbauten ruinieren den Ausblick in die Landschaft. Es gibt nur weniger leere alte Häuser und ein paar neue mehr, das ist alles. Gut, daß man nicht auf dem Höhepunkt der Toskanamode die Nerven verlor, sich nicht, beleidigt vom Zustrom der

Unwürdigen, vertreiben ließ, um sich in der weniger heimgesuchten Provence einzumieten oder einzukaufen. Wäre schön blöd gewesen, jetzt, wo man die Seele von Arturo kennt, der in der Abwesenheit der milden Kolonialisten nach dem Rechten sieht.

Das Erlösende an den Moden ist ihr Verschwinden. Noch gelten Ferien und Haus in der Toskana ein bißchen als schick, aber schon wird der Schick immer verzeihlicher, und bald wird keiner mehr naseweis grinsen und einen deswegen für einen liberalen Zahnarzt halten, der aus Platzmangel und Nostalgie den altlinken Teil seiner Bibliothek in sein Haus bei Poggibonsi oder Colle Val d'Elsa auslagerte. Dann wird wieder alles wie früher sein. Fast etwas zu einsam. Man wird nicht jünger. Man hat ganz gern Gesellschaft.

Eine neue Flasche Chianti classico wird entkorkt, der offene, nur mit einem Schuß Olivenöl verschlossene Wein vom dienstbaren Arturo ist doch nicht das Wahre. In der Küche wird Salat gemacht. Es riecht nach Basilikum. Es ist, wie es immer war. Es ist schön. Es ist gut, wieder hier zu sein. Der Spuk der Toskanamode ist vorbei.

Gut, in den letzten Jahren sind eine Menge unschöner neuer Häuser entstanden, aber erstens sind diese immer noch weniger auffallend häßlich als in Deutschland, und dann ist es auch ein Trost, daß diese Flecken der Schande von zu Geld gekommenen Einheimischen an die Ränder der Ortschaften gesetzt wurden und nicht von den sonst so barbarischen Deutschen.

Man hat sich nicht vertreiben lassen. Wir sind schon verdammt deutsch, sagt einer. Wie unsere Politiker sind auch wir Meister im Aussitzen. Die Toskana aussitzen. Wir haben die Toskana erfolgreich ausgesessen. Alles lacht. Umberto und Agosta aus Siena sind zu Gast. Sie verstehen nicht. Sie wollen wissen, warum gelacht wird. Aber keinem fällt das italienische Wort für »aussitzen« ein. Das gibt es hier nicht.

Im Namen der Rose

1. Fußnote zum Denkmalschutz

Todesstrafe, sagt der Mann mit dem gemütlichen Schnauzbart. Es hilft nichts, wenn wir lange drumherumlamentieren, sagt er, so kommen wir keinen Schritt weiter. Todesstrafe, aber nicht nur für die Vollstrecker der Schandtaten, sondern auch für die Wegbereiter. Es geht nicht mehr ohne Radikalismus. Das Übel muß an der Wurzel gepackt werden.

Es ist schon nach ein Uhr nachts beziehungsweise morgens. Ort des Geschehens ist das Hinterzimmer einer angenehm unherausgeputzten Kneipe in Köln, Berlin, Frankfurt oder München. Es handelt sich nicht um eine Versammlung von Republikanern. Hier tagt zur späten Stunde eine Bürgerinitiative. »Rettet die Rose!« steht auf den Informationspapieren, die achtlos und fleckig auf dem Tisch verstreut liegen.

»Zur Rose« heißt das Lokal, in dem man sich befindet. Das Haus ist vom Abriß bedroht. Beste Wohngegend, belebt aber ruhig, mit Altbauten nicht mehr reich gesegnet. Alles im Lauf der letzten zehn, zwanzig Jahre klammheimlich weggeputzt und mit Neubauten aufgefüllt. Ein Grund mehr, die »Rose« zu retten. Vorhin wußte, wie peinlich, keiner der überaus engagierten Anwesenden das Baujahr des Hauses. 1908 oder 1912 oder vielleicht auch 1899? Der Kunsthistoriker, den man zur Verstärkung eingeladen hatte, ist nicht gekommen. Wozu auch, wird er sich gesagt haben, der Besitzer hat doch die Abbruchgenehmigung so gut wie in der Tasche. Ein anderer Kunsthistoriker war skrupellos oder korrupt oder bezahlbar oder fachidiotisch genug, diesem tatsächlich nicht sonderlich denkmalschutzwürdigen Haus die Denkmalschutzwürdigkeit abzusprechen. Einer von der

Initiative hatte ihn vor wenigen Tagen flehentlich angerufen und zu hören gekriegt: Ich kann mir meinen Ruf auch nicht versauen, bloß weil ihr eure Kneipe behalten wollt! Als er das der Versammlung mitgeteilt hat, ist dem Mann mit dem Schnauzbart der Kragen geplatzt: Todesstrafe – und zwar nicht nur für die Architekten geschmacksverletzender und sittenwidriger Bauten, nein, auch im Vorfeld müssen Exempel statuiert werden. Todesstrafe auch für den Abriß alter Häuser, egal wie verfault die Bausubstanz, die Fäulnis sei ohnehin nichts als eine Gutachterbehauptung. Erweiterung des Baurechts: Du sollst nicht einreißen, was Deine Väter gebaut haben. Wer den Abriß von Altbauten anordnet, genehmigt, fördert oder durchführt, sei es als Verwaltungsbeamter, Baulöwe oder Spekulant, kann mit dem Tod bestraft werden. Jeder Baggerführer, jeder Kunsthistoriker, jeder Statiker macht sich der Mittäterschaft schuldig. Gefängnis nicht unter fünf Jahren. Mal sehn, ob die Dinge so nicht zu retten sind!

Zwei SPD-Bezirksverordnete erheben sich, kaum war der Ruf nach der Todesstrafe laut geworden. Wo sind wir denn hier, entrüsten sie sich und verlassen das Lokal, auch sichtlich froh darüber, der unergiebigen Sitzung endlich zu entkommen.

Auch ein Lokaljournalist der linksliberalen Boulevardzeitung ist anwesend. Er deutet auf den Todesstrafenmann und fragt den Gründer der Initiative: Was ist denn das für ein Irrer? Der Irre ist angeblich Trompeter im philharmonischen Orchester. Bisher nicht unangenehm aufgefallen. Mit dem Schnauzbart kann der doch nie Trompete spielen! Dann wird er wohl Bratschist sein. Dem Gründer der Initiative, ein Physikdozent mit ausgestellten Hosenbeinen, ist die Sache peinlich. Nicht, daß da übermorgen was in der Zeitung steht. Bürgerinitiative von Rechtsradikalen unterwandert. Daher sagt er vorsichtshalber zum Bratschisten: Ich glaube, es ist besser, Sie gehen jetzt. Und dann noch eins drauf: Auf Leute wie

Sie können wir verzichten. – Damit hat er sich abgegrenzt. Selbst in diesem winzigen Kreis muß man taktieren.

Der mutmaßliche Bratschist mit dem gemütlichen Schnauzbart winkt ab und steht auf. Er ist zu müde und zu besoffen, um sich näher zu erklären. Er sucht seinen Mantel, dann findet er das linke Ärmelloch nicht. Klar, Todesstrafe, murmelt er vor sich hin. Als er die Hand endlich durch den Ärmel geschoben hat: Begnadigen kann man die Leute immer noch.

Jetzt ist er weg, der Extremist. Die Sache ist wieder im Lot und entsprechend lahm, es wird Rückblick gehalten und gejammert. Nachdem hier vor Jahren der letzte reaktionäre Wirt mit seinen Stalingrad-Gästen wegen Mangel an Nachwuchs kapitulieren mußte, hatten erst ein Spanier und dann ein Grieche das Lokal übernommen. Seitdem, so lautet einhellig der Befund, war die »Rose« ein Ort der demokratischen Idylle: Seitdem treffen sich hier der faule Fahrradhändler und der antiökologische Gemüsemann, der liberale Richter, der konservative Gynäkologe, der versoffene Sozialfall, der linke Anwalt und die freie Architektin, der flinke Internist, die Zeichenlehrerin mit den Wuschelhaaren und der schlechte Schriftsteller, der Physikdozent und der rätselhafte Bratschenspieler. Die meisten sind heute anwesend.

Wir sind hier versammelt wie in einer Arche, sagt der schlechte Schriftsteller, das Milieu darf nicht sterben.

Das geht dem linken Anwalt zu weit, das findet er kitschig. Er erinnert den schlechten Schriftsteller daran, daß sie sich keineswegs regelmäßig hier treffen würden. Wann ging man denn schon mal hierher!? Einmal im Jahr vielleicht. Die Kleider stanken zwei Tage lang, und das Essen war regelmäßig versalzen. Heute übrigens auch wieder. Erst jetzt im Untergang erscheine das Lokal als Idylle. Zu retten sei sowieso nichts. Es gehe nur darum, dem ungenierten Vorgehen der Baulöwen nicht widerstandslos das Feld zu überlassen. Oder wie siehst du das, Kurt, fragt er seinen Tischnachbarn. Kurt, der liberale Richter, sieht das auch so. Es ist aussichtslos, aber man muß sich wehren. Man muß sich wieder mal engagieren. Wie früher.

Zum Glück ist der Hausbesitzer kein reicher Jude, wie ein paar Straßen weiter, wo eine nachgemachte Feudalvilla das dritte Jahr leersteht, weil die Baufirma nicht mit dem gewünschten schlohweißen Spezialmarmor das Treppenhaus verkleidet hat und die Schadenersatzansprüche des Bauherrn in jedem Fall höher sind als der Gewinn durch Miete oder Verkauf. Um diese Problematik kommt man herum. Sonst sähe die Sache anders aus. Der Besitzer ist ein alteingesessener Großganove, Bau- und Brauereilöwe in einem. Natürlich Duzfreund des verblaßten beziehungsweise vermoderten, wenn nicht gar schon skelettierten Franz Josef Strauß gewesen. Also Schwerverbrecher. Dick drin in der Mafia. Keine Rücksicht ist nötig. Der Journalist von der linksliberalen Boulevardzeitung ist vor allem deswegen hier, weil er eine Möglichkeit sieht, den ehemaligen Strauß-Freund wieder einmal als Existenzvernichter kleiner Leute und als unmäßigen Jagdhüttenbesitzer darstellen zu können.

Leider, leider ist ja die alte Dame aus dem zweiten Stock umgefallen. Vorhin, während des offizielleren Teils der Versammlung war sie heruntergekommen. Ihr Zehnjahresmietvertrag war die letzte Hoffnung, die Abrißpläne zu vereiteln. Und was tut die Alte: Sie denkt nicht daran, ihre kostbare Trumpfkarte im Dienste der Sache auszuspielen. Man hat ihr einen Platz in einem Altersheim angeboten. Da werde sie sich geborgener fühlen, sagt sie. Die Wohnung hier sei ihr ohnehin zu groß und zu unbequem gewesen. Nein, man habe sie nicht bestochen. Sie ziehe gern aus. Es war ihr alles zuviel. Die Brauerei zahlt ihr den Umzug. Und daß das Haus, in dem sie seit 40 Jahren lebt, abgerissen werden soll, das stört sie nicht? Nein. Sie hatte milde gelächelt. Ein Jeder und ein Jedes muß einmal gehen, hatte sie gesagt und war wieder nach oben gehumpelt. Auch der griechische Kneipenwirt läßt Schmerz und Trauer vermissen. Auch er lächelt so komisch. Das kann doch nicht sein, denkt der schlechte Schriftsteller, wir leiden, wir kämpfen, weil wir einen gelegentlichen Zufluchtsort verlieren – und dieser Mensch verliert sein Lokal, und es macht ihm nichts aus. Was soll's, hatte er wohlgelaunt gesagt, dann macht er eben woanders eine Kneipe auf. Alt- oder Neubau, das ist ihm egal. Oder er geht zurück nach Griechenland. Er ist nicht empört. Er nimmt es hin. Er macht das beste draus. Auch dem faulen Fahrradhändler ist es scheinbar einerlei, wenn Haus und Kneipe hier wegkommen. Er steht wie immer am Tresen. Als der Physiklehrer ihn vorhin höflich fragte, ob er als alter Stammgast nicht bei dem Rettungsversuch der »Rose« mitmachen wolle, hat er nur den Kopf geschüttelt. Kein Wunder, daß alles kaputt geht, wenn alle so gleichgültig sind, sagt die Zeichenlehrerin mit den Wuschelhaaren, gähnt und will gehen, wird aber vom linken Anwalt zurückgehalten.

Auf einmal ist es halb drei, einige sind schon aufgebrochen, auch der griechische Wirt. Er hat dem Physikdozenten den Schlüssel ausgehändigt und erklärt, wie man absperrt, und wo der Retsina steht. So eine Kneipe wird es nie wieder geben, klagt der schlechte Schriftsteller.

Die freie Architektin soll dem unerbittlich nüchternen liberalen Richter um diese Uhrzeit noch erklären, wie dick eine Wärmedämmung sein muß; dabei will sie nur wissen, wo die Zeichenlehrerin mit den Wuschelhaaren ihren langen grauen Wollrock gekauft hat. Der schlechte Schriftsteller bezeichnet den Rock als Beleidigung der Erotik und fordert die Todesstrafe für Modeschöpfer, insbesondere für die Erfinder solcher Wollröcke. Dann wundert er sich, daß die freie Architektin diese modischen fußlosen Strumpfhosen oder Strümpfe trägt. »Leggings« heißen die, belehrt ihn die freie Architektin, und der schlechte Schriftsteller sagt, er wisse nicht, ob er sich von jemandem, der solche Beinkleider trage, ein Haus bauen lassen würde.

Der flinke Internist war schon den ganzen Abend ziemlich still. Er hat seinen Nachtdienst wegen dieser dilettantischen Veranstaltung auf das Wochenende verlegt. Jeden Morgen geht er an der »Rose« vorbei. Er stellt sich vor, wie langweilig die Straße ohne das vertraute, ockerfarbene Haus aussehen wird. Einen Kotzkasten mit Tiefgaragen werden sie stattdessen hinstellen. Im Winter werden völlig unverschneite Autos mit irgendwelchen uninteressanten Menschen darin heulend aus der unterirdischen Etage herauskriechen. Zwei Ecken weiter hat sich der flinke Internist vor einigen Jahren ein hübsches altes Haus gekauft. Da fehlt nichts. Aber auch der Weg zum Bus gehört zur Lebensqualität. Und die Lebensqualität wird sinken, wenn die gute alte »Rose« nicht mehr steht. Diese Schweine. Über Anziehsachen können sich die Weiber mit dem blöden Schriftsteller auch ein anderes Mal unterhalten. Alle Architekten sind potentielle Mörder, sagt der flinke Internist.

Schon recht, sagt die freie Architektin, als Frau fühle sie sich nicht angesprochen, und für ihre männlichen Kollegen werde sie sicher keine Klage wegen Beleidigung und Kränkung der Berufsehre einreichen.

Im Ernst, sagt der Internist, nehmt es doch mal ernst: Ohne Architekten hätte es keine KZs gegeben, oder? Und was sind das für Leute, die heute Stammheim bauen oder um- und ausbauen oder Munitionsfabriken oder Chemiewaffen-Depots. Man weiß doch, was man da baut. Und das muß man doch wohl nicht, oder? Nicht bei uns im freien Westen. Weiß man doch, daß das keine Kindergärten sind, die man lässig aufs Reißbrett wirft, oder? Für die Endfertigung von Sprengköpfen braucht man Gebäude, wie auch zum Ausprobieren von Hartmantelgeschossen. Wie dringen die in das Weichziel Mensch ein? Das kann man versuchshalber mit einem Schweinskopf simulieren. Aber man kann das nicht auf einer Wiese tun. Wie sähe das aus. Der Unmut der Öffentlichkeit stört die staatlich verordneten Untaten erheblich. Die können auf Dauer nur in abgeschlossenen Bauwerken durchgeführt werden. Bauwerke brauchen Architekten. Architektur verbirgt also Verbrechen. Der Architekt ist ein Mithelfer. Er macht die Verbrechen unsichtbar, weil er sie mit Mauern und Dächern umgibt.

Flink, leise und eindringlich hat der Internist gesprochen. Bitte, bitte, sagt der Physikdozent mit den ausgestellten Hosenbeinen. Er findet es unfair, zu so später Stunde mit derart massiven Vorwürfen daherzukommen. Etwas unmotiviert auch. Solche pazifistischen Allgemeinplätze tragen wenig zum Erhalt der »Rose« bei, denkt er, und der schlechte Schriftsteller fragt sich, wieso man dem Physikdozenten die doch unter dem Tisch versteckten ausgestellten Hosenbeine am Gesicht ansieht, und ob dieser verheerende Schnitt bis Mitte oder Ende der 70er Jahre modern war.

In seiner Funktion als Gründer und Organisator dieser unorganisierten Initiative versucht der Physikdozent mit den ausgestellten Hosen von der aufgeworfenen Fundamentalkritik am Wesen der Architektur abzulenken: Dies sei vermutlich der einzige Kneipentisch Deutschlands, an dem heute noch nicht über den DDR-Flüchtlingsstrom geredet worden sei. Gottseidank, sagen die freie Architektin, die Zeichenlehrerin mit dem Wuschelkopf und der linke Anwalt im Chor.

Es ist Herbst 1989. Noch schreibt man nicht den 9. November, die Berliner Mauer und die Grenze der DDR sind noch nicht durchlässig, täglich kommen Tausende von DDR-Bürgern über Prag, Budapest und Warschau in die Bundesrepublik. Fantastisch, sagt der konservative Gynäkologe und macht ein Gesicht wie eine Turteltaube. Entsetzlich, sagt der linke Anwalt und verwünscht sich, weil er das Rauchen aufgegeben hat. Jetzt könne er es nicht mehr hören und sehen und lesen, sagt er: Täglich predigten die Leitartikel der großen Zeitungen triumphierend oder mit stiller Genugtuung den Tod des Sozialismus, täglich versuchten Dutzende von Altlinken, rechtzeitig auf den Zug der Zeit zu springen und täten plötzlich so, als hätten sie den Sozialismus schon immer für eine Schnapsidee gehalten. Und du, was sagst du dazu, fragt Kurt, der liberale Richter dazwischen. Der linke Anwalt hat sich eine pfiffige Anwalts-Antwort zurechtgelegt: Links ist eine Gemütsverfassung, sagt er, damit lege er sich weder ideologisch noch ökonomisch fest. Obwohl er persönlich den Sozialismus schon immer ebenso plemplem gefunden habe wie den Kapitalismus, sei er dafür, ihm wenigstens die letzte Ehre zu erweisen. Das fände er taktlos, wie den alten Utopien nun prompt die kalte Schulter gezeigt werde, kaum hätten sie ausgedient und fingen an zu muffeln.

Darf ich fragen, was das alles mit der Rettung der »Rose« zu tun hat, fragt die freie Architektin plötzlich gnadenlos dazwischen. Ausgerechnet dem konservativen Gynäkologen mit seiner Turteltaubenart gelingt es, zum Thema zurückzufädeln: Er als klassischer Konservativer, als welchen zu bezeichnen er sich auch in diesem Kreis nicht geniere, sei selbstverständlich generell für den Erhalt alter Bausubstanz. Und er säße hier, weil er der Meinung sei, daß die »Rose« mit ihrem Kastaniengarten drumherum als Oase erhalten bleiben müsse. In den zwei Stockwerken über dem Lokal sind vier Wohnungen mit hohen Zimmern untergebracht, sagt der Arzt, als erkläre er Medizinstudenten den weiblichen Unterleib. In einem Neubau mit niedrigeren Decken, der auch tiefer in den Garten hineingebaut würde, hätten mindestens 24 Wohnungen Platz. Auch wenn er wisse, daß sich kein DDRler hier die Miete leisten könne, gebe ihm das Problem »rein generell« plötzlich zu denken. Ob nicht vielleicht gewisse Opfer unsererseits nötig seien angesichts des Flüchtlingsstroms, frage er sich, und die Zeichenlehrerin findet plötzlich, daß er aussieht, wie dem Vatikanstaat entsprungen. Irgendwo müssen die Hunderttausende ja Wohnraum finden, fährt der Gynäkologe betulich fort, ob »rein generell« angesichts dieser unerwarteten Entwicklung das Bauen nicht wichtiger wäre als der Kampf um den Erhalt eines unrentablen Gebäudes?

Idiot, ruft der schlechte Schriftsteller, Verräter, habt ihr das gehört! Die DDRler sollen sich nicht so aufspielen und in den Zelten bleiben, die man ihnen zur Verfügung gestellt hat. Indianer und Beduinen hätten jahrhundertelang in Zelten gehaust, sagt er, da werden es die DDRler doch wohl ein, zwei Generationen aushalten.

Richtig, sagt die freie Architektin heiter, jetzt wo der Typ von der Zeitung weg ist, kann man das ruhig sagen.

Der liberale Richter mahnt den konservativen Gynäkologen: Je mehr es mit dem Sozialismus den Bach heruntergehe, um so salonfähiger werde das unausstehliche Rendite-Denken. Wenn man so argumentiere, mache man sich stark für die Drahtzieher der Bauwirtschaft, die nichts anderes im Sinn hätten, als jeden freien Quadratmeter mit Häusern und unbezahlbarem Wohnraum zuzupflastern. Wir sind hier, um diesen Ganoven auf die Finger zu klopfen, ruft der liberale Richter feurig und blickt auf die Uhr. Es ist schon nach drei. Hastiger Aufbruch. Auf der Straße spricht der Richter weiter: Er sehe schon kommen, daß sich im allgemeinen Siegestaumel des Kapitalismus diese Gangster als Wohltäter, die die Menschheit von der Geißel der Wohnungsnot befreit hätten, feiern lassen. Noch haben wir eine Kultur, sagte der liberale Richter, noch können wir es uns leisten, das scheinbar soziale Schaffen von Wohnraum als unsozial zu bewerten und das Belassen eines unrentablen, aber erholsamen Gebäudes mit einem Kastaniengarten als sozial notwendig – zumindest als soziokulturell unverzichtbar –, und noch darf hier nach Mitternacht unter dem Einfluß von Alkohol die Todesstrafe für Bausünden gefordert werden, ruft er abschließend vergnügt in die Herbstnacht, ehe die Teilnehmer der Versammlung sich mit dem Gefühl das menschenmögliche getan zu haben, voneinander verabschieden und grüppchenweise ihren gutbürgerlichen Bleiben zustreben.

Fünf Wochen später kracht es. Nicht länger als einen Vormittag hat es gedauert. Die drei Kastanienbäume, die laut Bebauungsplan stehenzubleiben hatten, wurden von dem Laster so stark angeschrammt, daß sie nun aus Sicherheitsgründen gefällt werden müssen. Ein dreijähriges Kind schaut zu und weint, weil ihm seine grüne Mutter erklärt hat, die Schrammen täten dem Baum weh. Der Bratschist ist auf einem Gastspiel in Tokio, aber der flinke Internist kommt vom Nachtdienst heim und wird Zeuge des Massakers. Die Todesstrafe wäre wirklich nicht schlecht, denkt er. Auch diese verdammten Bauarbeiter und diese ekelhaften Kapos sollte man entmündigen, einlochen, umschulen. Ein widerlicher Beruf. Sie hinterlassen nichts als Schutt, brüllen wie auf dem Kasernenhof, hauen Bäume weg, und nachher schweinigeln sie mit dieser grauen Betonbrühe herum. Alle Bauarbeiter sind Nazis, denkt er, und die Architekten sind Obernazis. Hoch- und Tiefbau, Baggerführer, Maurer, Poliere – alles Nazis. Alle putzen Altes weg und machen alles neu. Ekelhaft. Die ganze Baubranche ist faschistoid. Diese lächerlichen Plastikhelme. Besonders idiotisch sind sie auf dem Kopf von Architektinnen und Architekten, die dazu gern einen Schlips tragen, um sich auf der Baustelle von den Vorarbeitern zu unterscheiden. Sie sehen damit aus wie wählerstimmengeile Politschranzen, die mit fachmännisch aufgesetzter Miene eine Grube besichtigen, oder wie Schönlinge, die Reklame für irgendeine neue Zigarette machen, für die aus Unterscheidungsgründen nicht mit ausgelassenen Motoryachtrasereien, sondern mit wichtigtuerischem Herumgedeute auf anspruchsvollen Arbeitsplätzen geworben werde.

Grimmig starrt der übernächtigte Internist auf den Ort der Zerstörung, als der schlechte Schriftsteller des Wegs kommt, der sich zum Frühstück Brötchen kaufen will.

Während du noch im Bett gelegen hast, haben die das Haus weggerissen, sagt der Internist und räsoniert: Wenn die wenigstens noch mauern würden, damit man seinen Kindern zeigen kann, wie Ziegelsteine aufeinandergesetzt werden. Aber sie werden den Neubau natürlich wieder mit diesen verfluchten Betonfertigteilen wie ein Legohaus zusammenstecken. Kaum ist man eine Woche in die Ferien gefahren, steht das Ding schon da.

Es ist wie im Theater, sagt der schlechte Schriftsteller, zwischen den Akten wird ein bißchen hektisch und geheimnisvoll gewuselt, dann geht der Vorhang auf, und die neue Kulisse steht. Seitdem so gebaut werde, sähen alle Häuser aus wie Bühnenbauten. Das Wort »postmodern« könne er nicht mehr hören, sagt er, der gemeinsame Nenner der zeitgenössischen Architektur sei der Kulissencharakter. Lieber Architektur mit Herrschaftscharakter als mit Kulissencharakter, ruft er.

Diesen betörenden Gedanken möchte der schlechte Schriftsteller später in einem Telefongespräch mit dem neulich abends nicht erschienenen Kunsthistoriker vertiefen, aber der bringt gleich wieder seine fachidiotischen Einwände: Herrschaftsarchitektur und Kulissencharakter schlössen sich nicht aus, sondern bedingten sich vielmehr. Egal ob palladianische Renaissance-Villen, süddeutsche Barockschlösser oder englische Manor Houses: Das vielgepriesene Prinzip, ein Bauwerk habe sich in die Umgebung einzufügen, sei nichts anderes als das Befolgen des Kulissengedankens. Ein Bild soll entstehen. Schön wie ein Bild fordert man die Ansicht des frisch gebauten Besitzes schon seit Jahrhunderten.

Der Schriftsteller fühlt sich vom Kunsthistoriker mißverstanden. Unter dem Kulissenhaften der modernen oder postmodernen oder eben zeitgenössischen Architektur versteht er doch das billige, das unechte Aussehen. Als wären die Wände aus Pappe. Neunzig Prozent der modernen Bauten mit ihren Sprossenfenstern sehen aus, als würden sie nach Gebrauch zerlegt und in den

Lagerhallen der staatlichen Bühnen verstaut werden, findet er.

Der liberale Richter und der konservative Gynäkologe haben denselben Weg zur Straßenbahnstation, der an der Baustelle vorbeiführt. Wenn sie sich treffen, ist für Gesprächsstoff gesorgt. Neulich behauptete der Gynäkologe, an der zeitgenössischen Architektur könne jeder herumnörgeln, er wolle endlich einmal eine »konstruktive Kritik« hören.

Das wird dem schlechten Schriftsteller wenig später über den linken Anwalt zugetragen. Seitdem es die »Rose« nicht mehr gibt, in der man sich so gut wie nie verabredet hatte, treffen sich die beiden zusammen mit der freien Architektin und der Zeichenlehrerin mit den Wuschelhaaren gelegentlich bei einem von ihnen zu Hause, wo man die Kleider nicht zwei Tage lang lüften muß und wo der Wein besser schmeckt. »Konstruktive Kritik« – unglaublicher Esel, dieser Gynäkologe. Man kommt überein, daß der Ruf nach konstruktiver Kritik bereits reaktionär ist.

Der schlechte Schriftsteller hat seinen assoziativen Tag. Die fußlosen Strümpfe der freien Architektin findet er mit einem Mal nicht mehr grotesk, sondern beflügelnd. Heute stehe man jeglicher Konstruktion mißtrauisch gegenüber, sagte er. Im 19. Jahrhundert sei eine Konstruktion etwas Fortschrittliches gewesen, heute empfinde man fast jede neue Konstruktion als gewollt und als Fremdkörper. »Konstruiert« sei längst ein Synonym für »beschissen«. Die Architektur habe das Pech, daß ihre Konstruktionen am unübersehbarsten seien. Die Erdoberfläche sei vollgestellt mit den Konstruktionen der Architekten, die ihre Gewolltheit bestenfalls tarnten. Nur Autos spielten eine ähnliche Rolle wie Bauwerke. Bücher, Filme, Theaterstücke, Bilder seien auch gewollt, aber belästigten die Passanten nicht in dem Maße wie Architektur, sagt der schlechte Schriftsteller. Deswegen richte sich der Volkszorn immer als erstes auf die Architekten. Das Wesen ihres Berufs erlaube den Architekten nicht, destruktiv zu sein. Nur durch Destruktivität könne aber Neues entstehen. Die Architektur müsse daher an ihrem zwangsläufig konstruktiven Charakter zugrunde gehen. Maler und Romanciers könnten ihre Werke bei Bedarf zerstören und auch als zerstörte noch unter dem Stichwort »Fragmentarismus« vermarkten. Solche künstlerischen Experimente verböten die Haftpflichtversicherungen und die Statiker dem Architekten. Die Ratlosigkeit der Architektur sei sichtbarer als die der anderen Künste. Kein Wunder, daß der Begriff »Postmoderne« von der Architektur ausgegangen sei, bis er allmählich alle anderen kulturellen Bereiche durchsickert habe und nun als fröhlich-ratlose Katerstimmung das ganze intellektuelle Klima beherrsche.

Die Zeichenlehrerin mit den Wuschelhaaren war beim Friseur und ärgert sich, daß der schlechte Schriftsteller so begeistert auf die Architektin einredet, die übrigens bald keine freie mehr sein wird, sondern eine halbtags bei der Stadt angestellte. Dennoch nimmt die Zeichenlehrerin den Gedanken des verblendeten Schriftstellers auf und sagt: Man kann die heutige Architektur nicht mögen, wenn sie entsteht. Ganz egal, was gebaut wird, einem vernünftigen Menschen wird es immer auf die Nerven gehen. Alle Anstrengungen seien zwecklos, es kämen immer grimassierende Bastarde heraus. Das sei das einzig Moderne an der gegenwärtigen Architektur, daß man sie erst einmal gräßlich finde.

Du bist doch nicht der Prinz Charles, schimpft die freie Architektin, doch die Zeichenlehrerin fährt fort: Frühestens in einem Vierteljahrhundert habe die gegenwärtige Baukunst vielleicht ihre Daseinsberechtigung gefunden – allerdings nur als Dokument einer ästhetischen Verirrung. Wenn sie über irgendetwas glücklich sei, sagt die Zeichenlehrerin, dann darüber, heute keine Architektin sein zu müssen.

Eine Woche später hat der schlechte Schriftsteller eine

Leserreise nach Köln hinter sich. Möglicherweise wurde er dabei von der noch freien Architektin begleitet? Er schwärmt von einem Besuch im Museum Ludwig zwischen Bahnhof und Dom und ergänzt in Gesellschaft der Zeichenlehrerin und des linken Anwalts bei einem Glas Whisky seine stürmischen Gedanken zur zeitgenössischen Architektur wie folgt:

Eitelkeit und Verewigungswille eines Stifters, in dem Fall eines Schokoladenmannes namens Ludwig, erzeuge aus Scheu vor dem tatsächlichen Größenwahn eine bescheidenere und respektablere Architektur, als wenn der Verewigungswille eines Architekten am Werk sei. These: Mit jedem Neubau sollte sich lieber ein Stifter ein Denkmal setzen, aber niemals ein Architekt, dessen Größenwahn durch keine Schüchternheit gebremst werde. Was dabei herauskomme, sehe man an der infantilen Kinderspielplatz-Architektur von Mister Stirling. Das Prinzip Stiftung habe bekanntlich auch in der Gotik prima funktioniert und einige nette Altartäfelchen möglich gemacht.

O Gott, sagt die Zeichenlehrerin, deren Haare schon wieder etwas nachgewachsen sind, hör' bitte auf mit deinen kulturkritischen Gesamtüberblicken.

Zweitens, fährt der schlechte Schriftsteller ungerührt fort, und das sei wichtiger: Neubauten sind überhaupt nur noch vertretbar und erlaubt, wenn sie neben Altbauten stehen. Nicht das Museum Ludwig für sich ist erfreulich, sondern weil man aus der an sich unerfreulichen modernen Architektur einen Blick auf den an sich unerfreulichen Dom hat. Ein Neubaukomplex ohne genügend integrierte Altbauten sei immer totalitär, egal ob Bauhaus oder Le Corbusier, ob München Neuperlach oder das Berliner Märkische Viertel. Die Selbstmordraten, behauptet der Schriftsteller kühn, sind nicht deswegen so hoch, weil die Architektur so unmenschlich ist, sondern weil man, wenn man aus dem Fenster blickt, nichts anderes als die eigene Situation vor Augen hat. In einem Neubau könne man nur dann zufriedenstellend rauchen, trinken, essen, schlafen, dösen, lesen, arbeiten, vögeln und nach dem Vögeln aus dem Fenster sehen – kurz: nur dann leben, wenn man nicht wieder auf einen Neubau gleichen Stils starre. Umgekehrt werde man zum Fossil, wenn man in einem prachtvollen Altbau lebe und von nichts als prachtvollen Altbauten umgeben sei.

Das ist nicht neu, sagt die Architektin, die bald keine freie mehr sein wird, das wissen wir auch, daß Ensemble und Lage das Wichtigste sind. Sie sagt es seltsam spitz, sei es, weil ihr eigener neuer, sehr verwegener Haarschnitt sie unsicher macht, sei es, weil die Zeichenlehrerin heute ihren grauen, knöchellang wallenden Wollrock gegen einen grünen erstaunlich knappen Lederrock getauscht hat, von dem der schlechte Schriftsteller seinen schmierigen Blick nicht lösen kann. Spinatgrün, sagt die Architektin. Kirschlorbeerblattgrün, sagt der Schriftsteller. Rhododendrongrün, sagt der linke Anwalt – und dann:

Man muß weiter gehen, sagt der linke Anwalt, man muß zum alleinigen Kriterium eines Bauwerks seine Umgebung machen und nicht den architektonischen Einfall. Brutaler Ensembleschutz, vom Gesetzgeber erbarmungslos überwacht. Neue, wirksame Gesetze, wonach in ein Gebiet von noch so scheußlichen 80er-Jahre-Bauten – auch auf dem schönsten und ausgewiesensten Baugrund – erst nach 25 Jahren wieder gebaut werden darf. Bis dahin wird das Land echten oder falschen Asylanten oder Zigeunern oder zur Not auch DDRlern zur Verfügung gestellt. Dort können sie jahrelang ungestört in Zelten und Wohnungen hausen.

Genau, sagt der schlechte Schriftsteller, das ist die Lösung: Wer in ein Ensemble hineinbauen will, muß eine 25-Jahre-Quarantäne einhalten, nur so kann ein neuer Stil entstehen. Das jahrelange Nichtbauendürfen werde bei den Architekten jenen Leidensdruck erzeugen, der für das Hervorbringen unverwechselbarer Stile unerläßlich sei.

Das mit dem Leidensdruck will der linke Anwalt überhört haben, das empfindet er als verschwollene Künstlerideologie.

Das heißt, resümiert die freie Architektin den Quarantäne-Vorschlag: Heute, zu Beginn der 90er Jahre, dürfte erstmals zwischen Häusern gebaut werden, die Mitte der 60er Jahre entstanden seien.

In der Zwischenzeit ist der flinke Internist dazugestoßen, der sich für seine erkälteten Kinder ein Fieberthermometer ausleihen will. Das heißt aber auch, ruft er dazwischen, daß da, wo die »Rose« stand, heute schon gebaut werden darf, denn die Nachbarhäuser sind alle aus den 50er und 60er Jahren – euer Gesetz ist wirkungslos.

Aber nein, sagt der linke Anwalt, die »Rose« wäre ja nicht abgerissen worden, wenn auf den Abriß die Todesstrafe gestanden hätte. Ohne Todesstrafe gehe es natürlich nicht, da habe der Bratschenspieler natürlich völlig recht gehabt.

Der flinke Internist kommt nun auf die Idee, eine Betonsteuer zu erheben, aber davon wollen die anderen nichts wissen. Die Verteufelung des Betons gehe einem noch mehr auf die Nerven als dieser selbst. Aber der Internist besteht darauf: Eine Steuer würde den Beton teurer und kostbar werden lassen. Betonbauten hätten nur deswegen einen billigen Charakter, weil Beton ein zu billiges Material sei. Richtig, sagt der linke Anwalt, das ist Dialektik, Leute, und an der Dialektik werde ja wohl noch immer etwas dran sein trotz Niedergang des Sozialismus. Indem man den Beton mittels einer Steuer künstlich teuer mache, erzwinge man neue Einfälle und obendrein einen Rückgang der Betonbauten.

Das schlimmste ist, sagt die noch immer freie Architektin, die ihre allzu kurz geratenen Haare mit einer blauen Strähne gesträhnt hat, daß durch die blödsinnigen Spannweiten, die durch die Betonbauweise möglich sind, die Säule als stützendes Bauelement unnötig werde. Da man sich aber im Verlauf der letzten 3000 Jahre an die Säule als Bauelement gewöhnt habe, sei sie als Dekoration beibehalten worden. Der Betonbau habe die Säule zur läppischen Zierde werden lassen, nun werde sie bekanntlich als klassizistischer Klimbim belächelt. Durch einen Rückgang der Betonbauweise bekäme die Säule wieder eine im wahrsten Sinn des Wortes tragende Funktion. Bravo, ruft der schlechte Schriftsteller, weil es keine vernünftigen Säulen mehr gibt, kann man keine vernünftigen Gedanken entwickeln. Er sieht sich mit verschränkten Armen an einer imposanten Säule lehnen, würdig verwitterte Kanellierung. Er ist blind für die arkadische Landschaft, denn lässig wenden ihm die Zeichenlehrerin in ihrem Rhododendronrock und die Architektin, deren Füße unglaublich nackt aus den bestrumpften Beinen hervorkommen, ihre Rücken zu, und er muß sich zwischen ihnen entscheiden. Paris an der Säule. An lächerlichen postmodernen Kulissensäulen fällt einem natürlich nichts ein, sagt er. Lehnen könne man nur an tragenden Säulen: Nur dort kann man einen eleganten Skeptizismus pflegen, die einzige Haltung, die uns weiterbringt. Jeder hat das Recht auf eine herrschaftliche Pose. »Bei einer Säule stand er angelehnt, verschränkten Armes und den Blick gedehnt«, zitiert der schlechte Schriftsteller. Von Byron, glaubt er, sei der Vers.

Huhu, sagt die Zeichenlehrerin, da wird uns die DDR erst einmal einen Strich durch die Rechnung machen.

Mittlerweile ist Mitte Dezember 1989, nicht nur die »Rose« wurde demontiert, sondern auch die Berliner Mauer, stückweise. Alles redet nur noch von Wiedervereinigung und dem einen Volk der Deutschen. Der linke Anwalt stopft sich die Ohren zu, und der schlechte Schriftsteller schlägt vor, man solle sich spaßeshalber beim konservativen Gynäkologen entschuldigen, mit seinem konstanten Antikommunismus habe er sich als der wahre Prophet erwiesen.

Schlechte Zeiten für tragende Säulen. Es winkt die

zweite Wiederaufbauphase Deutschlands. Die Betonmischtrommeln in Ost und West werden sich unermüdlich drehen. Wie die Gebetsmühlen, sagt der schlechte Schriftsteller. Zu Ehren der freien Marktwirtschaft, sagt der linke Anwalt.

Schon wittert die Zementindustrie Morgenluft und schaltet in ganz gewöhnlichen Publikumszeitungen Anzeigen mit ihrem Spezialslogan, wonach es darauf ankommt, was man daraus macht – ein Spruch, der bekanntlich nicht nur auf Beton zutrifft, sondern auf die Scheidung ebenso wie auf die Ehe, auf Teilung wie auf Vereinigung, auf Gin wie auf Schreibmaschinenpapier.

Habt ihr gelesen, sagt die Zeichenlehrerin, daß das Schwein, das die »Rose« abgerissen hat, der DDR jointventure-mäßig eine ganze Baukolonne zur Sanierung zur Verfügung gestellt hat?

Wir können im Gegenzug der DDR ja unsere Erfahrungen im Retten alter Bausubstanz zur Verfügung stellen, sagt der schlechte Schriftsteller.

Aufgesetztes Gelächter. Der ohnmächtige Ärger hat sich längst in ohnmächtiges Schulterzucken verwandelt. Der liberale Richter, der flinke Internist, der Physikdozent mit den ausgestellten Hosen betrachteten gelegentlich die Bautafel vor dem Grundstück der ehemaligen »Rose«. Nicht 24, sondern 12 Eigentumswohnungen werden hier entstehen. Verschiedene Preislagen. Sündhaft teuer, aber erschwinglich. Steuerabschreibungsmäßig mehr als vernünftig. Und dann werden die Eltern, die jetzt sonstwo wohnen, auch nicht jünger. Wäre doch schön, sie in der Nähe zu haben. Gut versorgt in einer komfortablen Wohnung.

Der schlechte Schriftsteller denkt zwar auch an seine gebrechliche Mutter, aber er hat kein Kapital und keine regelmäßigen Einkünfte. Das verbindet ihn mit dem faulen Fahrradhändler. Während dieser sich nach einer neuen Stammkneipe umsehen muß, bleibt dem schlechten

Schriftsteller der Spott über den Lauf der Welt. Die anderen zücken den Bleistift, um die Telefonnummer des Immobilienmaklers zu notieren, die riesengroß auf der Bautafel steht.

Der Berg ruft

Über das Erhabene

Jeder Schritt ist eine Qual, als wären die Schuhe aus Blei. Dabei handelt es sich um ein sündhaft teures Paar Leichtbergschuhe mit der vielgepriesenen Super-Vibram-Weichtritt-Crack & Roll-Sohle. Das Seitenstechen ist vorbei, dafür breitet sich vom Magen her eine ungewohnte Übelkeit aus. Das Herz hämmert, der Atem pfeift, der Rücken ist pitschnaß geschwitzt, der Rucksack drückt, die Riemen schneiden ein, obwohl sie breit und gepolstert sind. Der Abstand zu den beiden erbarmungslosen Freunden wächst ständig. Immer häufiger bleibt der Geschundene stehen. Die anderen haben es vermutlich schon gemerkt: Hier macht einer schlapp. Die Einsicht ist wie eine Befreiung. Matt ruft er nach vorn: »Ich kann nicht mehr!« und läßt sich erlöst – jetzt ist es gesagt – auf einem Felsen nieder.

Die Szene spielt nicht im Himalaja – sondern in den Alpen, auf einer bequemen Bergwanderung für halbwegs Geübte, lächerliche 2300 Meter über dem Meeresspiegel, der Gipfel ist in greifbarer Nähe. Verflucht sei der Tag, an dem beschlossen wurde, hier in den Alpen und nicht wie gewohnt an der See Ferien zu machen, verflucht der Augenblick, in dem man sich breitschlagen ließ, auf diesen gottverdammten Berg zu steigen.

Die beiden Freunde sind stehengeblieben und versuchen, das Bündel Elend durch Zuruf und über eine Distanz von etwa hundert Metern wieder aufzurichten. Jeder hat eine andere Methode. Der eine ruft etwas von der Notwendigkeit des Durchhaltens, der andere motiviert begütigend, daß es ihm auch schon oft so ergangen sei, aber in zehn Minuten seien sie am Gipfel, dann würden sie eine lange Rast einlegen und danach in aller Ruhe absteigen, auf der anderen, schöneren und bequemeren Route; wenn er jetzt nicht mitkäme, müßte er allein wieder denselben Weg hinuntergehen – das wäre doch sinnlos.

Sinnlos ist das Ganze sowieso, denkt unser Held. Was soll das ganze Rauf und Runter, das kann man sich sparen. Er träumt vom Tal, von Gartenwirtschaft, Bier, von Schweinebraten, Schwimmen im See, mit Blick auf ferne Berge im sommerlichen Gutwetterdunst. Was soll das Hinaufgehatsche, was soll das Gipfelerlebnis, was der angeblich schönere Abstieg. Er weiß nur: Nie wieder wird er sich überreden lassen, auf einen Berg zu steigen.

Von unten naht die nächste Gruppe, zwei Männer, zwei Frauen, sie gehen mühelos bergan, sie reden und lachen. Walter auf dem Steine, Lehrer aus Lüneburg, Itzehoe oder sonst woher, tut so, als habe sich ein Schnürsenkel gelöst, pfeift lässig vor sich hin und bindet sich die Leichtbergschuhe neu, während die zwei Pärchen fröhlich grüßend an ihm vorbeisteigen. Dann rappelt er sich auf, hängt den schweren Nylonrucksack wieder um und stapft los. Die beiden Freunde oben wenden sich befriedigt wieder dem Aufstieg und dem Gipfel zu.

Schwerer als jeder Rucksack, den der Bergsteiger mit sich herumschleppt, drückt die Bergsteigerideologie. In der beschriebenen Szene geht es zwar noch nicht um die bei jeder großen Tour auftauchende, unter Umständen endgültige Frage, ob das Queren des Lawinenhangs eher zu verantworten sei als der Abstieg, aber schon im Augenblick harmloser Ermattung zeichnet sich deutlich die Paradoxie des Bergsteigens ab. Dem Schlappmacher in seinem Tief unterhalb des Gipfels kommen Erkenntnisse; wozu die Mühe, die Strapazen, sagt er sich, wozu ein Ziel, es lohnt sich nicht, der Sieg scheint sinnlos, der Rückzug lockt.

Durchaus vernünftige Erkenntnisse, denn das Siegen, Durchhalten und Überwinden – ob von Gletscherspalten, Überhängen, inneren Schweinehunden oder anderem –

ist kaum ein Zeichen großer Hellsicht. Pausenlos muß der Bergsteiger etwas bezwingen, unentwegt etwas beweisen – sich selbst, seinen Kameraden, seinen Konkurrenten oder gar, nationalistisch, als Deutscher den Engländern, als Franzose den Amerikanern oder umgekehrt. Das Ganze gipfelt buchstäblich in dem psychologisch ohnehin fragwürdigen Deflorationsfetischismus der Erstbesteigung, wo das verschrobene intime Gelüst, dort gewesen zu sein, wo vor einem noch nie ein Mensch sich befand, zum kolonialistischen Ereignis emporstilisiert wird. Die Fahne wird aus dem Rucksack gerissen, die Stange ins ewige Eis gerammt und der Fotoapparat gezückt: Sternstunde des Alpinismus.

Das Bergsteigen ist für die Vertreter der alten väterlichen Weltbilder die normalste Sache der Welt, wird doch bei der Bergtour das Leben sinnbildlich durchgespielt: Erst geht es bergauf und dann bergab, die Sache ist anstrengend und gefährlich, ganz wie das Leben, voller Hindernisse, Schönheiten, Belohnungen, Risiken. Es gibt Bewährungsproben der eigenen Kräfte und der Freundschaften, es triumphieren die alten Tugenden wie Mut und Verzicht, Tollkühnheit. Und ewig lockt das Unbekannte. Somit hat das Bergsteigen durchaus eine märchenhafte Komponente: Die Besteigung des gefährlichen Gipfels allen Warnrufen der Eltern zum Trotz ist alpines Initiationsritual und tragisches Ausleseverfahren. Den Schwächling holt sich der Berg. (Intelligent parodiert wird das schauerliche Ritual von dem österreichischen Sänger Wolfgang Ambros auf seiner Platte »Der Watzmann ruft« in dem Lied »Aufi, Aufi!«, wo der Sohn dem Ruf des Berges folgend in die Katastrophe eilt: »Voda, Voda, loß mi ziang, der Berg, i muaß eam unterkriang« – Vater, Vater, laß mich ziehn, der Berg, ich muß ihn unterkriegn.) Sieht man von dem Renaissancepoeten Francesco Petrarca ab, der schon 1336 Lust verspürte, den Mont Ventoux in Südfrankreich zu besteigen (welcher allerdings nicht zu den grimmen alpinen Riesen zählt), so ist der Lockruf der Berge nicht viel älter als zweihundert Jahre. Erst im 18. Jahrhundert begann man sich für die Entdeckung der Natur zu interessieren und ein Naturgefühl zu entwickeln. Bis dahin galt die Bergwelt als lästig, unberechenbar und gefährlich, und Gefahr war etwas, das man mied, der Berg war Reisenden und Händlern im Weg, ein Hindernis, das nur den einen Vorteil hatte: Das Zudringen feindlicher Heerscharen zu verhindern. Vom Beginn des 19. Jahrhunderts an wurde die Bergwelt romantisiert, das heißt als ein schaurig-schönes, sturmumtostes, todesnahes, verrätseltes, sonnendurchflutetes, nebelumwabertes, wetterwendisches Ebenbild des Lebens dargestellt – ein Bild, das noch heute in den Köpfen von Gebirgsurlaubern spukt, die beim Anblick majestätischer Bergriesen respektvoll erstarren und sich dorthinaufwünschen.

Dieses Naturgefühl ist paradoxerweise unnatürlich. Es ist ein Kulturprodukt. Natürlich und vernünftig wäre es, die Gipfel Gipfel sein zu lassen, spätestens nach Abstürzen einzusehen, daß es wenig Sinn hat, steile Berge zu erklimmen, und daß dort oben nichts zu holen ist: keine Erkenntnisse, keine Schätze, keine Fabelwesen, keine Göttergunst. Der »unkultivierte« Naturmensch meidet vernünftigerweise die Gipfel der Berge ebenso wie das Innere des Waldes. Die Suche nach dem Abenteuer ist ein modernes Ventil. Man sucht freiwillig und spielerisch den Umgang mit der Gefahr – nicht selten mit tödlichem Ausgang.

So ist das Bergsteigen ein Unsinn – als solcher aber hat er seinen Stellenwert, wie auch die Zirkuskünste, das Autorennfahren, Weltumsegeln, Wildwasserkajakfahren oder der Boxsport. Schwer zu sagen, welche dieser Liebhabereien weniger unsinnig, gefährlich und zerstörerisch ist.

Obwohl Bergsteigen wie auch extremes Klettern verglichen etwa mit Auto- oder Motorradrennen zu den stillen und friedlichen Sportarten und keineswegs zu den riskantesten zählen, sind es eigentümlicherweise die doch sonst so verschlossenen Alpinisten, die bei ihren Selbstdarstellungen besonders martialisch auf die Pauke hauen. Während Wildwasserkajakfahrer, Drachenflieger und Motorsportler eher kleinlaut von ihren sportlichen Aktivitäten sprechen und bemüht sind, die Gefährlichkeit herunterzuspielen, kehrt der zünftige Bergsteiger geradezu kämpferisch seine Unvernunft heraus: »Mit Seil und Haken, den Tod im Nacken ...« – nicht der reinste Reim, aber von echten Bergkameraden stolz und inbrünstig gesungen. Noch gilt es, die Gipfel zu erobern, noch bezeichnet man das als einen Sieg, den man einen *einsamen* nennt, wenn ein Gefährte dabei zu Tode kam.

Die Todesnähe wird von den Bergsteigern unentwegt beschworen. Das macht schon ein Blick auf die Titel der Bergbücher deutlich. »Zwischen Himmel und Hölle«, »Kampf und Sieg«, »Die Eroberung der Berge« – das klingt eher so, als handle es sich um die Kriegserinnerungen besonderer vaterländischer Generale und Offiziere. (Es ist pikant, daß der Kriegspathetiker Ernst Jünger und der Gebirgspathetiker Luis Trenker sich freundschaftlich zugetan waren.) »Lockende Gipfel – tödliche Wände«, heißt es weiter im Regal oder »Der Tod als Seilgefährte« oder »Zwischen Leben und Tod«. Auch der unangefochtene Superstar der Bergwelt, Reinhold Messner, der sich doch mit seinem unentwegten Besteigen von allen möglichen oder mittlerweile gar von sämtlichen Achttausendern dieser armseligen Welt ohne Sauerstoffgerät als wahrhaft unkonventioneller Bergsteiger erwiesen hat, scheint ab und zu der konventionellen Bergsteigerphilosophie zu erliegen, wenn er seitenlang die Wonnen der Einsamkeit und der Todesnähe preist. Er tut dies nicht raunend, wie die alten Bergkrieger mit ihren Holzschädeln, sondern läßt seine Argumente in der modernen Psychosprache daherkommen. Dankenswerterweise verdammt er die Eroberungsideologie der älteren Bergsteigergeneration und lehnt die alpenvereinshafte Bergkameraderie ab, wie auch das nationalistische Besitzergreifen von Gipfeln. Messner erobert zwar seine Berge auch, aber wenigstens nur für sich und seinen Marktwert.

Das Bergsteigen ist für ihn ein Egotrip, ein Mittel zur Selbstfindung, eine Sucht. Er beschreibt, wie er ohne irgendwelche Drogen, allein durch Einsamkeit, Sauerstoffmangel und Naturerlebnis in einen rauschartigen Zustand gerät, in ein »natürliches Hoch«, es erfüllt ihn »eine Art seelischer Orgasmus«, wenn er sich im »Grenzbereich Todeszone« (so einer von Messners Buchtiteln) aufhält. Es ist erstaunlich, wie Messner, der das überkommene Bergsteigerimage vom rauhen Kerl, der den Tod nicht fürchtet, weit von sich weist, an einigen Stellen seiner Bergsteigerphilosophie eben diesem Bild von der anderen Seite her bedenklich nahekommt. Immerhin versichert er glaubhaft, daß seine ersten Expeditionen noch die üblichen Schindereien gewesen seien, er später aber nur noch Genuß und Entspannung erfahren habe. Mit diesem Bekenntnis unterläuft er keck die Altherrenlegende, daß man sich elendig zu plagen habe, ehe man im Himmelreich der Berge frohlocken dürfe.

»Ichsuche«, »Selbstfindung«, »spirituelles Sein«, »visionäres Erlebnis« – das sind schwer erträgliche Begriffe. Wenn man sich die Mühe macht, Messners Philosophie vom modischen Selbsterfahrungskauderwelsch und von ihrer fernöstlich angehauchten Therapeutensprache zu befreien, dann merkt man, daß seine Predigten gar nicht so unvernünftige Botschaften enthalten. Er ist zwar selbst vom bergsteigerischen Leistungserlebnis und seinen Achttausender-Besteigungen noch abhängig, konzediert aber auch weniger aufwendige Voraussetzungen, um zu einem visionären Erlebnis zu kommen. Ersetzt man das etwas tibetanisch-geheimnisvolle Sehnen nach Vision einfach mit dem europäischen Bedürfnis, Abstand zu gewinnen, um sich in ungestörter Ruhe etwas auszumalen, um vor sich hinzuträumen, dann bietet der Berg tatsächlich gute Gelegenheit, und zwar unabhängig von irgendwelchen zwanghaften Überwindungswünschen und Eroberungsphantasien, von Selbstquälerei und Todesnähe.

Unsinnig ist das manische Besteigen von Gipfeln, das unentwegte Überwindenwollen des angeblich schweinehündischen Inneren, sprich der natürlichen Trägheit, das fortwährende selbsterzieherische Sich-Heranführen an die eigenen Leistungsgrenzen, das Messen seiner Kräfte, das Es-sich-und-den-anderen-zeigen-Wollen und das angebliche Besondershochschätzen des Lebens angesichts des Todes beziehungsweise der Vorstellung seines eigenen zerschmetterten Körpers. Das alles sind ziemlich verbohrte und vernagelte und versteinerte und vor allem reaktionäre Versuche, sich den Lockruf der Berge zu erklären. Reinhold Messner hat versucht, sich von diesem alten Bergsteigergeraune zu lösen; er hat sich dabei in ein esoterisches Raunen verstrickt.

Bergsteigen ohne jeden ideologischen Ballast hieße, nicht nur die wohlig-schaurige Vorstellung vom Tod im Nacken als pervers abzulehnen, sondern auch die Formel von der *lohnenden* Mühe, die immer wieder nachgebetet wird, wenn Bergsteiger Nichtbergsteigern die Reize ihrer Höhensucht erklären wollen oder wenn Alpin-Zeitschriften ins Jubeln geraten: Der Gipfel erscheint als wohlverdienter Lohn für Schinderei und mehrfach riskiertes Leben. Alle Strapazen sind auf dem Gipfel ebenso vergessen wie der Leichtsinn, der diesmal nicht zum Absturz führte. Die erhabene Aussicht lohnt, und wenn das Wetter umschlägt und man im dichten Nebel auf dem Felsen steht, dann glaubt sich der wackere Bergsteiger wenigstens mit dem Gefühl belohnt, es geschafft zu haben und später sagen zu können, auf dem Monte Rosa oder dem Wilden Kaiser oder dem Piz Sowieso gewesen zu sein – eine eigentümliche Belohnung allerdings, die darin besteht, die Überwindung der Strapaze und die Großtuerei als einzigen Genuß zu feiern.

Der Bergsteiger, der nichts bezwingen und überwinden

möchte, würde nicht die körperliche Anstrengung preisen, sondern sie zu vermeiden suchen. Solches Bergsteigen hieße: nicht martialisch durchhalten, wenn die Beine schwer werden, keine Rücksicht auf spöttische Kameraden nehmen, sondern sich ein gemütliches Plätzchen suchen und auf das alberne Gipfelglück pfeifen. Es ist ohnehin ein eingeredetes Glücksgefühl. Je höher die Gipfel, je anstrengender zu erreichen, desto wüstenartiger und eintöniger ist meist die Aussicht. Oberhalb von dreitausend Metern wird's ungemütlich, zugig, eisig, das verhindert Erholung und Träumerei eher als daß es sie fördert.

In welcher Höhe sich einer am wohlsten fühlt, hängt nicht allein von der Neigung oder Abneigung zu kahler Unwirtlichkeit ab, sondern auch vom Bedürfnis, dem Bergtourismus zu entfliehen. Bei gutem Wetter versammeln sich Scharen von Bergsteigern in den Alpen, drängeln sie sich auf den Gipfeln der *100 schönsten Berge* und in den Felswänden der *100 schönsten Klettertouren,* an deren Einstieg man am Wochenende nicht selten wie an der Kasse des Supermarkts anstehen muß. Die Wartenden reiben sich derweil ihre Hände mit Magnesium ein, weil die Griffe in der Felswand vom vielen Befingern leicht speckig und rutschig werden.

Während noch vor rund zwanzig Jahren die zünftige Kniebundhose, dicke Wollstrümpfe und das möglichst rotkarierte Hemd den echten Bergsteiger ausmachten (und es schon fast als verdächtig angesehen wurde, nicht so bekleidet zu sein), klebt der heutige Kletterer schrill und ausgeflippt in buntbedruckten strumpfhosenartigen Beinkleidern und T-Shirt an der Wand.

Klettern ist zum Höchstleistungssport geworden, wobei die Leistungssteigerung durch völlig neue Techniken die der olympischen Disziplinen um ein Vielfaches übertrifft. 1936 sprang Jesse Owens 8,06 Meter. Heute mißt der Weltrekord im Weitsprung einen guten oder schlechten Meter mehr. Für die Eigernordwand brauchten die Erstbesteiger 1938 noch 85 Stunden, während 1983 der

Österreicher Thomas Bubendorfer in vier Stunden und fünfzig Minuten allein die Wand hochkrabbelte, mit nichts als einer Tafel Schokolade in der Tasche.

Das Einzelklettern (ohne Seil und zeitraubende Sicherung) ist Mode geworden; es erfüllt zwei alte Bergsteigerbedürfnisse: Die Todesnähe und das Alleinsein. Wirkliches Alleinsein ist in den Alpen nicht mehr zu finden. Es ist deshalb kein Wunder, daß immer mehr Bergsteiger in die kahlen Höhen der Anden oder des Himalaja ausweichen.

»Was vermeid' ich denn die Wege, wo die ander'n Wand'rer gehn, suche mir versteckte Stege durch verschneite Felsenhöh'n?« fragte sich 1827 Schuberts Winterreisender nach dem Text von Wilhelm Müller. Schon damals eine rhetorische Frage. Denn was die Bergsteiger ins Gebirge zog und zieht (oder die Segler aufs Meer), ist das Bedürfnis, allein zu sein, dem Alltag zu entfliehen.

Die Menschenmassen, der Lärm, die Lügen, die Zivilisation waren es, die den eigentlich unwirtlichen Bergen plötzlich etwas Verlockendes gaben. Je erbärmlicher das irdische Treiben angesehen wurde, desto reiner, majestätischer, gewaltiger erschienen die Berge. In und auf den Falten der wuchtigen Mutter Natur konnte der Gepeinigte tröstende Zuflucht finden. Die Lebensfeindlichkeit der Bergwelt wurde umgedeutet in archaische Erhabenheit. Und der menschliche Sportsgeist hatte endlich einen würdigen und gigantischen Gegner gefunden, an dem man seine Kräfte messen und an dessen Größe man kraxelnd partizipieren konnte.

Der Berg ruft nicht. Was lockt, sind seine Stille und Weite. Enge und Niedrigkeit des Berufs- und Familienlebens erzeugen Sehnsucht nach höheren Regionen, in denen heute die erhoffte Freiheit immer weniger zu finden ist. Am wenigsten ist den Umweltproblemen zu entkommen. Dort, wo die Schönheit der Berge besonders gerühmt wird, ist die Anziehungskraft am größten, am lukrativsten, am zerstörerischsten. Die Touristen zertrampeln noch mehr Bergwiesen als bisher die Kühe. Die Kurdirektionen raufen mit den Landratsämtern und beide mit den Umweltministerien. Schließlich werden für horrende Summen tonnenweise Schotter und Mist per Hubschrauber in die Berge geflogen, Wege verbreitert, so daß Wanderer nebeneinander gehen können, und die Grasnarbe wird restauriert. Ein solches Natur-Rettungsunternehmen wird Zehntausende weiterer Touristen pro Saison anlocken, was wiederum einige erschrickt und in höhere Regionen vertreibt, wo es nicht ganz so penetrant nach Sonnencreme riecht. Die tibetanischen und nepalesischen Behörden allerdings schütteln bei Expeditionsanträgen für die Mount-Everest-Besteigung bedauernd den Kopf: Bis zum Jahr 2000 ist der höchste Berg der Welt ausgebucht. Eine dort übliche Art der Gebirgsdurchquerung, das sogenannte Trekking, hat man indes nach Osttirol importiert. Der Fremdenverkehrschef von Matrei sieht darin eine Attraktion für Bergtouristen. Das bringe zwar nicht viel Geld, da ein Charakteristikum des Trekking ja die mitgeschleppte Lagerstatt sei, aber es diene der Profilierung des Tirol-Tourismus, heißt es, und gelte obendrein als sanft und umweltschonend.

Was macht Walter aus Lüneburg oder Itzehoe, der so erschöpft auf seinem Stein saß. Am späten Nachmittag kommt er auf etwas wackligen Beinen, aber bei bester Laune ins Tal zurück. Er freut sich auf Tiroler Frühstücksspeck. Die Mühsal ist vergessen, so übel war die Unternehmung nicht. Er ist brauner geworden und hat ein Pfund abgeschwitzt. Und was ist der Lohn? Hat er sich und den Gipfel bezwungen, hat er durchgehalten? Oder hat er das Durchhalten als Albernheit erkannt und strahlt deswegen so?

Es wird sich zeigen. Entweder wird Walter fanatisch, fährt fortan jedes Jahr in die Berge, erklimmt zwanghaft Dutzende von immer höheren Gipfeln, zeigt sich und seiner Frau und seinen Freunden, daß er ein Mordskerl ist, der den Tod nicht fürchtet, schwärmt vom intensiven

Seinsgefühl – und wird eines Tages hoffentlich nicht zu jenen acht bis zehn Leuten gehören, die jährlich vom Matterhorn purzeln. Oder er wird diese ekelhafte Konditionsschwäche nie vergessen, wird nie mehr bergauf gehen und nur noch Urlaub an der See machen. Oder er wird die Berge doch liebgewonnen haben und eigentlich das Bergwandern sogar ganz schön finden, wenn nur nicht zwei Konditionsberserker schnaufend vor einem hersteigen, die strammen Waden in Beißhöhe des Hintermanns.

Vielleicht wird Walter aus Lüneburg oder Itzehoe (der übrigens auch aus Garmisch oder Innsbruck kommen könnte – auch Einheimische machen schlapp) sich an sein Ruhen auf dem sonnenwarmen Stein erinnern. Vielleicht ist er heute morgen doch nicht weitergegangen, hat nach ein paar Schritten angehalten und den anderen zugerufen, sie seien Höhepunktfetischisten, Erfolgsneurotiker, Durchhaltetypen, Ellenbogenheinis, lachhafte Stehaufmännchen – sie könnten ihn gernhaben, er habe keine Lust, sich am Riemen zu reißen, er pfeife auf alle Gipfel der Welt und ganz besonders auf den eisernen Willen, er suche sich hier ein hübsches Plätzchen und mache es sich gemütlich, sie bräuchten sich nicht um ihn zu kümmern, er werde sich jedenfalls nicht zu Tode stürzen.

Dann hat er sich vielleicht abseits des Wegs neben eine krüppelige Latsche gesetzt und ist sich wie eine Gemse vorgekommen. Er brauchte keinen Gipfel und keinen Tod im Nacken für dieses angenehme Gefühl, dem Leben da unten für ein paar Stunden entwischt zu sein. Der Liebesschmerz, der ihn schon im vorigen Urlaub gequält hat, wird beim Blick ins Tal wohltuend kleiner. Als er letztes Jahr mit dem gleichen Kummer auf der Ostsee herumsegelte, war ihm der Anblick von nichts als Wasser so leer vorgekommen. Das Tal da unten ist nicht so beziehungslos.

Doch, das hat was, sagt sich Walter. Diese Stille, dieser Geruch, diese Wortfetzen, die von anderen Bergsteigern herüberwehen, sind nicht störend, sondern eher beruhigend. Nie wird er über irgendwelche Gletscher pilgern: viel zu hoch, viel zu einsam, viel zu gefährlich. Das hier reicht ihm. 2300 Meter über dem Meer. Hier gibt es noch Vegetation. Und den Blick ins belebte Tal. Walter hat kein visionäres Erlebnis, aber er macht eine Erkenntnis: Höher hinaus hat keinen Sinn. Nicht für ihn. Er will nicht weg von der Wirklichkeit da unten, er will sie sehen, er will sich unangestrengt an der Distanz erfreuen. Nie wird er sich ächzend schattige Felskamine empor dem Gipfel entgegenstemmen. Er will nicht auch noch außerhalb seines Berufs das Tauschgeschäft von Mühe gegen Lohn mitmachen, da muß er genügend Leistungen erbringen. Aber dieses Dasitzen und ins Tal dösen ist nicht übel, das ist ihm Vision und Selbsterfahrung und Erkenntnis genug, das füllt ihn mit Hoffnung und Sehnsucht, er lacht vor sich hin, freut sich auf die Telefonzelle neben dem Spar-Laden und darauf, eine bestimmte Person anzurufen.

Die Geschäfte der Liebe

Ein Forschungsbericht

I.

»Wir müssen es tun!« Sie flüsterte und flehte. Ich lag auf dem Rücken, die Hände unter dem Kopf. Sie mußte verrückt sein. Vom Bad kam nur wenig Licht durch die angelehnte Tür ins Schlafzimmer. Sie saß aufrecht und dunkel neben mir. Ihre Augen sah ich nicht, aber es kam mir vor, als blickte sie seltsam feierlich auf mich herab – auf den künftigen Mörder ihres Ehemannes. Sie sprach mir Mut zu und schüttelte mich sanft. »Versteh doch! Es muß sein! So geht es nicht weiter!« Wie innig das klang. Nach den Tänzen der Liebe bin ich immer erfüllt. Nie habe ich die Männer verstanden, die sich danach abwenden und behaupten, ein Gefühl der Leere zu haben. Die müssen die falschen Frauen haben. Sie strich mir durchs Haar. »Denken wir jetzt nicht daran«, sagte ich. Sie trat ans Fenster und sah nach den Sternen.

Natürlich dachte ich daran. Ein Freund fiel mir ein, den seine USA-Ferien am großen Canyon vorbeigeführt hatten. Er erzählte, daß beim Fotografiertwerden vor der Zigarettenreklamekulisse jährlich Dutzende von Touristen in den Abgrund stürzen. »Du verdeckst den hübschen Kaktus, Liebling, tritt bitte noch einen Schritt zurück.« Schon sah ich ihn fallen, den lästigen Berserker. Ich sah nicht sein entsetztes Gesicht, als er zu spät begriff, ich hörte nicht seinen in der Tiefe leiser werdenden Schrei. Er verschwand lautlos und diskret von der Bildfläche. So einfach würde es sein.

Wer sich der Liebe derart niederträchtig in den Weg stellt, muß daran glauben. Hätte er uns gewähren lassen, könnten wir ihm dieses Ende ersparen. Er ist ein Schuft.

Und nur in Filmen werden immer die Täter bestraft. Wen die Polizei nicht kleinkriegt, den zermürbt das Gewissen. Deswegen muß ein Mord von hinten geplant werden. Die besten Alibis und das Verwischen aller Spuren nützen nichts, wenn einen später das Trauma zunichte macht. »Wir werden es aushalten«, sagte ich fest, sie beugte sich über mich, und ich schmeckte ihre Tränen.

Gestern noch war ich in Mexiko gewesen. Ich bin Ethnologe. Leider. Es ist ein Modefach geworden. Manchmal geniere ich mich. Aber ich komme herum. Forschungssemester hier, Vorträge dort. Ich leite ein Institut in Paris. Was die Bestattungsrituale der Azteken betrifft, gelte ich als Kapazität. Deswegen Mexiko. Dort findet ein Symposium statt. Ein Haufen amerikanischer und französischer Wissenschaftler, die sich eifersüchtig mit der Aztekenkultur befassen. Bei jedem Palaver von Entwicklungshelfern kommt mehr heraus als bei einem Ethnologentreffen. Meine Kollegen haben kaum Distanz zu ihrer Arbeit. Ich löse die Fragen der Forschung wie ein Kreuzworträtsel. Sie interessieren mich nicht wirklich.

Mein einziges wirkliches Interesse gehört Ellen. Seit sieben Jahren ist kein Tag vergangen, an dem ich mich nicht nach ihr sehnte. Im Schnitt sehen wir uns alle 14 Tage, und das ist dringend nötig. Sie hat zwei Kinder, einen Ehemann und arbeitet halbtags als Architektin. Mit Mann und Job ist sie unzufrieden. Der Mann ist selten auf Reisen. Die Kinder sind immer mal krank. Oft platzen die Rendezvous. Ich bin geschieden. Noch nie habe ich aus beruflichen Gründen eine Verabredung mit Ellen verschoben. Es gibt Prioritäten.

Sie ist ein Mittelmeertyp und hat die Komplimente xenophiler Intellektueller zu ertragen, die mal eine spanische, mal eine sizilianische Herkunft vermuten, mal eine griechische, türkische, jüdische, palästinensische und sogar ägyptische. Als ihr Architekturbüro den Auftrag erhielt, ein Hochhaus in Berlin zu bauen, und Ellen zur

Besichtigung der Lokalitäten nach Deutschland reiste, wurde sie im Zug von einem kahlen Milchkopf lauernd angesprochen, ob sie »reinrassig« sei. Sie ohrfeigte das junge Nazischwein so entschlossen, daß es sich trollte. Diese Frau meine Geliebte nennen zu dürfen, erfüllte mich seit sieben Jahren mit Begeisterung.

Vor meiner Abreise nach Mexiko konnten wir uns nicht mehr sehen. Sechs Wochen würde ich bleiben. Gestern waren drei Wochen vergangen. In einem alten Postamt in Puebla konnte ich nicht widerstehen. Mit meinen 40 Jahren klopft mir noch immer das Herz, wenn ich sie anrufe. Ihr Mann ist morgen und übermorgen verreist, die Kinder bei Freunden. Wie sie das sagt. 48 Stunden nur für uns. Das hatten wir in all den Jahren selten gehabt. »Kannst du nicht kommen?« Sie fragte es nur so dahin. Morgen mußte ich eine Exkursion nach Oaxaca leiten, übermorgen war mein Vortrag angesetzt, in dem ich die abstrusen Interpretationen britischer Kollegen über die Bedeutung gewisser Grabbeigaben mit nicht weniger abstrusen Forschungsergebnissen widerlegen würde. Mein großer Auftritt.

Wenige Stunden später saß ich in einer Maschine nach Paris. 8. November 1993. Ich hatte nur noch Business Class bekommen, doch das erhöhte den Wert des wahnsinnigen Unternehmens, daß ich mehr als 20000 Francs für ein Ticket von Mexiko-City nach Paris und zurück ausgeben mußte. Wegen einer Nachwirkung des Air-France-Streiks konnten wir nicht am Flughafen Charles de Gaulle landen, und ich hätte alle Streikenden der Welt erschlagen können, weil ich Ellen nun nicht um 19 Uhr 30 in den Arm nehmen konnte. Sie wußte aber Bescheid und holte mich in Orly ab. Noch nach sieben Jahren Liebschaft können wir uns so umarmen, daß Flughäfen, Bahnhöfe und alle Menschen im Umkreis zu leuchten beginnen. Wir gingen essen, teuer und gut. Ellen nippte, ich kriege keinen Bissen herunter, wenn ich verliebt bin.

Aber das Sitzen vor den nicht leerer werdenden Tellern

gehört dazu. Sie schwieg und sah mich wie immer flakkernd an, und ich schwärmte verliebt davon, wie das ist, wenn man der Liebsten entgegenfliegt, ihr stundenlang rasend näher kommt. »Jede Sekunde ein paar hundert Meter näher, stell dir das vor, Ellen!« Wie ahnungslos und romantisch Männer sind. Ellen schwieg romantisch. Wir fuhren in ihre Wohnung, keine Spur von Mann und Kindern, wir tobten uns aus, ich sah auf die Uhr, die uns so oft quälte, und von den 48 Stunden waren erst fünf vergangen.

Dann begann Ellen, ihren finsteren Plan zu enthüllen. »Wir müssen es tun! Verstehst du denn nicht! Es gibt keine andere Möglichkeit! Wir müssen Schluß machen!« Lange redete sie auf mich ein. Erst in den Morgenstunden begriff ich meinen Irrtum. Nicht mit dem Leben ihres Ehemannes sollte es aus sein, sondern mit unserer Liebe. Ich sollte aus ihrem Leben verschwinden. »Ein neuer Mann steckt nicht dahinter«, sagte sie, aber das tröstete mich nicht. Die Nachricht wollte lange nicht vom Ohr in mein betäubtes Inneres dringen. Unsere Liebe ist ihr mehr im Weg als ihre Ehe. So viele Sorgen hat sie, die sie mit mir nie löst, nur immer vertreibt. Das ständige Lauern auf günstige Gelegenheiten blockiert ihre Entfaltung. Solche fremden Sprüche kannte ich von ihr. Ich hatte sie nie ernst genommen.

Ich dachte an meinen Vortrag, auf den ich verzichtet hatte. Auch an das 20000-Francs-Ticket dachte ich und kam mir kleinlich vor. Ich sehnte mich nach meinen Ethnologenkollegen. Sie waren verläßlicher, und ihr Geschwätz machte mich nicht so kaputt wie das dieser falschen Frau. Sie mußte verrückt sein.

Als ich merkte, daß mir die Augen feucht wurden, stand ich auf, verließ wortlos die Wohnung und haßte Ellen dafür, daß sie mich nicht schluchzend zurückhielt. Sie mag keine weinenden Männer und ich auch nicht. Mein Schmerz war zu groß, um ihn im vormittäglichen Paris mit Alkohol zu lindern. Vor morgen abend gab es keine Maschine zurück nach Mexiko. Nach drei Stunden kam ich in ihre Wohnung zurück. »Wie geht es dir?« fragte sie, und es klang tatsächlich besorgt. Sie hatte mich zu einer Hinrichtung bestellt, ohne daß ich es wußte, gestern abend hatte sie mir eine Henkersmahlzeit vorgesetzt. Sie hatte versucht, mir bei lebendigem Leib die Seele herauszureißen. Ich kam mir vor wie ein ausgeweidetes Aztekenopfer, dessen frisches Herz eine idiotische Gottheit versöhnen soll. Wie es mir geht? Diese Frage jetzt. Noch nie in meinem Leben habe ich einen Menschen geschlagen. Nicht einmal ein Tier. Jetzt schlug ich Ellen ins Gesicht. Sie hatte mich roh gemacht. Wer einer Liebe die Luft abdrehen will, hat das verdient. Sieben Jahre hatte ich eine Närrin geliebt. Die Liebe beflügelt bekanntlich, und wen sie behindert, der kennt sie nicht. Ich goß meine ganze Galle aus: »Du hast ein kleines, hartes, selbstsüchtiges Herz!«

Tagsüber wollte ich sie nicht sehen. Als wir uns abends trafen, sagte sie: »Wir haben noch 22 Stunden.« Ich schrie sie an, was das für eine Art sei, den Liebsten aus einem anderen Erdteil herbei in den Hinterhalt zu locken, um mit ihm Schluß zu machen. »Du bist ein Unmensch!« Ellen schüttelte den Kopf. Ob mir ein Abschied zwischen Tür und Angel lieber gewesen wäre? Eine schöne lange Liebesgeschichte sollte nach ihrem Geschmack ein schönes langes Ende haben. Ich als Ethnologe und Spezialist für die Zeremonien des Todes müßte das verstehen. »Laß uns die restliche Zeit ausnützen«, sagte sie eigensinnig und kam an mich heran. Irgendwie hatte sie recht, und ich ließ meinen gekränkten Männerstolz fahren. Daß ich in Gedanken bereits ihren Mann ermordet hatte, gefiel ihr. Und mir gefiel die Vorstellung, mit meiner grausamen Attentäterin zu schlafen. Nach sieben Jahren rücksichtsvoller Leidenschaft tat uns die unbekannte Bosheit gut wie eine frische Würze.

Der Abschied 22 Stunden später kann nicht das Ende gewesen sein. Er fühlte sich an wie ein Anfang. Und doch hatte sich etwas verändert. Wir brachten unsere Umgebung nicht mehr wie bisher zum Leuchten. Das war vorbei. Ein neuer Aggregatzustand der Liebe. Der Flughafen und die Menschen um uns herum begannen auf einmal zu glühen, so dunkel wie wir.

Den ganzen Tag hatten wir zäh verhandelt. Auch die Liebe ist ein Geschäft. Wir haben ein Abkommen getroffen. Keine Stillegung, sondern eine Pause von einem Jahr. Ein Stillhalteabkommen, Aufschub, Investitionsstopp. Keinerlei Zusicherungen, keine Option. Perverse Idee. Wir warten ab. Zwölf Monate kein Kontakt, es sei denn, einer von uns krepiert. Kein Treffen, kein Brief, kein Anruf. Sie will ihr Leben klären. Als wenn es Klarheit gäbe. Diese Frauen. Es wird die Hölle. »Was hast du gegen die Hölle, die Hölle ist schon heiß«, sagte Ellen. Typisch. Sie ist verrückt, und ich bin verrückt, darauf einzugehen. Eine Chance. Ein Risiko. Ich weiß es nicht. Ein letzter Versuch von ihr, mich loszuwerden, die hinderliche Schlingpflanzenliebe auszutrocknen. Wenn unsere wüsten Gefühle füreinander auch diese Tortur überleben, wird sie sich beugen, das Miststück. Wenn nicht, will ich alles fallenlassen, Ellen, die Liebe, alles. In den Abgrund damit. »Tritt einen Schritt zurück, bitte!«

Doch bin ich guter Dinge. Die Hoffnung, daß Ellen, das eiserne Biest, ihre heimtückischen Anschläge bereut und daß auch sie ab und zu die Sehnsucht quält, macht mir das Warten leichter.

II.

Elf Monate sind vergangen, ich weiß nicht mehr, ob schnell oder langsam. Es war nicht die Hölle, wie ich Ellen gegenüber prophezeit hatte, um sie ein bißchen zu erpressen, natürlich nicht, leider nicht – es war nicht teuflisch heiß. Aber sinnlos war es. Für mich war es sinnlos. Nein, nicht sinnlos – es war schädlich: ich habe meine Sicherheit verloren. Ich bin ein Zauderer geworden. Ich stürme nicht mehr auf Telefonzellen zu, sondern umkreise sie unentschieden – und dann trolle ich mich wie ein Köter. Ich gebe keine Telegramme auf. Ich gehorche unserer Abmachung, mit halbem Herzen und weiß nicht, ob das richtig ist.

Einen Idioten hat sie aus mir gemacht. Ein paar Mal war ich draußen in Versailles. Über Dritte hatte ich gehört, daß sie nicht mehr bei ihrem Mann lebte und dort hingezogen war. Kein Grund für mich zum Frohlocken. Sie konnte sich denken, daß die Nachricht mich erreichte, und hatte ihren Freunden eingeschärft, dies bedeute keine endgültige Trennung von ihrem Mann, sondern sei ein Schritt, der der Klärung dienen sollte. Mein mittlerweile 41jähriges Herz sprang wie das eines 17jährigen Hochromantikers als ich in Versailles eine Straße mit pseudomodernen Bungalows aus den 70er Jahren ablief, in der Ellen wohnen sollte, und ich haßte mich und sie dafür, weil ihr Herz meinetwegen niemals so springen würde. Was mich in Aufregung versetzte, war auch der Widerspruch: Einerseits hoffte ich, ihr zu begegnen, andererseits hatte ich Angst davor. Sie könnte vermuten, ich würde ihr nachstellen. Daß ich von ihrem neuen Wohnsitz gehört hatte, war nicht unwahrscheinlich. Ich hielt Ausreden parat: »Nein, wie soll ich wissen, daß du hier wohnst!« Oder, falls sie mir nicht glaubte: »Na schön, ich wußte es! Pardon, Madame, ich hatte hier leider etwas zu erledigen und sehe nicht ein, warum ich das nicht tun soll, bloß weil die Gefahr besteht, dir über den Weg zu laufen.«

Zu welchen sentimentalen Exzessen ich mich hinreißen ließ, will ich nicht näher schildern. Es war verjüngend aber auch unwürdig. Mal fühlte ich mich wie ein Kind, mal wie eine harte, bittere Quitte. Noch kindischer aber war Ellen. Irgendwann zwischen Weihnachten und Neujahr hatte sie Geburtstag gehabt. Ich hatte mir den Tag nie merken können. Sie mußte jetzt immerhin 36 sein.

Eine Frau, die mit 36 noch ständig etwas klären muß, ist eine Ziege. Oder eine Prinzessin. Oder eine Ziegenprinzessin. Spätestens mit 30 denke ich, sollte man wissen, was man vom Leben verlangen kann. Man kann seinen Mann zum Teufel jagen oder auch in Gottes Namen als Familiennest nutzen und sich mit einem Liebhaber arrangieren – die Lösung, die ich immer vorgeschlagen hatte, aus Angst, ein Zusammenleben mit Ellen könnte unserer Liebe die Tobsüchtigkeit nehmen. Daß auch Liebhaber zum Teufel gejagt werden können, überstieg meine Vorstellungskraft.

Ellen hatte mich angesteckt mit ihrer elenden zickigenzackigen Unentschiedenheit. Ein leise meckerndes Schaf war ich geworden. Ich habe mich ein paar Mal in die Telefonzelle gewagt, von der aus mich Ellen vor einem Jahr angerufen hatte. »Komm schnell!« – diese ihre Worte waren damals durch diese Muschel an mein Ohr gedrungen. Jetzt hängte ich den tutenden Hörer, ohne gewählt zu haben, seufzend in die Gabel und lehnte meine Stirn kurz gegen die kalte Scheibe.

Als der Platz im Hinterhof meiner Wohnung in der Rue Sebastopol, wo Ellen immer ihr Auto geparkt hatte, im Sommer einem Sandkasten für Kinder weichen mußte, war ich bedrückt, als wäre dies ein Zeichen dafür, daß Ellen nie wieder hierher zu mir kommen würde. Einmal reiste ich nach London. Ich hatte gehört, daß Ellen sich dort aufhielt. Sie konnte nicht wissen, daß ich das wußte. Eine Woche lang trieb ich mich in der Millionenstadt umher, um dem Zufall eine Chance zu geben.

Immer häufiger seufzte ich wie ein altes Weib und wußte nicht, ob Ellen es mir als Stärke oder Schwäche auslegte, wenn ich mich standhaft an das verfluchte Abkommen hielt. Vielleicht sehnte sie sich danach, daß ich es endlich durchbrach. Einfach ihr auflauern im Treppenhaus, sie an den Handgelenken packen, sie in die Wohnung stoßen, aufs Bett werfen und ihr die Wahrheit zuzischen: »Jetzt ist es genug!« Das war nicht mein Stil.

Ich sah die Reize anderer Frauen nicht, floh in meine Forschungsarbeit und kam auch dort nicht weiter. So war es Oktober geworden, in knapp vier Wochen würden wir uns treffen. Auf ihr Kommen konnte ich mich verlassen, auf ihre Gefühle nicht. Sie war eine unausstehliche Geschäftsfrau gewesen, als sie mir vor elf Monaten zum Abschied eingeschärft hatte: »Eine Garantie gebe ich dir nicht.« So war es.

So war es, aber nicht nur. Ich war nicht nur ein Bild des Jammers. Unsere Trennungsvereinbarung machte mich zwischendurch fast fidel. Schon die alltägliche Frage der Freunde und Kollegen »Wie geht es Dir?« genügte, um von Ellen und unserer Vereinbarung zu erzählen. Ich merkte selbst, wie verliebt und blumig, wie begeistert und begeisternd ich davon sprach, als wäre ich stolz auf diesen Coup, der nur ausgedacht worden war, um eine Steigerung und Raffinierung der Liebe zu erreichen. Ein bißchen Askese, ein bißchen Sehnsucht, sagte ich, kann doch der Liebe nur guttun. Und alle, die mir mit Anteilnahme zuhörten, nickten nicht ohne Neid.

Ohne wirklich gelitten zu haben und weit entfernt von jeder echten Klarheit, sprach ich von meiner »klärenden Leidenszeit«, und wenn ich die geeigneten Zuhörer hatte, empfahl ich ihnen, sich auch eine Beziehungspause zu verordnen. Eine solche Unterbrechung steigere die Liebesspannung, sagte ich, als hätte ich reiche empirische Erfahrung, als sei ich ein Spezialist auf dem Gebiet der Kurzzeittrennungstherapie. Ich erinnere mich, daß ich im November, Dezember nach dem Verschwinden Ellens von meiner Bildfläche, vielleicht noch im Januar und Februar, siegessicher und überzeugend war. Kein Wunder. Weil ich selbst daran glaubte, wurde mir geglaubt. Meine nickenden Zuhörer nickten heftiger. Weil ich mich selbst betrog, war ich ein guter Betrüger.

Mir fiel wieder ein, daß Ellen und ich unser Wiedersehen im nächsten November als »Termin« bezeichnet hatten, und das erheiterte mich. Ellen, die kühle Geschäftsfrau. Gute Geschäfte basierten immer auf Betrug. Die Leute gingen zu den Banken, und je nachdem, wie glaubwürdig sie ihre Pläne vorbringen konnten, fiel der Kredit aus. Wenn es gutging, wurde aus den geliehenen Millionen tatsächlich ein blühendes Imperium. Wenn sie Pech hatten, und das Wetter zwei Sommer oder Winter lang nicht mitspielte, gingen sie pleite mit ihrer Segelschule oder ihrem Skiliftunternehmen. Zehn Millionen in den Sand gesetzt. Ein- und dieselbe Idee entpuppt sich einmal als das Hirngespinst eines unrealistischen Narren und endet mit Konkurs, womöglich mit betrügerischem Konkurs – das andere Mal erweist sie sich als beneidenswerter Riecher eines genialen Unternehmers. Noch setzte ich unverdrossen auf Ellen. Ich konnte nicht anders.

Ich zählte die Monate und sagte mir, daß am Ende der Stillhaltefrist Ellen und ich uns geläutert in die Arme fallen würden. Diese naive Gewißheit trug zu meiner guten und frischen Laune bei. Ich würde obendrein Zeit haben für meine Forschungen und ich würde sie nutzen, sagte ich mir, und auch darauf freute ich mich.

Ich bin weder dumm noch faul. Aber die Liebe kostet Zeit, wenn man sie ernst nimmt. Es war all die letzten Jahre oft so gewesen, daß ich mit Ellen im Kopf keine besonders klaren Gedanken mehr fassen konnte und wollte. Forschung, Lehre und Karriere interessierten mich dann nicht mehr. Nicht einmal für Studentinnen hatte ich an solchen Tagen ein Auge. Sie schüttelten vergeblich ihr reiches Haar.

Manchmal hatten sie es nicht vergeblich geschüttelt. Mit 38 Jahren hatte ich 1991 den Lehrstuhl bekommen. Der Altersunterschied zu den Studentinnen war noch nicht grotesk, fand ich. Ich habe noch nie verzichten können und wäre mir vorgekommen wie ein Idiot, wenn ich eine Gelegenheit nicht ergriffen hätte. Verzicht, das war etwas für später. Wenn ich 65 oder 70 wäre, würde ich genügend Möglichkeiten zum Verzichten haben. Ellen wußte davon. Sie fand es albern von mir, aber verständlich. Es amüsierte sie, daß sie Vorrang hatte. Sie konnte sich darauf verlassen.

Ende Februar 1994 waren gut drei ellenlose Monate verstrichen, ohne daß ich mit meinen geplanten Forschungsarbeiten weitergekommen oder überhaupt nur damit angefangen hätte. Vorher hatte mich meine Liebe zu Ellen abgehalten, jetzt war es die Sehnsucht zu ihr, die meiner Arbeit noch viel mehr im Weg stand. Wenn ich ehrlich bin, hielt mich auch die Angst ab, daß ich Ellen mißverstanden haben könnte. Nicht auszuschließen, daß sie sich auf das nicht nur reizvolle, sondern auch blödsinnige Stillhalteabkommen nur aus Feigheit eingelassen hatte – und weil es sie nichts kostete. Sie hatte damit sich und mir vielleicht nur die endgültigen Worte ersparen wollen, von denen sie weiß, daß ich sie hasse, die Worte »Es ist vorbei!« Es konnte ihr nicht schaden, diese Worte nicht zu sagen. Sie wußte, ich würde sie nicht bedrängen in all den Monaten. Die Tür zu mir blieb offen, die könnte sie dann nach einem Jahr noch immer schließen mit den freundlichen Worten. »Das Jahr hat uns ja wohl gezeigt, daß es keinen Sinn mehr hat mit uns!« Ich hatte keinerlei Sicherheit, sie aber hatte eine Option auf meine Liebe.

Die Vorstellung, daß sie sich nicht nach mir sehnte, während ich mich nach ihr verzehrte, machte mich voller Haß auf sie, und ich wünschte mir, daß sie von ihrem erbärmlichen Mann tyrannisiert, eine alte, krumme, häßliche und unglückliche Eselin werden sollte – eine gerechte Strafe, weil sie unserer einzigartigen Liebe das Licht ausgeblasen hatte. So habe ich Ellen und unsere Abmachung in all den Monaten oft genug gehaßt – und mich damit getröstet, daß dieser rasende Haß nur ein Zeichen für die Liebe sein konnte. Aber ich war nicht mehr sicher.

Vor einem Treffen mit Ellen und auch danach war nie etwas anzufangen gewesen mit mir. Mußten Studenten geprüft werden, war ich unfähig zuzuhören. Ich saß in meinem Professorenzimmer und hörte bereits Ellens Atem schneller werden. Ich schlug die Beine übereinander, um meine Erektion zu verbergen. Ein erwachsener Professor, in dem es zugeht wie in einem Jüngling. Anfangs fand ich das peinlich, dann gewöhnte ich mich daran. Manchmal fühlte ich mich dadurch verjüngt. Ellens Atmen wurde übergangslos zu einem Stöhnen. Das war nichts Ungewöhnliches. Das Stöhnen aber wurde allmählich nicht zu dem üblichen Keuchen, es wurde zu einem genüßlichen, strömenden Brüllen, wie ich es sonst noch nie gehört hatte. So brüllten manche Büffel in Afrika. Ich konnte ohne dieses Brüllen nicht mehr leben. Es war ein ansteckendes Brüllen, und so brüllte ich mit im Bett. In wenigen Stunden würden wir uns wieder wie die Büffel benehmen. Ich sah aus dem Fenster meines Professorenzimmers im 7. Stock, sah über die Dächer von Paris, fühlte schon Ellens engen Schoß, den sie selbst fälschlicherweise für weit hielt, und war nicht mehr in der Lage, den Antworten der geprüften Studenten zu folgen. »Gut«, sagte ich zu den Studenten, wenn sie verstummten. An ihren erschrockenen Gesichtern merkte ich, daß sie offenbar keine Frage richtig beantwortet hatten und sich nun für durchgefallen hielten. »Es genügt«, sagte ich freundlich, »Sie haben bestanden.« Ein Medizinprofessor sollte so nicht prüfen. Ahnungslose Ärzte gibt es schon genug. Die Ethnologie aber ist ein haarsträubendes Fach. Völlig egal, ob fähige oder unfähige Ethnologen von den Universitäten abgehen und sich in der Welt herumtreiben – es ändert sich nichts. Ungefähr zwei Drittel meiner Studenten sind weiblich. Bei den männlichen Studenten bin ich ebenso abwesend und nicht weniger großzügig. Ich sollte die Vergangenheitsform verwenden. Ich spreche von der Zeit mit Ellen. In den ellenlosen letzten Monaten war ich auch großzügig, aber nicht, weil mich die Lust benebelte, sondern die Sehnsucht.

Gibraltar, 14. 37008 Salamanca.
Tfno.: 923 12 14 25.
e-mail: info@museocasalis.org
web: www.museocasalis.org
N.I.F.: G-37292828

2,00€
exento de I.V.A.

MUSEO
ART NOUVEAU
Y ART DECO

No está permitido obtener imágenes en ningun tipo de soporte en el recinto del Museo.
Está prohibido fumar en todo el recinto.
Conservese esta entrada durante su estancia en el Museo.
Los ingresos por entradas se destinan a becas para estudiantes y ayudas para ancianos de Navasfrías (Salamanca).

094589

Die Studenten, die mein Professorenzimmer mit unverdient oder vielleicht auch verdient guten Noten verließen, machten immer die gleichen Gesichter. Es war ihnen anzusehen, wie das Gefühl, Glück gehabt zu haben, ihre Verlegenheit, ihr Erstaunen, ihre Frage nach dem Grund des Glücks in Sekundenschnelle auslöschte. Sie verschwanden blitzschnell, als fürchteten sie, ich könne meine Beurteilung zurücknehmen. In diesem Frühjahr allerdings ist es mir passiert, daß eine Studentin, statt sich auf die übliche Art rasch zu verdrücken, sich vor mir aufbaute. »Das kann ja wohl nicht wahr sein«, sagte sie und grinste breit und überlegen. »Sie wollen mit mir schlafen, stimmt's?« Sie war bereit, für eine Rechnung zu zahlen, an die zu stellen ich nicht im Traum gedacht hatte. Ich hatte in meiner Unschuld wie so oft nur an Ellens Brüllen gedacht. Ich hörte Ellens zufriedene Stimme: Du bist unersättlich! Sie war die einzige Frau, die mich unersättlich machte, und sie wußte es.

Offenbar war meine seltsame Großzügigkeit von dieser Studentin so ausgelegt worden, als hätte ich nichts dagegen, dafür von ihr belohnt zu werden. Ich konnte mich nicht erinnern, ob die Studentin auf meine Fragen klug oder dumm, richtig oder falsch geantwortet hatte. Sie mußte absolut nichts gewußt haben – und das ließ sie sich jetzt etwas kosten. Sie war sich ihrer Reize und ihres Auftritts sicher. Das stieß mich ab, aber gleichzeitig zog es mich auch an. Sie war nicht mein Typ; ich mag keine mondänen jungen Frauen, denen man die reichen Eltern ansieht. Hitchcock wäre verrückt nach ihr gewesen. Er hätte sie gebeten, das Haar zu einer Schnecke zu drehen. Sie war eine Haarschüttlerin und fand sich unwiderstehlich, wenn sie ihre goldene Pracht nach hinten schwenkte. Nichts ist trauriger als diese Verführungsgesten, die ins Leere gehen. Unsinn, es gibt Traurigeres. Sie war stark geschminkt. Auch das kann ich nicht ausstehen. Ellen schminkt sich nie. Sie sieht aus wie eine Freiheitskämpferin aus Nicaragua. Zäh und zierlich. Eine Naturschönheit. Sie gibt einem das Gefühl, der Mann zu sein, für den sie soeben die Maschinenpistole beiseite gelegt hat, weil sie nicht ihr Leben lang für die Unterdrückten kämpfen kann, sondern auch einmal lieben und geliebt werden will. Ellen sieht aus, als habe sie sich eben erst den Staub der Revolution aus dem Gesicht gewaschen. Ich habe ihr dieses Bild einmal geschildert, und erinnere mich an ihr Lachen. Ellens schepperndes Lachen. »Ich bin Architektin in Paris«, sagte sie und schüttelte meine Schultern: »Wach auf! Gib acht! Du verzauberst mich!« So lachen die Frauen in Mittelamerika. Auch ungläubige Türkinnen lachen so. Nie habe ich eine Pariserin so lachen hören.

Und jetzt diese Studentin, die man sich eher mit einem Fläschchen Parfüm in der Hand vorstellen konnte als mit einer Waffe. Ich ahnte, wie eine Begegnung mit ihr ausgehen würde. Sie würde es genießen, mich, den Professor, mit ihrer Hingabe für meine Gunst zu bezahlen und mich trotzdem dafür verachten. Auch sie war eine Geschäftsfrau, und wenn sie mir auch unsympathisch war, so gab mir das Berechnende an ihr doch einen wohligen perversen Stich. Sie wollen mit mir schlafen, stimmt's! Ihre unverschämte Behauptung stand, noch immer hörbar, schon eine halbe Minute unkommentiert im Raum und nahm dadurch an Gewicht zu. »Ich will Sie vom Hals haben,« sagte ich, »ich will Sie nicht noch ein Jahr lang als Studentin ertragen, deshalb habe ich Sie die Prüfung bestehen lassen.« Sie hieß Yvonne.

Eine Woche später rief ich sie an, und sie sagte natürlich »Das wußte ich«. Yvonne war träge im Bett, und ich verbat mir, an Ellens Brüllen zu denken. Ich hatte lange nicht mehr mit einer Frau geschlafen, streichelte Yvonnes Hüften und wunderte mich, daß sie meine Melancholie nicht bemerkte. Wenn Ellen die Lust packt, wird ihr Kreuz hohl und der Hintern wölbt sich. Sie faßt sich warm und weich und zugleich fest an wie eine dieser schwungvoll geformten, glattpolierten Holzplastiken aus dem Andenhochland. Ich konnte mich nie sattfassen. Vielleicht sollte ich vorsichtshalber die zweite Vergangenheitsform verwenden. Wer weiß, ob das nicht für immer vorbei war: Ich hatte mich nie sattfassen können. Ellen wand sich, Ellen hatte sich gewunden. Sie drückte dann ihren Hintern noch lüsterner von sich weg, noch hohler wurde ihr Kreuz. Sie mochte es, wenn sie mich an eine Jadefigur aus der frühklassischen Periode erinnerte. Teotihuacán. 200 n. Chr. Teotihuacán. Dieser Klang! Wie eine Beschwörung. Wie ein Versprechen. Besonders eindrucksvoll die Darstellung des Liebesspiels der Peitscheneidechsen aus dieser Blütezeit der mexikanischen Kultur. »Laß mich dein Fetisch sein!« keuchte Ellen. Kein Wunder, daß sie mir nicht aus dem Kopf und Körper geht. »Du bist so zärtlich«, gurrte Yvonne und strich mir etwas zu süßlich durchs Haar.

Als ich ihr später von Ellen und unserem Abkommen erzählte, hatte ich den Eindruck, Yvonne würde mir interessiert zuhören. Am nächsten Vormittag rief sie mich in meinem Professorenzimmer an und beklagte sich: Ob ich das charmant gefunden hätte, ihr im Bett dauernd von einer anderen Frau zu erzählen!? Wochen später trafen wir uns zum Essen, sie grollte nicht mehr und wollte von Ellen hören. Sie nannte sie »Hexe«. »Ich zieh' Dich nicht an«, sagte Yvonne und streichelte meinen Handrücken. Sie hatte recht, und doch schüttelte ich den Kopf. »Wie stehen die Aktien?« fragte sie. Erst wollte ich nicht mehr darüber sprechen, dann aber gefiel es mir, daß Yvonne zu den Frauen gehörte, die nicht beleidigt die Nase rümpfen, wenn man die Liebe wie ein Geschäft beschreibt. Die Liebe wird einem dann klarer, und der Kummer tut nicht mehr so weh. Meine Liebe zu Ellen war ein Unternehmen. Ich bangte um meine Anteile. So war es.

Ich redete von meinen Investitionen, von meinem Kapital, das ich bei Ellen der Hexe liegen hatte, an das ich aber nicht rankam. Worin die Zinsen bestünden, wüßte ich nicht. »Die Sau!« sagte Yvonne, griff nach meiner Hand, beugte sich über den Tisch und warf dabei ein Weinglas um. »Die Gefühle«, flüsterte sie mir ins Ohr, »die du für die Hexe hast, sind die Zinsen. Sie sind der Beweis dafür, daß dein Vermögen bei ihr gut angelegt ist.« Weil ich das gerne hörte, kam es mir klug und weise vor. Wir machten Witze: Was war die Liebe: Schuldverschreibung oder Festgeld, Darlehen, Pfandbrief, Schatzbrief oder Anleihe. Die Abmachung mit Ellen war eine riskante Gefühlsanlage für ein Jahr gewesen. Nur unter Verlusten kann man vorzeitig an sein Vermögen heran. »Warte ab«, sagte Yvonne. Es tat mir gut, so materialistisch über Immaterielles zu reden. Am 8. November 1994 würde die Anlage fällig werden – und es war noch nicht abzusehen, ob ich gewonnen oder verloren haben würde. »Wie spannend, ich beneide dich«, sagte Yvonne.

Und ich beneidete sie. Sie hatte sich bei einem Forschungsvorhaben beworben und eine Assistentenstelle bekommen. Ein halbes Jahr Madagaskar. Hochzeitsrituale der Urbevölkerung und ihre erstaunlichen Parallelen zum Totenkult in Indonesien. Yvonne hatte mehr Ahnung als ich zunächst gedacht hatte. Natürlich nahm sie den Ethnounsinn noch etwas zu ernst. Ich selbst hatte alle Feldforschungen abgesagt. Es war mir nicht möglich, die Stadt zu verlassen, in der Ellen lebte. Was, wenn ihr in den Sinn kam, die Stillhaltefrist zu verkürzen und wieder mit der Liebe anzufangen. Von dieser peinlich irren Hoffnung sagte ich Yvonne nichts. Daß ich ohne die alten Orgien mit Ellen, die mich betäubt und für Tage entleert hatten, mit meinem geplanten Buch über den Opferkult der Azteken ebenso wenig weitergekommen war wie mit ihnen, mit dem herrlichen Brüllatmen und Powölben der einzig wahren Geliebten – war ziemlich unangenehm. Denn es war höchste Zeit, die Fachwelt mit einer Schrift in Erstaunen zu setzen oder wenigstens an meine Existenz zu erinnern. Stattdessen verfaßte ich, um meine Hochschulposition zu legitimieren und meinen

Job als Inhaber des Lehrstuhls zu bestätigen, eine kurze Schrift ›Über das Hohlkreuz in der Holzplastik der Huarikultur Perus um 700–900 n. Chr. als Kopulationsaufforderung‹. Dieser absurde Essay wurde nur deshalb nicht zum Gespött, weil die Ethnologenkollegen einem alles glauben.

Bevor Yvonne nach Madagaskar aufbrach, trafen wir uns noch einmal, und sie sagte, sie habe über mich und meine elende Ellenhexe nachgedacht, und meine besessene Ellenliebe komme ihr weniger wie ein Darlehen vor, noch wie ein Aktienanteil, sondern eher wie eine Immobilie – allerdings in einem miserablen Zustand, sozusagen wie eine Bauruine unter Denkmalschutz. Man hängt dran, aber wo ist das Geld, sie zu sanieren.

Das war im Juni. Kurz danach schlief ich wieder mit einer Studentin, die diesmal Ellen ähnlich sah, das heißt ich versuchte, mit ihr zu schlafen und versagte, weil ich an Ellen denken mußte. Die Vorstellung, Ellen könnte ungeniert allerlei Männer ausprobieren, während ich ihr selbst in den fremdesten Betten in Gedanken treu war, erboste mich und machte mich wild und herzlos. Ich legte es fortan darauf an, so oft wie möglich mit anderen Frauen ins Bett zu gehen. Ich brauchte und fand das, was man vulgär »Bestätigung« nennt. Einmal schlief ich sogar mit meinem ehemaligen Eheweib. Allen erzählte ich von Ellen.

Ich stellte fest, daß ich etwa zwei Drittel der Frauen mit meiner Ellenliebesgeschichte ärgerte und abstieß. Ein Drittel aber nahm regen Anteil, und von diesem Drittel die Hälfte fand mich oder meine Situation daraufhin anziehend oder anregend oder herausfordernd oder verführerisch, oder was weiß ich was. Entschuldigung. Das klingt so, als habe ich eine Erhebung mit 2000 Versuchspersonen gemacht. Das ist der ständig bluffende Wissenschaftler in mir. Acht Frauen waren es, die ich verprellte, vier interessierte ich – allesamt Studentinnen von mir – und zwei von den vieren ließen sich unbegreiflicherweise von der Schilderung meines Ausgeschmiertseins zu einem Bettverhältnis hinreißen. Sie nahmen Anteil am Los ihres halbverlassenen Professors und berieten ihn.

Wir besprachen Rückeroberungsstrategien. Suzanne und Barbara fanden es falsch, daß ich mich an die Abmachung hielt. Ich könne Ellen nur wieder gewinnen, wenn ich mich über die unwürdige Abmachung hinwegsetze. Nur damit werde ich ihr als eindrucksvoller Mann erscheinen. Solange ich mich an die Abmachung halte, werde Ellen an meiner Liebe zweifeln. Ich solle ihren Widerstand brechen, sagte Barbara, und ihre Augen funkelten. Wenn Frauen solche Hindernisse vor sich aufbauten, wollten sie, daß man sie einreißt. Klang plausibel.

Valerie war die schönste von allen. Ihr pompejanischer Gang war absolut schwebend, die Wimpern wie die schwarzen Sonnenstrahlen auf den Vasen der Tlaxcalakultur im zentralmexikanischen Yucatán. Ich übertreibe nicht. Dazu unübertreffliche Spezialistin, was den Jaguarkult der Olmeken an der Golfküste im 6. vorchristlichen Jahrhundert betrifft. Am Telefon war sie mir so nah wie unter einer Bettdecke, unter der mit ihr zu liegen ich bisher noch nie das Glück hatte. Leider hob sie den Hörer nur selten ab. Sie war zu Hause und ließ es klingeln. Oder winseln. Ich weiß nicht, was sie für ein Telefon hat, ich war nur einmal fünf Minuten bei ihr, und in der Zeit versuchte keiner, sie zu erreichen. Frauen öffnen Briefe nicht und gehen nicht ans Telefon. Sie können so etwas. Zweifelhafte Fähigkeit. Valerie entzog sich meinen Annäherungsversuchen, die sie vielleicht gar nicht wahrnahm. Denn ihre Schönheit schüchterte mich ein. Manchmal hatte ich den Eindruck, daß sie von ihrer eigenen Schönheit eingeschüchtert wurde. Das machte sie doppelt anziehend, war aber auch ein Hindernis. Das Hindernis machte sie dreifach anziehend. Eine Anziehungseskalation. Valerie wohnte in der Straße, in der Ellen ihr Architekturbüro hatte. Rue de l'Ecole. Ich fing an, darin ein Zeichen zu sehen. Wenn ich Valerie erobern könnte, dachte ich, könnte ich Ellen vergessen. Nicht einmal das wagte ich ihr zu sagen. Sie war mindestens so kompliziert wie Ellen. Ich liebe komplizierte Frauen. Valerie hörte mir zu. Sie hatte eine unwiderstehliche Art „was?" zu fragen. Ihre sonst dunkle Stimme zwitscherte diese eine Silbe lang neugierig. Eine Verheißung. Ihr „was?" war jedesmal ein unerwarteter Blitz ohne Donner und ließ mich ins Reden kommen. Ihr „was?" war das einzige, das mir eine gewisse Hoffnung gab, die sich nicht trügerisch anfühlte. Wenn sie ging, sagte sie immer, ich hätte sie nicht zu Wort kommen lassen. Was heißt „immer", ich habe sie dreimal getroffen. Als sie von meinem Abkommen mit Ellen hörte, frage sie mich, ob ich nicht wüßte, daß perverse Pärchen solche Verträge abschlössen, um sich fester zu binden und zu stimulieren. Ich muß sie erschrocken angesehen haben, denn sie beruhigte mich: „Ich habe nichts gegen Perversionen", sagte sie so, daß ich Ellen drei Tage vergaß und mir die perversesten Hoffnungen machte, Valeries stolzes Herz zu gewinnen. Ihr Spott tat mir gut.

Suzanne erinnerte mich eines Montagsmorgens daran, daß Frauen sich bekanntlich zierten, um erobert zu werden. Seltsam, man muß tatsächlich an diesen alten wahrhaftigen Unsinn wieder erinnert werden, man hatte ihn schon ganz vergessen. Mit unserer Abmachung machte sich Ellen ganz besonders unerreichbar, verriet mir Barbara am Donnerstagnachmittag darauf. Das sei Teil einer besonders subtilen Verführungsstrategie. Das gebe Ellen die Möglichkeit, abweisend zu tun. Die größte Lust aber sei bekanntlich das Brechen des Widerstands. Das Wesen der Verführung sei das Sündhafte, raunte Suzanne, die im Nebenfach Religionsgeschichte studierte. Da es heute keine Gebote und also nichts Sündhaftes mehr gäbe, fehle der Verführung das Wesentliche. Ellen habe das vorsintflutliche Stillhalteabkommen nur getroffen, um in dieser heutigen Wüste der großen Erlaubnis ein Gebot zu definieren, damit ich endlich etwas zum verstoßen habe.

Endlich könne wieder gesündigt werden, und die Sünde sei die Würze der Liebe.

Das kam mir ziemlich katholisch vor. Als ich aber Barbara, die im Nebenfach Kommunikationswissenschaften studierte und zwischendurch in einer Werbeagentur jobte, bei einem Spaziergang in Versailles dazu befragte, bestätigte sie Suzannes Ansichten. Das ganze Leben sei Werbung, sagte sie, und nirgends werde deutlicher als in der Werbung, daß die Verführung längst von der Sünde zur reinen Tugend geworden sei, zu der nicht nur Honorarpsychologen auf den Ratgeberseiten von Frauenzeitschriften unentwegt ermunterten, sondern sogar schon fortschrittliche Priester von der Kanzel: Lassen Sie sich verführen, von Ihrem Mann, von Ihrem Liebhaber, von Ihrer bisexuellen Freundin, von wem Sie wollen, von Körper und Geist, Geld und Geschenken – alles ist erlaubt, und vergessen Sie nicht, selbst verführerisch zu sein, verführen Sie Ihren Mann, Ihren Liebhaber, Ihre Freundin, legen Sie Rouge auf und färben Sie die Augendeckel grün, reden Sie nicht dauernd vom Tierschutz, sondern ziehen Sie lieber zum Rendezvous Ihren türkisfarbenen Schlangenlederrock an. Wo alles erlaubt und nichts mehr verworfen ist, müsse man sich ein paar Verbote aufbauen, um sie einzutreten. Ich solle Ellen auflauern.

Wie aufregend sich Barbara ausdrückte! Es stellte sich heraus, daß sie selbst einen türkisfarbenen Schlangenlederrock besaß, den sie sich gern vom Leib reißen ließ. Ich aber konnte Ellen nicht vergessen und nahm mir vor, ihr nach Ablauf der Stillhaltefrist einen ähnlich verbotenen und bestialischen Rock zu schenken. Vielleicht in Kirschrot. Das würde besser sein, als ihr aufzulauern. Mochte unser Abkommen pervers sein, es war ein perverser Genuß, sich daran zu halten. Hartes Geschäft. Wer vor Ablauf vereinbarter Fristen seine Gelder haben will, muß enorme Kursverluste hinnehmen. Ich küßte Suzannes Nase und dachte an Ellens Nasenflügel. Ellen hat eine Nase, die fein ist und edel zugleich, stolz und bescheiden.

Ich denke oft an diese Nase, um nicht an ihr Hohlkreuz und ihren Hintern denken zu müssen und wie er sich verzückt und irgendwie skorpionstachelartig der Lust entgegenkrümmt. An Ellens Lippen durfte ich auch nicht denken, wenn ich nicht zu unpassender Zeit von der Sehnsucht mattgesetzt oder von unkalkulierbaren Erektionen geplagt werden wollte. Ellen öffnet die Lippen jene entscheidenden anderthalb Milimeter – und dieses Signal hat bei mir noch nie seine Wirkung verfehlt.

Suzanne und Barbara hatten beide ein prächtiges Hohlkreuz. Sie übten sich in der Kunst des ekstatischen Powölbens und des sanften Brüllens, aber sie brachten es nicht fertig, die Erinnerung an das große Vorbild zu tilgen. Am wenigsten half es, daß sie um die zehn Jahre jünger waren als die jetzt 36jährige Ellen, die es in Versailles nicht ausgehalten hatte und nun nicht weiter als sieben Kilometer von mir entfernt in der Rue Balzac wohnte und noch immer unerreichbar war. Ich mißtraute den gewaltsamen Verführungstheorien von Suzanne und Barbara. Valerie blieb dunkel. Ihr Hohlkreuz zu fühlen war mir nicht vergönnt. Sie riet mir zu nichts. Ellen wollte womöglich wirklich Ruhe haben und nicht vor Ablauf der Frist zurückerobert werden. Ich sah sie vor mir, den Mund leicht geöffnet – und schon schrieb ich eine neue Abhandlung über den leicht geöffneten Mund als ritualisiertes Verführungssignal, nachgewiesen an den von den Olmeken beeinflußten Keramiken Mittelamerikas – ein haarsträubender Schmarren, der von der Ethnofachwelt dennoch wieder mit positivem Staunen aufgenommen wurde.

Bald würde ich Ellen wiedersehen, und ich fing an, mich darauf vorzubereiten. Alles ist Berechnung, alles ist Geschäft. Man kann auf verschiedene Arten beeindrukken: Durch besonders blühendes Aussehen, zum Beispiel. Man führt ihr sozusagen den Siegertyp vor, auf den sie verzichtet hat und der man vielleicht nur ohne sie geworden ist. Ah, wie sie das schmerzen wird! Bei aller

Strahlkraft muß man zu erkennen geben, daß man ausnahmsweise doch noch einmal für sie zu haben ist. Oder man ist hart und dürr ohne sie geworden. Das Biest soll sehen, was es angerichtet hat. Wie durch ein Wunder ist man nicht vor die Hunde gegangen. Sie soll erschrecken, aber sie darf nicht abgeschreckt werden. Sie muß merken, daß die Glut noch vorhanden ist. Sie darf um Himmels Willen kein Mitleid bekommen. Auf Mitleid können wir verzichten. Mitleid ist ein Lust- und Liebestöter.

Ich entschied mich für die zweite Version. Glühen entsprach mir mehr als Blühen. Möglichst geheimnisvoll glühen, nahm ich mir vor. Kein neuer kühnkarierter Anzug also, kein vitaler Glanz auf den Backen. Stattdessen das alte Polohemd, und die zeitlos fallende Hose schlottert eleganter denn je. Vielleicht fällt ihr auf, daß man ein weiteres Loch in den Gürtel knipsen mußte. „Das ist dein Loch, Ellen!“ würde ich sagen, hart, aber bereit zu schmelzen.

Ich bin immer schlank gewesen, jetzt hatten mich die verschiedenen kleinen Liebschaften und der große Liebeskummer spindeldürr gemacht, und das war mir nur recht. Das würde Ellen gefallen. Sie hatte einen ausgehungerten Wolf aus mir gemacht, der nach einigem Knurren und Zieren bereit sein würde, sich auf sie zu stürzen. Niemals in meinem Leben habe ich Sport getrieben, schon um Sportler berechtigter verspotten zu können. Sechs Wochen vor Ablauf der Stillhaltefrist hatte ich plötzlich Sorge, meine Magerkeit könne unerwartete Schwächeanfälle zur Folge haben. Verschämt schlich ich mich in manchen Nächten aus dem Haus, lief am Ufer der Seine entlang und wählte den Rückweg über eine Baustelle. Dort befand sich ein Gerüst, an dem ich Klimmzüge machte und mich von anderthalb auf sieben steigern konnte. Unwiderstehlich wollte ich Ellen gegenübertreten, unermüdlich und unersättlich wollte ich sein.

III.

Am Telefon klang Ellen weich und warm wie immer, als sie am 9. November 1994 pünktlich anrief. Als ob kein Jahr, sondern eine Woche vergangen wäre. »Das täuscht, ich bin nicht gut drauf«, sagte sie. Auch das hatte sie früher immer gesagt. Es stimmte nie. Sie war immer voller Lust gewesen. Wir trafen uns schon am nächsten Tag. Sie war stumpf und störrisch und besaß die Unverschämtheit, mir als erstes zu sagen, daß sie eigentlich keine Zeit habe. Sie rief bei einer Freundin an, sagte der ab und tat so, als sei das ein Opfer. Ich konnte mit ihren fremden Sprüchen nichts anfangen und fühlte mich tot. Sie sah mir meine maßlose Enttäuschung an und sagte fast giftig: »Du weißt, ich habe dir gesagt, es gibt keine Garantie.« Jetzt war sie für mich gestorben. Als ich ihr trotzdem in einer dreißigminütigen ehrlichen Kurzfassung schilderte, wie es mir in den vergangenen zwölf Monaten ohne sie ergangen war, daß ich vor Sehnsucht fast krepiert wäre, sagte sie: »Ich habe auch an dich gedacht, ehrlich!« Nach einem dummen und gemeinen Weib hatte ich mich all die Zeit gesehnt. Wir verabredeten uns nicht, und wir nahmen nicht Abschied. Ich drängte darauf zu gehen, sie umarmte mich ungeschickt, und dabei sagte sie: »Du faßt dich an wie früher.« Das tat mir weh. Als ich schon einige Meter entfernt war, rief sie mir zu. »Du wirst immer einen Platz in meinem Herzen haben, ob es der ist, den du willst und soviel, wie du brauchst, kann ich dir nicht sagen.« Ich sah ihr nach, um zu sehen, ob sie sich noch einmal umdrehte. Das hat sie auch früher nur selten gemacht. Das war Ellen.

Es dauerte tatsächlich noch einmal ein Jahr, bis ich dieses Weib aus Hirn, Herz und Hoden vertrieben hatte. Wäre sie in der Zeit zu mir gekommen, ich hätte sie sofort wieder geliebt. Ein Jahr lang – dann war ich sie los. Sie war mir endlich egal geworden. Ich hatte mein halbes

Leben an sie verloren. Andere verlieren ihre Kinder, ihre Beine, ihre Heimathäuser. Ich rief Yvonne an und sagte ihr, was mit dem verdammten Ruinengrundstück passiert war, für dessen Erhalt ich jahrelang fast all mein Geld hingegeben hatte. »Keinen Pfennig habe ich dafür bekommen – aber ich bin es los.« »Immerhin«, sagte Yvonne.

Nein, so durfte es nicht zu Ende gehen. Solche Schlüsse mag ich nicht. Ich war sie nicht los. Ich konnte es nicht glauben. Ich habe Ellen beobachten lassen. Nach so viel Irrsinn kam es darauf auch nicht mehr an. Ich engagierte eine Detektivin. Obwohl mir Ellen gezeigt hat, daß man Frauen nicht trauen sollte, traue ich Männern noch weniger. Das Ergebnis der Observierung brachte mich fast um den Verstand. Ellen schien auf seltsame Weise von ihrem Mann abhängig zu sein. Ich rief ihn an und bat um eine Aussprache. Wir fuhren nach Grenoble und machten eine Bergwanderung. Ich stieß ihn in den Abgrund. Notwehr. Sonst hätte ich dran glauben müssen. Nach einem halben Jahr Untersuchungshaft war die Verhandlung. Ellen sagte für mich aus. Es gab Briefe von ihm an sie, in denen er drohte, mich umzubringen. Nach dem Freispruch bin ich mit Ellen aus Frankreich weggezogen. Wir leben zur Zeit in Mexiko. Ich arbeite an einem Buch über das Warten als Stimulanz bei den Brautpaaren im Inka-Reich. Obwohl wir immer zusammen sind, hält unsere Tobsucht an.

Oder doch lieber ein undramatisches Finale? Noch einmal zurück zum 9. November 1994. Am Telefon klang Ellen weich und warm wie immer. Als ob kein Jahr, sondern eine Woche vergangen wäre. »Das täuscht, ich bin nicht gut drauf«, sagte sie. Auch das hatte sie früher immer gesagt. Es stimmte nie. Sie war immer voller Lust gewesen. Wir trafen uns schon am nächsten Tag. Sie war weich und warm. Wir aßen Muscheln, nachher sahen wir uns an, und sie öffnete die Lippen anderthalb Millimeter. Ihr Mann hatte das Feld geräumt. Der Unterhalt war geklärt. »Das Schwein muß blechen«, sagte sie.

Im Bett wölbte sich ihr Hintern wie immer, und ihr Hohlkreuz zu fühlen war die reine Lust. Ich kann es nicht glauben, wie einfach es ist. Der dümmste Modefotograf hat es begriffen. Er schaut durch den Sucher und sagt: steh bitte nicht so schlaff herum, Baby, straff dich, mach dein Kreuz hohl und zeig deinen Hintern – preß deine Lippen bitte nicht so bitter aufeinander, mach sie feucht und und öffne sie einen Spalt – so ist es gut.

So ist Ellen. Sie zeigt ihre Lust wie eine Katze. Männer wie ich mögen das. Feine Frauen finden es primitiv. Ich mag keine feinen Frauen. Ich bin gern ein Primitiver. Das Dasein ist kompliziert genug. Die gewöhnlichsten Signale sind mir die Liebsten. Sie funktionieren ein Leben lang. Die Tobsucht hält an. Gestern lag ich auf dem Rücken. Ist vorteilhafter für den Älteren. Schließlich werde ich bald 42. Wenn man in dem Alter nach unten schaut, können sich die Gesichtszüge lockern. Ellen lag auf mir, stützte ihren Oberkörper mit gestreckten Armen hoch und betrachtete mich angenehm unsüßlich. »Warum hat dieses lange Jahr sein müssen«, seufzte ich zufrieden. »Das verstehst du nicht!« Ellen sprach zu mir wie zu einem Irren. Ich hatte mich ja auch wie ein Irrer benommen, ohne sie. »Ich will es auch nicht verstehen«, sagte ich und verstand alles sehr gut. Sie strich mir durchs Haar, ohne zu lächeln. Sie lächelt nie, wenn sie mir durchs Haar streicht. Das liebe ich. So ist sie. Stattdessen kann es vorkommen, daß sie meinen Kopf plötzlich an sich reißt, als wäre er ihr Eigentum, und tief zu schnaufen anfängt. So soll es sein. Ab und zu bin ich ihr Eigentum.

Drei Mal und nie wieder!
Eine Einladung zur Talk-Show

Ja, hallo? – Ja, am Apparat. – Ob ich Ihre Talk-Show kenne? Nein, ich kann den Sender nicht empfangen, aber ich habe davon gehört, jaja. – Nein, nein, ich habe nichts gegen das Fernsehen, im Gegenteil. Ich bin ein Fernsehparasit. Je blöder die Sendung, um so mehr komme ich auf meine Kosten. Nur das Fernsehen zeigt, wie dumm die Exponate der Menschheit sind. – Was, genau das soll ich in Ihrer Talk-Show sagen?

Sie schrecken auch vor keiner Perversion zurück. Wieso kommen Sie überhaupt auf mich? – Ach, Sie haben mein neues Buch gelesen. Hat Ihnen gefallen. Danke! Sagen Sie das nicht noch mal, sonst werde ich gleich weich. Nein, nein, ich will nicht! Ich will nicht! Ich liebe es, das Gewäsch selbsternannter Experten anzuhören, aber ich will nicht mitwaschen. Wie? Ich soll es mal probieren? Ich habe es doch probiert, lieber Herr. Dreimal habe ich mich überreden lassen, und das waren Katastrophen. – Wie, Sie haben die Sendungen nicht gesehen? Aha, Sie haben Besseres zu tun, als Talk-Shows im Fernsehen anzusehen! Verstehe! Obwohl ein Blick auf die Konkurrenz ... – Warum ich damals zugesagt habe? Weil weibliche Flötentöne mich eingelullt haben.

Nur Frauen konnten mich überreden, bei so einem Blödsinn mitzumachen. Aber jetzt, wo ich weiß, wie es ist, haben auch Frauenstimmen keine Chance mehr. Dreimal habe ich mich hergegeben, jetzt ist Schluß. – Ich soll nicht so konsequent sein? Da haben Sie recht, dann sage ich eben: Heute gibt es für mich kein weiteres Mal. Ich will mich nicht für alle Ewigkeiten festlegen, aber jetzt, heute, hier: Nein! Danke! Ade!

Hallo! – Nein, Sie sind es tatsächlich noch einmal!? – Wie es heute aussieht? Heute kommt es mir vor, als hätten Sie Kreide gefressen! Was, Sie konnten nicht schlafen heute nacht? Sie müssen mich kriegen? Diese Runde, bei der es um das Verhältnis von Literatur und Politik geht, wäre sinnlos ohne eine Stimme wie die meine!? Jetzt aber Schluß mit dem Geschleime! – Jaja, ich weiß, ich bin der einzige, der sich was traut, das höre ich immer wieder. Ist aber ein Irrtum. Sie kennen die Gesetze Ihres eigenen Mediums nicht!

Ich glaube Ihnen kein Wort. Nach meinen drei Auftritten habe ich eigene Erfahrungen. – Wie, Sie haben nur Gutes gehört? Von wem bitte? Ich glaube nur meinem Gefühl, und das war furchtbar. – Ja, das kann ich Ihnen sagen: Ich wurde verführt. Mein neues Buch, es werde darüber gesprochen. Nicht nur das, es werde gezeigt, es werde überdeutlich und sekundenlang in die Kamera gehalten. Gratiswerbung! Millionen von Zuschauern! Und ich muß Ihnen sagen, was das betrifft, hat es sich gelohnt. Ich habe auf Lesungen eine Menge Leute kennengelernt, die über eine dieser idiotischen Sendungen auf mein Buch aufmerksam wurden. Und das beste: Keiner erinnerte sich, was ich gesagt habe. Gott sei Dank! Es bleibt kaum ein Makel.

Die Tatsache, in einer Fernsehsendung leibhaftig aufzuscheinen, wiegt komischerweise noch immer mehr als der Blödsinn, den man dabei von sich gibt. – Na also, sagen Sie. – Jaja, Reklame ist es tatsächlich, das war mir gar nicht klar. Aber den richtigen Fans und Freunden ist es nicht entgangen, daß ich fehl am Platz war.

Einer schrieb mir, er verstehe ja, wenn man der Verbreitung seines Buches oder irgendeines Anliegens zuliebe bei so einem Dreck mitmache, aber dann solle man bitte die Gelegenheit ausnützen. Immerhin seien diese Sachen live, da könne man schließlich die anderen Gäste und die Moderatoren hübsch in Verlegenheit bringen mit gezielter Ausfälligkeit. Was aber hätte ich getan: Statt eine Schlange zu sein, hätte ich mich wie ein Kaninchen verhalten!

Das trifft die Sache auf den Punkt. Ich bin ein Kaninchen gewesen. Ich bin artig dagesessen und habe mich abfragen lassen. Ich habe nicht attackiert. Der Schweiß ist mir durch die Puderschicht auf der Oberlippe gedrungen. Das soll nie wieder so sein! Tschüß!

Hallo? – Wer sind Sie? – Welche Produktion? – Kenne ich nicht, falsch verbunden! – Was, Sie sind die Kollegin von dem Herrn, mit dem ich gestern gesprochen habe? Wie hieß der noch mal? – Richtig. Aber der war doch vom Fernsehen und nicht von einer Produktionsgesellschaft! – Ach so, die Produktionsgesellschaft produziert das fürs Fernsehen, verstehe. Und jetzt versuchen Sie Ihr Glück bei mir, weil ich Ihrem Kollegen verraten habe, daß ich mich von Frauen leichter einwickeln lasse, jahaha.

Haben Sie Erfahrungen mit Gästen, die sich so jungfräulich winden? Die sich nicht beflecken wollen? – Ich soll nicht übertreiben? Sie haben recht. – Ach, Sie haben sich meine drei furchtbaren Talk-Show-Auftritte angesehen! Daß man das nicht verbieten kann! – Wie? Sie fanden sie nicht furchtbar? Sie finden, ich hätte die Sache ganz gut gemacht!? Kommen Sie, kommen Sie! Ich habe nichts dagegen, mir deplaziert vorzukommen, das ist kein unpoetisches Gefühl, das hat was Wohltuendes. Aber nicht vor laufenden Kameras. – Nein, Sie brauchen mir nicht zu sagen, was Sie an mir gut fanden, als fernsehender Mensch weiß ich das selbst: Ich habe etwas Rührendes. Da sitzt einer, der *nicht* mit allen Fernsehwassern gewaschen ist. Einer, der seine Dinge *nicht* wie aus der Pistole geschossen hervorbringt, der sich *nicht* so recht in Szene setzen kann. Einer, dem man die Verlegenheit anmerkt. Das gibt's ja kaum noch. So einen suchen Sie, stimmt's? Und so einer bin ich auch, aber mich kriegen Sie nicht.

Ich will mich nicht mehr blamieren. Verstehen Sie, die

anderen sollen sich blamieren, nicht ich. – Ja, da haben Sie recht. Natürlich kann man seine Ansichten im Fernsehen tausendmal effektiver herausstreuen als in einem Zeitungsartikel oder gar nur in einem Buch. Wie Sie wissen, bin ich der Ansicht, daß der Kanzler ein unappetitlicher Kerl ist, dem man endlich den verdienten Tritt verpassen sollte; das habe ich oft genug geschrieben, und die Leute, die mich zu Talk-Runden eingeladen haben, haben erwartet, daß ich das da auch sage. Sie haben dann beides: die Zote und die Möglichkeit, sich von ihr zu distanzieren. Bei dem Spiel möchte ich nicht mitmachen.

Zoten mag ich nicht aussprechen. Unverfrorene Polemik wirkt nur gedruckt. Mündlich wirkt das trotzig, albern, plump. Man wird noch mehr zum Hofnarren. – Was, Sie wollen auch mal was sagen? Nein, Sie lassen mich jetzt bitte ausreden! Talk-Shows sind eine Abfragerei nach Spielregeln. Es ist wie in der Schule. Alles Besserwisser, die sich profilieren wollen. Man hat keine Chance. Bei einer dieser elenden Sendungen, bei der ich mitmachte, hockte die Hamm-Brücher in der Runde. – Aha, so, wissen Sie! So. Wenn die Hamm-Brücher in einem Text von mir vorkommen würde, dann würde sie als Schnepfe beschrieben werden. Wenn sie aber dasitzt und daherredet nach den Regeln der kursierenden Vernunft, was soll man zu ihr sagen? Sie langweilen mich, liebe Frau Hamm-Brücher! Ich kann nichts anfangen mit Ihrem selbstüberzeugten Geschwätz? Sagt man nicht. Hat auch keinen Sinn. Da sitzt eine ältere, ganz nette Dame, man muß froh sein, daß es noch solche gibt. Man wundert sich etwas, daß einer wie der das Wichtigste die Taxiquittungen sind. Beim Geschminktwerden fragte sie, wem man die nachher schicken soll, damit man auch ja seine zweimal dreißig Mark wiederkriegt. Aber das kann ich ihr in der Talk-Runde schlecht vorhalten. Sie versteht mich nicht, ich verstehe sie nicht, wir sprechen zwei Sprachen, und die zweimal dreißig Mark will auch ich wiederhaben. Wenn ich die Bildregie auf meiner Seite habe, dann zeigen sie immerhin kurz mein verdrießlich verzerrtes Gesicht, während so eine Figur ihre neunmalklugen Stanzen losläßt. Dann hat man Glück gehabt, denn angeekelt zuhören, das können die Selbstdarstellungsprofis nicht, das dürfen sie nicht, das kostet Sympathie oder Wählerstimmen, hierin ist man ihnen überlegen, da kann man Pluspunkte sammeln. Aber wenn man als Nichtprofi redet, geht man unter. – Doch, so ist es, ich schwöre es Ihnen. Es ist ein Untergang. Ich will aber anders untergehen.

Als natürlicher Mensch wirkt man auf dem Bildschirm unnatürlich. Das ist es doch: Je mehr Zombie, desto vernünftiger erscheint man. Die Grünen wirkten ja, als sie seinerzeit hoch und damit ins Fernsehen kamen, erst auch unbeholfen. Die, die damals glaubwürdig waren, wirkten am Bildschirm unglaubwürdig. Die Fernsehwelt ist eine verkehrte Welt! – Nein, warten Sie, ich gehe nicht nur von mir aus. Ich bin besonders ungeschickt, aber auch bei geschickten Kollegen habe ich das beobachtet. Heiner Müller zum Beispiel, der ist doch wirklich nicht aufs Maul gefallen. Aber wenn der zwischen Helmut Schmidt und Marion Dönhoff sitzt, und Schäuble ist auch dabei, da wirkt der wie ein Depp. Alle reden davon, daß die Westdeutschen den Ostdeutschen helfen und geduldig sein müssen, daß man nicht arrogant sein darf und so weiter.

Alles die reine Weizsäckervernunft, Pastorengeschwätz. Wenn auf seine Art auch richtig. Und dann ist da noch die Treuhandchefin, die expertenhaft die Dinge zurechtrückt, und ein echter Ex-DDR-Pastor, der von allen am wenigsten pastörlich ist, und dazwischen ziemlich stumm Heiner Müller, der zunehmend lustlos an seiner Zigarre zieht. Er will nicht reden, und als Elke Heidenreich ihm das Wort erteilt, versucht er, etwas gegen diese unerträglichen Harmoniebeteuerungen anzugehen, und sagt in etwa Folgendes: Man kann doch von den Westdeutschen nicht verlangen, daß sie die Ostdeutschen lieben. Was zählt, ist bekanntlich das Geld, und die Ostdeutschen kosten Geld, nehmen einem Geld weg, warum soll man sie dafür lieben, das wäre ja geradezu pervers.

Das ist natürlich auch wieder Unsinn. Weil Heiner Müller, wenn es um die dritte Welt ging, den Westdeutschen früher immer vorwarf, was ihnen jetzt Schäuble und Weizsäcker und Helmut Schmidt vorwerfen: Die Selbstsucht auf dem Rücken der Ärmeren. Wenn man das mal vergißt, ist es ja kein völlig falscher, sondern ein hübscher frischer Einwurf: Man kann nicht dauernd Nächstenliebe fordern, man muß den Geschwisterhaß erst mal als Tatsache verstehen. Sehr richtig. Trotzdem. Heiner Müller wirkte wie ein Trottel. Der spitzfindige Gedanke hat keine Chance. Wenn er von so viel ausgepolsterten Goodwill-Erklärungen umgeben ist, wirkt das nur miesepetrig, kraftlos, bekloppt. – Warten Sie, ich bin gleich fertig. – Mir egal, ob Sie zu einer Konferenz müssen, das Abschneiden von Worten können Sie in Ihren Talk-Sendungen machen, aber nicht mit mir am Telefon. Das ist mein Medium jetzt, und Sie bezahlen die Rechnung, haha! – Was, nur wenn ich komme? Nix da. So gesehen vergeuden Sie Ihre Zeit. – Nein, nichts zu machen. Wenn Sie einen brauchen, der nur dasitzt, aber dennoch immer wieder gezeigt wird, wie er amüsiert, skeptisch, angeekelt zuhört, dann komme ich. Kein Wort sage ich, Sie blenden immer brav meinen Namen ein, wenn ich zu sehen bin, dazu einen Fließtext mit meinen neuesten Veröffentlichungen. Wollen Sie? – Aha, da fehlt Ihnen der Mut. Das wäre doch mal was Neues. Sie wollen doch öfter mal was Neues. Bitte schön! – Nein? Schade, wirklich schade, ich würde gern als bester Talk-Show-Zuhörer in die Fernsehgeschichte eingehen. – Nein, nicht im Publikum! **Sind Sie verrückt?** Nicht im Hintergrund, inmitten dieser Oberspießersitzgruppenrunde will ich hocken und meine Miene so verzerren, daß das Millionenheer der Zuschauer einen Eindruck bekommt, was Hohn und Spott ist. In der Talk-Show reden ist der Anfang der Anpassung. Sie suchen nach Kanten, verstehe. Aber wer nicht glatt ist, wirkt nur ungehobelt. Das ist das tragische Naturgesetz des Fernsehens. – Ja, Ausnahmen gibt es. Deswegen habe ich ja dreimal zugesagt. Ich wollte wissen, ob ich vielleicht eine Ausnahme bin. War ich nicht.

Alle werden glattgemacht bei Ihnen. Irgendwie ist alles Thomas Gottschalk. Leute wie Henryk Broder oder Cora Stephan, die man nicht völlig zu Unrecht für kritisch hält und daher gerne zu Talk-Runden einlädt, sind nur noch scheinbar kritisch. Die TV-Gesetze bügeln sie glatt, sie wirken noch passabel, aber was sie sagen, könnte bereits von Weizsäcker oder Kohl sein. Austauschbare Scheinvernünftigkeit. Es bleibt nichts. Ob Golfkrieg, Israel oder Ausländerhaß, selbst was von den erregtesten Gesprächsrunden der beneidenswert intelligenten, polyglotten, weltgereisten, eloquenten, gebildeten, universalinformierten, temperamentvollen Teilnehmer bleibt, sind jämmerliche Binsenwahrheiten, die der Moderator am Schluß zusammenfaßt. Sätze wie: »Frieden ist auf Dauer nur möglich, wenn der Kern der Probleme gelöst ist« – so der Palästinenser. Und der Israeli: »Ich denke doch, daß sich mittel- oder langfristig friedliche Lösungen erreichen lassen.« Das war's dann. Das ist das Ergebnis. Nein, nein. Nicht mit mir. Nie wieder. Wiedersehen. Wie? – Nein. Auf Nimmerwiedersehen!

Wenn sich Städte zu sehr lieben

Eine Führung durch München

Es ist alles nicht wahr. Alles Erfindung, Einbildung. Alles nachgeplappert irgendwelcher Tourismusliteratur, den schwärmerischen Vorworten übergroßer Bildbände, den Tips handlicher Stadtrundgangsbroschüren, den Behauptungen gedankenloser Reiseleiter, die ihrerseits das nachplappern, was in den Stadtrundgangsbroschüren zu lesen ist.

Das werden wir unseren Gästen sagen. Alte Freunde, lange nicht gesehen, er Jurist, sie Lehrerin. Sie leben in Braunschweig, München kennen sie nur von der Durchreise, diesmal wollen sie hier zwei Tage Station machen. Sie erhoffen von uns eine Stadtführung, wie sie am Telefon neckisch, aber durchaus erwartungsvoll sagten. Wir mögen die beiden, vor einer Stadtbesichtigung aber graust es uns. In unserer Not haben wir uns mit einem schmalen Buch über Münchens Sehenswürdigkeiten versorgt. Im Grußwort des Fremdenverkehrsbüros wird dort das Schlagwort vom »sanften Tourismus« dem Reisenden mit auf den Weg gegeben.

Mit leisem Stöhnen räumen wir das zum Abstellzimmer gewordene Arbeitszimmer auf und schleppen zwei Matratzen hinein. Es sei nett, aber nicht nötig, bei uns zu übernachten, hatten die Besucher gesagt, die Studentenzeiten seien vorbei, sie nagten nicht am Hungertuch, wir kennten uns doch in München aus und sollten ihnen ein angenehmes Hotel besorgen.

Doch ein angenehmes Hotel zu besorgen ist noch mühevoller und vermutlich erfolgloser als ein Arbeitszimmer in ein Gästezimmer zu verwandeln. Es fallen uns als Münchner in München auch keine angenehmen Hotels ein. Die Schmuddeligkeit der kleineren Hotels in der

Bahnhofsgegend ist ohne den Charme, den die schmuddeligen Hotels in Frankreich haben. Und die Sauberkeit irgendeiner mehr am Rand der Stadt gelegenen Hotelpension ist von allzu erdrückender Spießigkeit. Ein Betonklotz kommt nicht in Frage. Beton kann niemals angenehm sein; übrigens auch nicht luxuriös; und es ist eine Unverschämtheit, daß sich einige dieser widerwärtigen Hotel-Hochbunker der Luxus-Klasse zurechnen. Eines der wenigen Edel-Hotels der Innenstadt kommt auch nicht in Frage. Das wäre einerseits zu teuer und prahlerisch, und andererseits nicht grandios genug. Denn München besitzt nicht, was jede anständige Stadt besitzen sollte: ein prächtig herausragendes Hotel, dessen Architektur alle Kirchen und Regierungsgebäude in den Schatten stellt und das unbeirrbar den Glanz einer vergangenen Epoche verkörpert.

Wir starren auf Decken und Laken und kämpfen mit uns, ob wir das Beziehen der Betten den Besuchern überlassen sollen, entschließen uns dann aber halbherzig, zuvorkommende Gastgeber zu sein. Wir werden nicht drumherum kommen, unseren Freunden ein paar Ecken von München zu zeigen. Jutta möchte gerne mal die Maximilianstraße sehen, hatte unser alter Freund Thomas schon angedeutet. Gut, wir werden ihnen die Maximilianstraße zeigen, die als Münchens vornehmste Einkaufsstraße gilt. Alles nicht wahr, werden wir sagen, alles Legende. Rein städtebaulich zwar noch eine der wenigen letzten passablen Straßen, aber was die angeblich tollen Läden betrifft: reine Katastrophe. Wir jedenfalls leben seit Jahrzehnten in dieser Stadt und sind verdammt gut ausgekommen, ohne jemals auch nur irgendeines dieser Geschäfte betreten zu haben oder auch nur davor stehengeblieben zu sein – und zwar nicht etwa, weil das Zeug, das da verkauft werden soll und rätselhafterweise auch verkauft wird, so fürchterlich fein und teuer wäre, sondern weil es so fürchterlich häßlich ist. Ein paar Mal im Laufe unseres Lebens als Bewohner dieser Stadt haben wir spaßeshalber vor diesen gepriesenen Schaufenstern unsere Schritte verlangsamt, und der flüchtige Blick auf die Auslagen hat jedesmal unseren Verdacht bestätigt. Wir sind nicht so vernagelt, Dinge zu kritisieren, weil sie teuer und damit nicht jedem zugänglich sind; was schön ist, darf teuer sein. Nicht das Teure allein ist schändlich und schon gar nicht das Häßliche. Nur die Einheit aus teuer und häßlich ist so erbärmlich. Und ebendiese zum Glück durchaus nicht spezifisch münchnerische oder bayerische und nicht einmal spezifisch deutsche, sondern diese durch und durch internationale Einheit aus teuer und häßlich, wird in den Läden der Maximilianstraße präsentiert. Vor dem 9. November 1989 haben wir hier gelegentlich Gäste aus der DDR entlanggeführt, die uns kichernd versicherten, daß es im gescholtenen Ostberlin zwar wenig hübsche Sachen gäbe, aber nichts sei so abscheulich wie der Möchtegernschick, der in der Maximilianstraße von salbungsvollen Verkäufern andächtigen Geschmackshabenichtsen angedreht wird, die in dem wunderbaren Irrtum befangen sind, in einem Gewand eines abstrusen Herrn Moshammer mache ihr lachhafter Körper einen besseren Eindruck. Sie bringen es hier sogar fertig, häßliche Lumpen, häßliche Lampen, häßliche Lampenschirme, häßliche Lampen-Elektrokabel anzubieten. Die Möbel häßlich, der Schmuck, der ganze Designschnickschnack samt silbernen Teekannen kann ebensogut direkt vom Ladentisch auf den Müll gekippt werden. Das hat auch das Volk der DDR begriffen, das nach dem 9. November Münchens Konsumangebot in Augenschein nahm, und die Maximilianstraße nicht massenhaft durchstreifte: nicht aus Respekt und Scheu vor dem Glanz des Reichtums, wie die erleichterten Ladenbetreiber in der Maximilianstraße klammheimlich vermuteten, sondern weil selbst der hinterletzte Jeansjackenträger aus Halle seine Westzeit nicht damit verplempern will, den hier angebotenen Schmarren anzuschauen.

Die Modegeschäfte der Maximilianstraße führen ausnahmslos Sachen, die aus jedem Mann einen dezenten Popanz und aus jeder attraktiven Frau eine asexuelle Schickse machen. Hier, und mehr noch um die Ecke, bekommt man auch Kleidung mit bayerischen Akzenten, den Hubertusmantel zum Beispiel, in dem man so verzweifelt aussieht wie König Ludwig auf dem hirschgezogenen Schlitten; oder Anzüge mit dezentem Trachteneinschlag. Mit dem grünen Kragen am grauen Jackett sucht der aus Köln zugezogene Verlagsgeschäftsführer seine frische Sympathie zu Bayern kundzutun, wie auch unsere Kuhfladenminister ihre Heimatverbundenheit mit solchen Anzügen gern unterstreichen.

So schlimm können wir es nicht finden, werden Jutta und Thomas vermutlich sagen und auf einen ungeheuer schlichten Lodenmantel deuten. Das können sie nicht verstehen, daß man als Bewohner Münchens am Loden leiden kann, weil man mit Ausnahme des Hochsommers unentwegt Loden sieht. Das ist natürlich nicht ganz richtig: Man sieht noch viel mehr Blue jeans und T-Shirts mit Aufdrucken, die noch schlimmer als Loden sind – aber der Lodenprozentsatz ist im Stadtbild immer noch zu hoch, finden wir. Loden wird vom Supermarkt-Filialleiter aufwärts bis zu den unzähligen Beamten getragen, die in Münchens Bau- und Finanz- und Arbeitsämtern ein- und ausgehen, und natürlich von Touristen. Mit Loden drückt man seine Verbundenheit mit Bayern aus, ein Lodenkleidungsstück ist eine Einverständniserklärung mit Bayerns Land und Leuten – und die geben wir so schnell nicht ab.

Wir werden von unseren Freunden natürlich zu hören kriegen, daß dies eine maßlos verstiegene Theorie sei, auf die Art könne man ihnen München, Bayern und die Lodenmäntel nicht madig machen; Loden hin, Loden her, sie empfänden die Atmosphäre in der Stadt als heiter und gelöst, nicht so verbissen und seriös wie im Norden.

Jetzt bloß keine Diskussion über den angeblich steifen Norddeutschen und den offenherzigen Bayern, denken wir und deuten auf das Maximilianeum, das sich am Ende der Straße hinter der Isarbrücke erhebt. Sitz des bayerischen Landtags. Dort wird bayerische Politik gemacht. Die wesentlichen Schurkenstücke werden natürlich nicht dort ausgeheckt, sondern in der CSU-Parteizentrale, in der Staatskanzlei und an den rustikalen Biertischen CSU-ergebener Lokale.

Unser Besucherpaar will von Politik nichts wissen, nicht im Urlaub bitte. Da drüben, das sei doch die Oper! Beneidenswert, in einer Stadt mit einem solchen Opernhaus zu leben, in dem weltberühmte Sängerinnen und Sänger gastieren. Wir sagen, was alle sagen, die das Gefühl haben, zu wenig in Oper, Theater und Konzert zu gehen: daß es keine Karten gäbe. Nichts zu machen. Nur mit Kopfständen. Wegen irgendeines Tenors seien wir nicht bereit, eine Nacht lang an der Vorverkaufskasse Schlange zu stehen.

Wir möchten gegen den Widerstand unserer Braunschweiger Besucher doch noch einmal auf die Politik zu sprechen kommen. Man kann München nicht verstehen, sagen wir, wenn man die Politik nicht versteht, die von München aus gemacht wird. Wir weisen auf Filz, Sumpf und Korruption hin und kriegen zur Antwort, daß wir doch bitte nicht naiv werden sollten auf unsere alten Tage; das sei in Niedersachsen doch haargenau so, es sei in Hamburg nicht anders und nicht in Berlin, ob wir denn nicht Zeitung läsen.

Aber wir beharren auf der Münchner Besonderheit: der bayerische, münchnerische Sumpf sei etwas anderes! Er riecht nicht modrig sondern scharf, sagen wir. – Diese Auskunft ist unserem Freund Thomas, dem exakten Juristen, entschieden zu ungenau, da kann er nichts mit anfangen, auf Geruchsnuancen läßt sich keine Anklage aufbauen. Die Besonderheit hat mit dem Unterschied von reaktionär und konservativ zu tun, sagen wir. Es gibt bekanntlich verschiedene politische Sümpfe, jede Partei hat ihren eigenen und ihre eigene Art, damit umzugehen.

Wenn bei der CDU der Sumpf öffentlich sichtbar wird, dann wird zuerst einmal alles lange abgestritten, es wird trotzig herumgebockt, verdruckst herumgewaschen; schließlich werden heuchlerische Floskeln des Bedauerns ausgesprochen und halbherzige Konsequenzen gezogen. Ganz anders verhalten sich die ertappten Sünder der CSU. Wenn die schwarzen Bayern mit ihrem Sumpf konfrontiert werden, schweigen sie frecher, grinsen sie dreister, lügen sie gemeiner als die anderen Unionspolitiker. Zwölf Monate lang wurde Mitte der 80er Jahre in den Kammerspielen ein immer wieder auf den neuesten Stand gebrachtes Revue-Theaterstück namens ›München leuchtet‹ gespielt, 66 mal, und es wurde besonders gern gesehen von den Leuten, die zusammen mit ihren skandalösen Machenschaften darin vorkamen. Das eben ist der Unterschied zwischen bayerischen und außerbayerischen Kriminellen. Den außerbayerischen Kriminellen, ob in Stuttgart oder Hannover, Kiel oder Berlin, ist ihre Korruptheit peinlich. Bayerns Reaktionäre aber amüsieren sich selbst dann über ihre Gemeinheiten, wenn sie sie öffentlich präsentiert bekommen. Es gab dann später ein zweites Stück, »Diridari«, wieder von denselben Enthüllungs-Künstlern vorgeführt (Polt, Schneeberger, Müller, Hildebrandt, Biermösl Blosn). Die auf der Basis präziser Recherchen dargestellte Geschäftemacherei des nunmehr verflossenen Ministerpräsidenten Strauß und seines noch nicht verflossenen Nachwuchses mit Baulöwen und Medienmogulen ernteten nichts als Heiterkeit und Begeisterung.

Vielleicht ist es so, sagen wir, daß sich der Bayer besonders gern im Dreck seiner Landeshauptstadt suhlt und dabei fröhlich grunzt, während man sich in Hamburg verlegen die angetrockneten Schlammspritzer ausbürstet. Und eben dieses Verhalten macht den Bayern in den Augen der übrigen Republik zum exotischen Urvieh. Die Schamlosigkeit bringt den bayerischen Politmafiosi gelegentlich Sympathie oder sogar die Achtung ihrer außerbayerischen, verschämteren Gangsterkollegen ein. Anders ist nicht zu erklären, wieso sich in Bayerns Metropole Gestalten an der Macht halten können, von denen sich ein zivilisierter Mensch je nach Laune entweder entsetzt oder amüsiert abwendet. Das unbewegte Gesicht eines CSU-Parteisekretärs oder Ministers 30 Sekunden im Fernsehen trägt mehr zum Ruin des kulturellen Image bei als sämtliche Rembrandts in der Alten Pinakothek der Münchner Kultur nutzen.

Jetzt holen unsere Freunde aus dem Norden aber Luft und wollen auch etwas sagen, vermutlich wollen sie endlich ausführen, daß es bei ihnen oben so viel anders auch wieder nicht ist, aber wir sind gerade so schön in Fahrt und bitten sie noch um etwas Geduld, während wir langsam die Maximilianstraße entlanggehen und die Lodenkostüme und Tweedkotzen und Kaschmirjanker und jankerhaft paspelierten Ledersaccos der Passanten und Schaufensterpuppen nun nicht mehr wahrnehmen, weil wir jetzt nämlich unsere Theorie des Reaktionären entfalten wollen. München ist gottseidank nicht mehr die Hauptstadt der Bewegung, aber es ist immer noch die Hauptstadt der Reaktion. Wer verstehen will, was reaktionäres Denken, Trachten und Treiben ist, der muß nach München kommen, hier kann er Feldforschungen machen. Er kann natürlich auch nach Passau fahren, da ist es noch viel finsterer, da sieht man fast gar nichts mehr.

Die Inhalte der reaktionären Politik interessieren uns diesmal übrigens kaum, die stehen in der Zeitung, die setzen wir als bekannt voraus, das ist was für Anfänger. Aufschlußreicher ist ein Studium des reaktionären Charakters, der in Bayern und also auch in seiner Landeshauptstadt extrem stark vertreten ist. Der Reaktionär gehört ideologisch zu den Konservativen, doch unterscheidet er sich von diesen erheblich durch seine Mentalität. Der normale Konservative versucht, kultiviert zu wirken, der Reaktionär versucht das erst gar nicht. Der

Konservative redet pausenlos von der Erhaltung irgendwelcher Werte, der Reaktionär schneidet ihm das Wort ab und bezichtigt ihn der Schwafelei. Damit hat er recht, das bringt ihm Stimmen, und daher ist er gefährlich. Er ist schärfer, schneidender, raffinierter; wenn's drauf ankommt verlogener, wenn's drauf ankommt ehrlicher; er ist intriganter aber auch undiplomatischer, furchtloser aber auch hinterfotziger als der Konservative, der immer noch unbeholfen versucht, redlich zu wirken und sich in Ausreden verheddert. Durch seine Unverschämtheit wirkt der Reaktionär konturenreicher und rauher, manchmal sogar herzerfrischender als der Konservative, den man oft für glatt, wattig, profillos und geschwollen hält. All diese Eigenschaften haben den reaktionären Franz Josef Strauß so beliebt gemacht, und nach diesem Rezept verfahren seine reaktionären Zöglinge, ob sie nun Stoiber, Tandler oder Gauweiler heißen. Jede ihrer Unverschämtheiten trägt zu ihrem Profil bei.

Moment, Moment, sagen unsere Gäste, immerhin befinde man sich in München, und München werde ja fast schon traditionell von einem SPD-Oberbürgermeister regiert ... Dessen ehrenvolle Hauptaufgabe darin besteht, unterbrechen wir den Einwand, einen Hahn in das erste Oktoberfest-Bierfaß zu hämmern, woraufhin die Schlagzeilen der gesamten Münchner Lokalpresse urschreiartig verkünden, daß nun angezapft sei.

Wie heißt das noch mal auf Bayrisch, das mit dem Anzapfen, wollen jetzt die Braunschweiger Freunde wissen. Wir aber weigern uns, den Schlachtruf der Biersäufer und Oktoberfesttouristen im Original zu zitieren. Er ist uns zu dumpf, auch können wir es nicht leiden, wenn sich Norddeutsche genüßlich nach bayerischen Spezialausdrücken erkundigen. Wir mögen **die** Bayern nicht, die in solchen Fällen folgsam wie die Pudel ihre idiomatischen Wendungen preisgeben. Hier empfinden wir eine gewisse Sympathie mit dem fast ausgestorbenen, grimmig-preußenverachtenden Altbayern, der einem Norddeutschen auf dessen Bitte auch nicht einen Laut des heimatlichen Sprachschatzes preisgeben würde.

Mittlerweile sind wir die Maximilianstraße ein Stück weitergegangen und haben an einem der wenigen Tische Platz genommen, die das den Kammerspielen vorgelagerte Café-Restaurant »Kulisse« auf den zu schmalen Bürgersteig gestellt hat. Wir können unseren Gästen nicht, wie ironisch in Aussicht gestellt, einen prominenten Schauspieler zur leibhaftigen Ansicht bieten. Weder Helmut Griem noch Cornelia Froboess, weder Heinz Bennent noch Martin Benrath sind anzutreffen, nur am Nebentisch rätseln zwei Mädchen tuschelnd, ob die alte Dame, die ganz hinten im Café in ihrem Teeglas rührt, nicht die Marianne Hoppe sei. Aber Jutta und Thomas schauen nicht unzufrieden den unbekannten Passanten hinterher, während wir uns dafür entschuldigen, daß München nicht Paris sei, wo es zwanzig Straßen gäbe, zwanzigmal so prächtig wie diese hier, mit zehnmal so vielen und zehnmal so großen Cafés.

Ihr habt Komplexe, sagen die Gäste aus Braunschweig, ist doch ganz schön hier. Das finden wir auch manchmal, aber das stolze Vorzeigen der Stadt können wir nicht leiden, und das Wort vom sanften Tourismus finden wir so albern, daß wir eine möglichst unsanfte Führung veranstalten wollen. Es ist die elende Selbstverliebtheit dieser Stadt, die uns auf die Nerven geht und zum Miesmachen anregt. Keine Stadt hat sich so wie München mit Prädikaten behängt und behängen lassen. Zärtlich ist von der »heimlichen Hauptstadt« die Rede, von der »Weltstadt mit Herz«, dem liebenswerten »Millionendorf«, man kann es nicht mehr hören. Selbst in dem für Amerikaner geschriebenen Buch »Grüß Gott in Munich« springen dem Leser die deutschen Worte »Lebensqualität« und »Freizeitwert« aus dem englischen Text entgegen, als seien das Spezialitäten, die es nur hier gäbe. In München werden am meisten Filme gedreht und am meisten Bücher gemacht, es wird am meisten geheiratet; ob auch am meisten gevögelt wird in dieser Stadt der Lebensfreude, ist noch unbekannt. In München ist man auf Superlative ganz besonders scharf. Münchens Bürger sind nicht nur besonders stolz auf ihre Stadt, sie können auch noch stolz darauf sein, von allen bundesdeutschen Großstädtern am zufriedensten mit ihrer Heimatstadt zu sein; 88 Prozent der Münchner identifizieren sich mit ihrer Stadt; sie liegen damit knapp aber klar vor Hamburg (86 Prozent), Bremen (84), Berlin (80; Zahlen nach Forsa-Umfrage 1989). Zu seinem Leidwesen ist München nicht die unternehmerfreundlichste Stadt der Bundesrepublik, aber es hat wenigstens eine Spitzenposition. Und seit dem (auch von den Leitartikeln der für linksliberal gehaltenen ›Süddeutschen Zeitung‹ eilfertig und in durchaus bester reaktionärer Loden-Manier gefeierten) Niedergang der kommunistischen Phantasien, ist auch in München klar, daß es gut für die Arbeitnehmer ist, wenn es den Unternehmern gutgeht. Daß in München bei Krauss-Maffei immer noch eifrig Panzer, bei MBB allerlei Raketenkram und bei Siemens so manches computergesteuerte Zielsystem sorgfältig gebastelt werden, daß in München etwa 30000 Arbeitsplätze der Rüstung dienen, davon ist in den Selbstbeweihräucherungslitaneien der Münchner Wirtschaft sicherheitshalber nie die Rede. Jeder zweite Bericht in einer Münchner Zeitung über den Münchner Kunst- oder Antiquitätenhandel, über die Modemesse oder den Aufschwung der Elektronik-Branche beginnt mit den Worten, daß sich »München auch auf diesem Bereich nicht zu verstecken brauche«. – Was ist das für ein kleinkarierter Lokalpatriotismus, sagen wir so laut, daß von den anderen Tischen hergeschaut wird.

Voriges Jahr waren wir in Berlin, sagen unsere Besucher, da sei es auch nicht anders. Der Berliner Lokalpatriotismus treibe ähnliche Blüten, es sei normal, daß jede Stadt auf den Putz haue und Reklame für sich mache. Warum sollten die Städte vom Wettbewerbsdenken frei sein, schließlich gehe es auch um Steuereinnahmen und Umsatz.

Mag sein, mag sein. Aber wir bestehen drauf, daß diese schwärmerische Selbstverliebtheit in München ganz besonders impertinent ausgeprägt ist, besonders süß und schnuckelig, wie überhaupt München eine viel zu schnuckelige und aufgeräumte und herausgeputzte Stadt sei. Wenn man aus Frankfurt oder Berlin hierher zurückkommt, sagen wir, hat man das Gefühl, man geht in einer Kulissenstadt spazieren. Die Häuser sehen aus wie aus einer Bonbon-Schachtel gebastelt; vermutlich haben sie alle an irgendeinem Fassadenwettbewerb teilgenommen. Um sechs, halb sieben schließen die Läden, dann stirbt die Innenstadt innerhalb einer Stunde aus. Befindet man sich zu diesem Zeitpunkt in der Fußgängerzone, so hat man plötzlich das Gefühl, man stünde an einem desolaten Wochenende auf dem Marktplatz einer kleinen Garnisonstadt wie Mittenwald oder Tauberbischofsheim herum, wo nur noch ein paar Zwanzigjährige nach Kneipen Ausschau halten. Das ist keine Weltstadt. Eine Weltstadt lebt bis in die Nacht hinein. Eine Weltstadt ist so groß, daß man sich darin verirren kann. Es gibt mehr Ausländer in einer Weltstadt. In München gibt es viel zu wenig Ausländer.

Das haben wir jetzt ganz laut gesagt, in der Hoffnung, daß irgendwer auf der Straße zornrot wird und Einspruch erhebt. Aber es geschieht nichts. Es gibt zu wenig Afrikaner, es gibt zu wenig Inder, fahren wir fort. Eine hellhäutige Stadt braucht viele schöne dunkle Menschen, damit die Weißen nicht hochnäsig werden. Zum Glück gibt es Griechen, Italiener, Spanier, Jugoslawen, Türken, wenn wir die nicht hätten, wäre es trostlos. Wenn München tatsächlich so etwas wie einen mediterranen Einschlag hat, dann liegt es vielleicht weniger an seiner barocken und klassizistischen Architektur als an den gottlob reichlich vorhandenen Gastarbeiter-Lokalen. Wenn es noch ein paar Tausend Inder gäbe und ein paar indische Gemischtwarenhändler, die über deutsche Ladenschlußgesetze erhaben ihre Eckläden wie in London bis in die Nacht hinein offenhalten könnten, dann würde München etwas weniger bleich und leblos sein, sagen wir.

Dann hättet ihr noch mehr Rassismus, und noch mehr Leute würden die Republikaner wählen, sagen Jutta und Thomas natürlich auf unseren heimlichen Traum. Jedenfalls ist München keine Weltstadt, und ein Herz hat es natürlich auch nicht. Das behauptet auch mittlerweile kein Mensch mehr, das Komische ist nur: indem der Legende von der Weltstadt mit Herz ständig widersprochen wird, wird sie weiter am Leben gehalten. Daß die Weltstadt mit Herz ihr Herz für Schwule, Rollstuhlfahrer, Hundezüchter, Autoverweigerer und andere Minderheiten noch nicht entdeckt habe, ist eine Wendung, die man in der Lokalpresse ständig lesen kann. Damit wird die Herzlichkeit als eine latent vorhandene, nur an manchen Stellen noch mangelhafte suggeriert. Alles Unsinn, in Berlin und sonstwo sind die Leute sehr viel herzlicher, behaupten wir mal aus reinem Oppositionsgeist, ziehen die Behauptung aber wieder zurück, weil wir ja den Wettbewerb der Städte um irgendwelche Kardinaltugenden nicht unterstützen wollen.

Jetzt melden unsere Besucher tatsächlich das Bedürfnis an, das Hofbräuhaus in Augenschein zu nehmen. Wir wehren ab. Das geht zu weit! Es ist ganz nah, sagt der unerbittliche Thomas, der sich einen Stadtplan besorgt hat, weil er unserer Führung offenbar mißtraut. Bitte, sagen wir, laßt uns doch die allerklischeehaftesten Touristenhöllen vermeiden. Das Hofbräuhaus ist nicht echt münchnerisch. Aber Thomas, dieser aufmerksame Strafverteidiger, sagt einfach: Auch Verfälschung ist ein Bestandteil der Wirklichkeit, und eine Stadt ist immer auch die Summe ihrer Klischees. Nach diesem erkenntnisphilosophischen Donnerwort geleiten wir die Besucher reumütig zu dem Inbegriff japanischer und amerikanischer

München-Vision. Wir durchqueren die berühmte Schwemme, die wir das letzte Mal vielleicht vor 20 Jahren mit Schrecken durchstreiften. Wenn wir es heute plötzlich gar nicht mehr so schlimm finden, dann liegt es vielleicht daran, daß dieser Ort von der sonst allgegenwärtigen Schickeria offenbar gemieden wird. Kein einziger schicker Typ ist zu sehen, nur formlose US-Baseballspielerfiguren und die obligaten Japaner, denen der Anpassungswille die Gesichtszüge verzerrt. Die Einheimischen sehen alle konformistisch aus wie Walter Sedlmayer. Am Raum kann wenig ausgesetzt werden. Schönes, hohes Gewölbe. Wo lange Zeit überall die Tendenz bestand, die Lokale in Nischen und Stuben zu verwandeln, hat die Schwemme des Hofbräuhauses widerstanden. Keine Resopaltische, sondern zerschlissene Holzplatten – und dennoch auf wunderbare Weise ungemütlich. Doch wenn die Blaskapelle alle Nase lang den Saufevergreen ›Ein Prosit der Gemütlichkeit‹ anstimmt, dann kann man aus den wenigen Tönen einiges heraushören. Es klingt nicht nur derb und paradox, sondern leider auch bedrohlich, heimtükkisch, aggressiv, erpresserisch: Es sind die Töne, die auch in den Bierzelten des Oktoberfestes immer wieder geblasen werden. Unsere Gäste sind ganz betört, sie wollen eine Maß Bier trinken, wenigstens wir alle zusammen eine bitte, aber wir schreien ihnen bei dem Getöse ins Ohr, daß sie das ohne uns machen müssen. Das wollen sie auch nicht, wir gehen alle zusammen raus und wir bedauern: ohne Musik ja, wir hätten es überraschenderweise so übel gar nicht gefunden und perverserweise auch schon mit dem Gedanken gespielt, uns eine viertel Stunde lang von der bayerischen Volksseele aufsaugen zu lassen, aber die Musik könnten wir nicht ertragen. In diesen Tönen entfalte sich genau das, was wir vorhin als reaktionären Charakter bezeichnet hätten, sagen wir. Es ist ein schreckliches Signal, das hier geblasen wird: Mach mit bei unserer Gemütlichkeit, oder hau ab, aber schau nicht so blöd daher, als wenn dir was nicht paßt, sonst erlebst du etwas.

Unsere Gäste lachen. Verfolgungswahnsinn, sagen sie. Wo Bier getrunken werde, da herrsche diese Stimmung, das sei bei ihnen zu Hause in Braunschweig in einer Bierkneipe nicht anders, da gehe es roh zu, das reaktionär zu nennen, sei völlig verfehlt.

Das Nichtzulassen des Fremdkörpers ist das Reaktionäre, sagen wir unverdrossen. Die Amis und Japaner und die anderen Normaltouristen ... machen ja irgendwie mit auf ihre Touristenart. Das akzeptiert der Reaktionär natürlich; das freut ihn. Es freut ihn aber gar nicht, wenn du nicht mitmachst. Es ist das Fraternisieren, was so ekelhaft ist, weil es verlangt wird. Das Fraternisieren ist das Reaktionäre. Wenn du mitmachst, wirst du umarmt. Das gibt es in Braunschweig natürlich auch zur Genüge. Es gibt ja auch in Braunschweig Reaktionäre zur Genüge. Aber hier tritt es eben als Massenphänomen auf. Deshalb Bayerns abscheuliche Wahlergebnisse. Der Wähler fraternisiert sicherheitshalber mit dem furchterregenden Grölen der Politiker.

Jutta und Thomas schauen jetzt in die Schaufenster eines Kunstbuchladens und sagen, wir sollten froh sein, solch einen Kunstbuchladen wie diesen in der Stadt zu haben, in Braunschweig gäbe es das nicht. Sie haben natürlich recht. Dennoch fehlt hier in München ein Buch, denken wir, das ohne Pardon der Frage nachgeht, ob und warum so viele Bayern einen reaktionären Charakter haben. Das kann doch nicht genetisch bedingt sein? Vielleicht ist ja derselbe Jodmangel daran schuld, der bei der Bevölkerung am Alpenrand die Kröpfe wachsen läßt? Oder liegt es an der maßlosen Biersauferei, die einfach dumm und auf eine unausstehliche Art anhänglich macht? Wie kommt denn überhaupt so etwas wie die typische Mentalität einer Bevölkerung zustande? Ist es vielleicht nur die zwanghafte Erfüllung der Klischees, die den Hamburger steif, den Münchner stur, den Berliner flott und den Stuttgarter bieder sein läßt?

Jutta will nun bei den halbwüchsigen Kindern zu Hause in Braunschweig anrufen, ob alles in Ordnung sei. Zum Telefonieren schlagen wir das Hotel »Vier Jahreszeiten« vor. Es ist der Vorteil von einem anständigen Hotel, daß man durch die Halle spazieren kann, ohne schief angesehen oder dumm gefragt zu werden. Man zahlt für das Telefongespräch ein paar Pfennige mehr, dafür steht man nicht so gehetzt herum wie in der Telefonzelle. Netter Einfall, sagt Thomas, aber das könne man schließlich in jeder größeren Stadt praktizieren, das sei doch wohl eher kindisch als münchnerisch.

Doch sagen wir, ein Besuch im Hotel »Vier Jahreszeiten«, wenn auch nur als Telefonkunde, ist insofern typisch münchnerisch, weil neben einigen anderen Nobelschuppen hier die reisende Prominenz absteige, und Prominentengeilheit sei überhaupt das Typischste an München. Das wissen wir vom Salatkaufen. Der Salat wird immer in Zeitungspapier eingewickelt. Aus irgendeinem Grund meist in die Seite mit der Klatschspalte. Wenn man ab und zu Salat kauft, hat man zwar nur einen sporadischen, aber völlig ausreichenden Überblick, welcher Alt- oder Jungstar, welcher Hocharistokrat oder Aufsichtsratsvorsitzende in welchem Hotel Münchens abgestiegen sei. Das muß viele Münchner interessieren, sonst stünde es nicht in der Zeitung. Wir sind also hier im Dunstkreis der Prominenz dem Münchner Wesen schon ganz dicht auf den Fersen.

Jutta und Thomas bestreiten das schon wieder energisch: auch das sei in Köln und Hamburg nicht anders, Klatschkolumnen gäbe es in jeder größeren Stadt. Wir bezweifeln das. Paris, London und Berlin sind viel zu groß und viel zu chaotisch. Da interessiert sich doch keiner für die Ankunft irgendeines trotteligen Fürsten oder eines Champagnergeneralvertreters. Es ist ja auch in München nicht so, daß sich gaffende Autogrammjäger einfinden, aber offenbar will der Münchner Zeitungsleser wissen, wer sich gerade in dieser seiner Stadt aufhält und wer in welchem Lokal mit wem alles was zu feiern hatte. Dann gibt es diese wunderbaren Blitzlichtfotos. Fernsehfiguren oder Agenturinhaber, Makler, Baulöwen, Politdrahtzieher, vielleicht sogar mal ein Minister oder Polizeipräsident haben ihre Froscharme am besten gleich über zwei angeblich schöne Frauen gelegt, die eine ist meistens die Begleiterin, die andere eine Fernsehansagerin; dann steht da noch daneben, wer alles mitfeierte und vor allem welche Sekt- pardon Champagnermarke getrunken wurde, vom wem spendiert, und wer das Buffet lieferte. Dabei tauchen unentwegt die Namen Moët-Chandon und Feinkost-Käfer auf.

Den Klatschspalten zufolge muß die Schickeria ganz Münchens fest in den Händen von Feinkost Käfer sein, sagen wir, obwohl das unsere Besucher nicht sonderlich zu interessieren scheint. Dieser Mensch hat auch einen Laden in Bogenhausen, sagen wir, den kennen wir vom vorbeifahren, und das reicht uns schon. Die Art wie der das ganze Jahr sein Feinkosthaus mit einer Art Christbaumbeleuchtung illuminiert, ist von einer solchen immensen Hongkongkitschigkeit, das wirft ein Licht auf das Niveau all derer, die sich von Käfers renommiertem Party-Service beliefern lassen.

Die Schickeria Münchens – das dürfen wir vermuten, wenn wir die geheimen Auskünfte wohlunterrichteter Kreise mit eigenen Beobachtungen kombinieren – unterscheidet sich von der Schickeria Hamburgs oder Kölns spürbar; sie ist kreischender, ungehemmter, springt sich gegenseitig mehr auf den Schoß, küßt sich mehr ab, vor allem bei nächtlichen Abschiedsszenen auf der Straße oder vor Fotografen. Ihre Mitwirkenden verhalten sich exaltierter, ordinärer, der Alkohol macht sie noch hemmungsloser als ihre nordwestdeutschen Standesgenossen. Sie fressen die Buffets schneller leer, und sie schmeißen sich noch unverblümter an Leute heran, von denen sie sich Vorteile erwarten. Die Kleidung, so hörten wir aus wohlunterrichteten Kreisen, ist billiger und schriller als sonstwo, aber natürlich nicht so zerlumpt wie in Berlin, wo auch bei der etablierten Schickeria immer alles entfernt an Underground erinnern soll. Hier nennt sich das Ganze »Münchner Lebensfreude«, ist von undiskutierbarer Abscheulichkeit und leider weit entfernt von irgendeiner echten Verworfenheit. Die Schickeria Münchens besteht zum Teil aus Filmvolk. Stolz raunt die Branche, daß in der Landeshauptstadt 20000 Filmschaffende beschäftigt seien, wobei natürlich jede Videocassettenverleiherin mitgezählt ist. Hin und wieder mischt sich mal ein Dichter darunter oder ein Verlagsmensch, denn schließlich ist es einer von Münchens Superlativen, mit dem es unablässig brüstet, die größte Verlagsstadt Deutschlands zu sein, vielleicht der ganzen Welt, wir wissen es nicht mehr. Nachts ab ein Uhr sehen sie alle gleich aus, Fußballer, Dichter, Makler, Manager, sie reden alle immerzu nur noch dasselbe, kapieren weniger denn je und freuen sich, wenn sie anderentags in der Zeitung stehen. Das allerschönste, was ihnen passieren kann ist, daß ein Foto von ihnen in einen richtigen Bildband hineinkommt; dann freuen sie sich wie Kinder und merken gar nicht, daß dieses Foto eine Ohrfeige ist; oder sie merken es, und es macht ihnen nichts, weil auch die Münchner Schickeria reaktionär ist und von daher nichts dagegen hat, wenn man ihr dabei zuschaut, wie sie fröhlich grunzend im Schlamm planscht. Sie sehen alle aus wie Everding oder Kroetz oder Beckenbauer oder Petra Schürmann oder wie der Filmproduzent Bernd Eichinger oder sie sind es auch; es können aber auch Hairstylisten oder Leibärzte sein. Für Leute, die das alles näher interessiert, gibt es ein Lexikon der Münchner Prominenz, erschienen in einem Verlag, der auch Franz-Josef-Strauß-Kultbücher verbreitet. Als Verfasser dieser Peinlichkeit zeichnet ein gewisser Michael Graeter, jahrelanger Klatschkolumnist aller möglichen Verblödungsblätter, kein Witz, kein Niveau und ernstzunehmen nur als Erschleicher einer Restaurant-Zulassung. In Graeters Lexikon kann man nachschlagen, welche Funktionen die jeweiligen Personen haben, welche Lokale sie bevorzugen, ob sie Porsche oder Jaguar fahren oder treu heimatverbunden BMW. Im Münchner Fasching treibt diese Art von Vergnüglichkeit naturgemäß Blüten. Der Exhibitionismus der Münchner Schickeria hat keine Bremsen. So ist es, sagen wir.

Richtig erregt haben wir uns über das affige Volk – das ist unseren Besuchern aus Braunschweig auch aufgefallen, und sie fragen, warum wir denn so in Rage geraten sind, wir würden doch hoffentlich nicht in diesen Kreisen verkehren. Nein, das tun wir nicht. Aber es ist schlimm genug, ab und zu versehentlich Absprengseln solcher Schickeriagruppen oder auch nur mit deren Nachahmern oder Voyeuren in Berührung zu kommen. Das kann ganz unschuldigen Verliebten passieren, die sich nachts um eins noch nicht trennen wollen, aber aus bedauerlichen Gründen zu keinem von ihnen nach Hause gehen können, vielleicht weil er Student ist und sie eine schöne Ehebrecherin mit wartendem Ehemann. In Hamburg und Berlin hat dieses Paar keine Probleme, weil ganz normale Kneipen länger offen haben. In München vertreiben die passablen Kneipen anders als in Hamburg, Köln oder Berlin spätestens um ein Uhr die letzten Gäste, denen nun nur die Flucht in die wenigen Bars übrigbleibt, vor deren Eingängen sich nach Mitternacht dichte Trauben schicker Deppinnen und Deppen bilden, wo man also nicht in nachmitternächtlicher Ruhe allein oder zu zweit seinen Liebeskummer pflegen kann, weil man von einem hysterisierten Kreischgedrängel umgeben ist, wo Chromjeepfahrer nach Damenmodezeitschriftenredaktionsassistentinnen Ausschau halten. Aber was faseln wir hier lang über die mit Abstand ausgehöhlteste Gesellschaftsgruppe! Und die gnadenlosen Sperrstunden sind den schlafbedürftigen Nachbarn zu verdanken, die bei den Bezirksausschüssen eine größere Lobby haben als die Barkeeper mit den langen Schürzen. Dagegen kann ernsthaft absolut nichts eingewendet werden. Es schlägt unser soziales Gewissen, und wir haben den teuflischen Plan, mit unseren Gästen den nun wirklich unsanftesten Münchner Touristentrip zu unternehmen und zum Hasenbergl hinauszufahren, in jenes Vorstadtarbeiterviertel ohne jede falsche Arbeiterromantik: die Schule voller Problemkinder, und zum Entsetzen aller politischen Parteien erhielten hier bei der letzten Europawahl (1989) die furchtbaren Republikaner über 20 Prozent. War es bisher für jeden regierungsunfreundlichen Münchner Bürger schon eine peinliche Vorstellung, daß immer da, wo ein Bevölkerungsquerschnitt zusammenkommt, wie zum Beispiel in der S-Bahn, mehr als die Hälfte der dicht beieinanderstehenden Menschen ihre Stimme den Horrorgestalten von der Christlichen Scharfmacher-Union gegeben hatten, anstatt sie diskret verfallen zu lassen, wenn ihnen die anderen Parteien begreiflicherweise schon mißfielen. Nun muß der U- oder S- oder Straßenbahn-fahrende Bürger im Norden Münchens mit einem Dutzend Republikanerwählern pro Waggon rechnen, die Schmerzgrenze ist angestiegen. Von daher schlagen wir unserem Braunschweiger Besuch vor, in die Höhle des Löwen zu gehen und Milieustudien zu betreiben: eine Kneipe am Hasenbergl aufzusuchen, wo Arbeitslose ohne Schulabschluß ihr Außenseitertum damit zum Ausdruck bringen, daß sie nicht die gewöhnliche Halbe Bier trinken, sondern ein Pils. Entsprechend heißen solche Kneipen »Pilspub« oder »Pilsstüberl«. Aus der Musikbox tönt deutsches Liedgut von Heino, es ist aber auch der Bayerische Defiliermarsch darin, der wirklich sehr schön ist und nur den einen Makel hat, daß es das musikalische Lieblingsstück von Franz Josef Strauß war. Und dann hingehen und einen der Pilstrinker auf gut Glück fragen, ob er aus Verzweiflung oder Blödheit die Republikaner gewählt hat...

Unsere Gäste protestieren. Das finden sie zu bizarr. Aber das Bizarre gehört auch zur Münchner Wirklichkeit, sagen wir jetzt. Nein, sie wollen auf der Leopoldstraße bummeln. Wir klären sie auf, daß man auf der Leopoldstraße nach Ladenschluß nicht mehr bummeln kann, und zwar seit Jahrzehnten schon nicht mehr, weil da die Landjugend der umliegenden Kreisstädte Freising und Dachau und Erding schon an diesen jeder Beschreibung spottenden Pastellzeichnungen und Silberdrahtohrringen vorbeibummelt; was nicht weiter schlimm wäre, wenn all den trostlos Bummelnden nicht so überdeutlich anzumerken wäre, daß sie diesen Stadtbummel in dem immer noch namhaften, aber völlig herabgekommenen Teil von Schwabing, gänzlich mißraten finden, sich das aber nicht eingestehen wollen.

Es geht auf sieben Uhr zu und wir bedauern, daß heute nicht Dienstag ist. »Warum?« fragen unsere Gäste aus Braunschweig ganz freudig. Sie sind wohl heute nicht auf ihre Kosten gekommen. Nein, es ist gut, sagen wir, gut, daß nicht Dienstag ist. Sonst hätten wir ihnen eine ganz besondere Sehenswürdigkeit Münchens gezeigt. Wir wären zum Lieferanten-Ausgang der ›Süddeutschen Zeitung‹ gegangen. Sammelt sich hier eine unangemeldete Demonstration, hätten sich unsere Gäste gefragt. Ein fiebernder Pulk Menschen steht am Tor, fünfzig, sechzig, siebzig Leute. Nervöse Atmosphäre. Ist eine Enteignung der Zeitung geplant? Es fällt auf, daß die Telefonzellen in der Umgebung besetzt und belagert sind. Gegen sieben Uhr kommt ein Zeitungsverkäufer mit einem dicken Stoß morgiger Zeitungen durchs Tor, Sekunden später fällt der Menschenpulk über ihn her. Man hört Rufe, Flüche, aber keine Schreie. Rangeln, Strampeln, nach etwa einer halben Minute löst sich das Knäuel auf. Die ersten Gestalten rasen mit einer Zeitung in der Hand in Richtung Telefonzelle. Kurz danach steht der Zeitungsverkäufer vom Boden auf, klopft sich den Staub vom Gewand und sammelt die Geldstücke ein. Es ist keine einzige Zeitung mehr übrig. Nichts zeigt drastischer Münchens katastrophalen Mangel an bezahlbaren Wohnungen. Das gespenstische Spiel wiederholt sich allwöchentlich, wenn die

Zeitung mit den Wohnungsanzeigen erscheint. Keineswegs nur Studenten sind gezwungen, sich an dem erniedrigenden Geraufe zu beteiligen, sondern zahlreiche durchaus gut verdienende Personen, die dennoch nicht in der Lage sind, 1500 Mark Miete für eine 3-Zimmer-Wohnung zu bezahlen und hier auf ein preiswertes Wunder hoffen. Wer eine Wohnung sucht, kann München wirklich hassen lernen, sagen wir unserem gemarterten Besuch. Armer Besuch.

Arme Jutta, armer Thomas, sagen wir. Morgen sollen sie auf eigene Faust losgehen. Wir wollen ihnen nicht alles mit unserer Galle verderben. Es gäbe noch eine Menge Scheußlichkeiten in München, auf die wir sie aufmerksam machen wollten: das neue Kulturzentrum am Gasteig, das wie eine absurde Kathedrale von Friedrich Schinkel am Isarufer aufragt; so unorganisch und kulissenhaft hingemalt steht das Gebäude in der Gegend, daß man sich in seiner Nähe nicht wie ein Mensch vorkommt, sondern wie ein Figürchen auf einer Architekturzeichnung, das nur des Größenvergleichs wegen existiert. Auf den gesichtslosen Nachkriegshauptbahnhof wollten wir aufmerksam machen, der schon immer für leidenschaftliche Abschiede und Ankünfte ungeeignet war und der nach dem neuerlichen Einbau einer Etage den Reisenden endgültig alle Reisegefühle raubt. Das Hertie-Hochhaus wollten wir zeigen, das die Schlichtheit eines riesigen Grabsteins hat und nichts vom Protz der neuen Aluminium-Hochhäuser der Banken und Zeitschriften-Verlage in Bogenhausen – und ausgerechnet dieses Mahnmal, an dessen bescheidene Häßlichkeit wir uns gewöhnt haben, soll nun gekappt werden.

Nichts mehr davon. Wir wollen unsere Gäste zum Essen einladen. Wohin? Was typisch Münchnerisches? Typisch münchnerisch wäre, nicht typisch münchnerisch zu essen. Keine Torgelstubn, Zirbelstubn, Weinstubn! Aber wenn ihr wollt? Nein, sie wollen nicht. Wir landen bei einem x-beliebig-unmodischen Italiener und verkünden nach dem zweiten Chianti, daß das beste an München seine Nähe zu Italien sei. Das ist auch so ein Gerede, sagen unsere Gäste streng; ob man das nicht »Granteln« nenne, was wir heute fortwährend betrieben hätten? Ob heute vielleicht Föhn gewesen sei?

Wir verzichten nun darauf, unserem Besuch den geplanten Vortrag über das unsichtbare München zu halten, nämlich über den Gegensatz von arm und reich in dieser Stadt. 31 000 Sozialhilfeempfänger, und mehr als doppelt so viele sind vermutlich zu scheu oder unbeholfen, einen Antrag zu stellen. Auf 80 000 wird die Zahl derer geschätzt, die berechtigt wären, eine Unterstützung zu beziehen. Das wären 6 Prozent der Münchner. Es gibt auch Rechnungen, die von den überhöhten Mieten ausgehen, und wonach mehr als 20 Prozent der Einwohner einer Unterstützung bedürften. Die Besserverdienenden sind immer weniger bereit, die hohen Mieten zu bezahlen und kaufen sich Eigenheime in den Vororten. Dadurch gehen der Stadt Steuern verloren, die sie für Sozialzwecke bräuchte. Diese Entwicklung führt dazu, daß es immer mehr sehr Reiche in München gibt, deren schillerndes Treiben unübersehbar ist, während die zunehmende Armut sich immer besser versteckt. Das Unheimliche an München ist, daß man das Elend nicht sieht. Das müßten wir den Braunschweigern noch sagen, aber es ist zu spät, das wäre beim Essen jetzt nur noch zynisch.

Wir bestellen noch einen dritten Wein, und die Rätselhaftigkeit dieser Stadt wird immer klarer. Die Schickeria steht in irgendwelchen In-Lokalen herum und interessiert sich für nichts als die Temperatur des Prosecco und die Zartheit des Carpaccio, während der unschicke Normalmünchner schon ein halbes Jahr vor dem Oktoberfest nichts als den Preis der diesjährigen Wiesn-Maß im Kopf hat. Wenn es dann soweit ist, kennt die Münchner Presse nur eine einzige wichtige Information: wieviel hunderttausend Liter von dieser Volksverdummungsbrühe pro Oktoberfesttag gesoffen werden.

Übermorgen, wenn unsere Gäste Jutta und Thomas abreisen, werden wir sie ermahnen, zum besseren Verständnis von München und Bayern zu Hause die Kommentare des Bayerischen Rundfunks nicht zu versäumen, die gelegentlich in den ARD-Fernsehnachrichten zu sehen und zu hören sind: Wie diesen Schießbudenfiguren, vom Direktor abwärts, die schadenfrohen Botschaften geduckt aus der Gosche fahren, das gibt immer noch den besten Eindruck vom politischen Klima der Landeshauptstadt. Der bayerische Schriftsteller Ludwig Thoma (neuerdings nicht mehr ganz so beliebt, seitdem publik wurde, daß der Autor der Lausbubengeschichten nicht nur fragwürdige, sondern wild antisemitische politische Kommentare geschrieben hat) mag als Erzreaktionär der schlimmsten Sorte einen Spürsinn für seine Gesinnungsgenossen gehabt haben; vielleicht ist seine Beschreibung seiner und der bayerischen Mentalität so falsch nicht, die er im März 1921 gibt: »Der Wille des bayrischen Volkes ist unzweifelhaft, unbestreitbar in ungeheurer Majorität dargelegt antisozialistisch.«

Morgen werden wir unseren Gästen erst einmal eine Sightseeing-Route ausarbeiten, die sie für den heutigen Horrortag entschädigen soll. Natürlich gibt es genug schöne Stellen in dieser Stadt. Sonst würden wir nicht hier leben. Es gibt genügend bayerische Lokale, in denen man sich auch als Skeptiker der Münchner Frohnatur zu Hause fühlt, es gibt eine Menge Cafés, die man nicht verlassen mag und in denen man sich verlieben kann. Bei dem Gedanken schwindet unser Mißmut, schon sehnen wir uns nach gewissen Straßen, schon sind wir geneigt, den Charme der Stadt aus vollem Hals zu preisen. Wie jede Stadt entfaltet München nur den Verliebten seine wahren Reize.

The Rising Sun
Liebesgrüße aus England

Devon, 21. Dez.

Abwesende!

Hiermit erkläre ich Weihnachten zum Fest der Bockigkeit und des Versteckspiels. Das ist nur konsequent, wenn Du Dir überlegst, daß es gewöhnlich als ein Fest der Liebe und der Kinder gilt. Kinder und Liebende aber haben eines gemeinsam: sie ziehen sich gerne bockig in ein Versteck zurück (wo sie aufgestöbert und erlöst werden wollen!). Vor der hektischen Harmonie der zentraleuropäischen Festlichkeit bin ich geflohen, wie auch vor Deinem Lockruf, den Gabenabend mit Dir und ein paar netten Leuten geschenkpapierhinundherwickelnderweise zu begehen. Um nette Leute kann man sich ebensogut am 1. April kümmern. Größere Idioten als ich entweichen in die Südsee. Ich bin im Südwesten Englands gelandet. THE RISING SUN HOTEL. Leider gibt es kein Hotelbriefpapier mit entsprechend dramatischem Briefkopf. Sonnenaufgänge sind natürlich nicht zu sehen. Dafür bin ich der einzige Gast. Schön schaurig. Wie Du weißt, fühle ich mich aber nie verloren. Bin also etwa nicht hier, um mich zu suchen oder zu finden. Auch nicht, um Einsamkeit zu »tanken«, wie der geplagte Großstädter neuerdings verlauten läßt (bleifreie Einsamkeit!) In dieser Jahreszeit sind alle Touristen weggefegt. Das Meer klatscht in bewegendem Stumpfsinn an die Steilküste. Hinter den Hecken blöken die Schafe. Die Bäume biegen sich im Wind. – Die roten Telefonzellen sind heimelig, aber ich mache einen Bogen um sie. Verlockend, eine Münze einzuwerfen, ein paar Zahlen zu wählen und mit

Dir zu reden. Die Technik ausnutzen. Aber irgend etwas von mir sollst Du in diesen närrischen Schenktagen auch auspacken und in den Händen halten. Und wenn es nur ein Brief ist. (Ich hoffe, beim Lesen wird Dein anfängliches Kopfschütteln einer gewissen Rührung weichen!) Im übrigen sind mir Telefongespräche im Augenblick noch zu modern. Mir ist so altmodisch zumute. Die Landschaft hier ist ein Substrat aus allen möglichen stürmischen englischen Romanen des 19. Jahrhunderts. Vielleicht deswegen passen in diese Gegend noch Sätze, die einem sonst nicht so leicht über die Lippen kommen, wenn man kein Schlagersänger ist. Hier kann man sich noch umschlingen und sich ungestraft wilden Kitsch ins Ohr keuchen: Ich habe mich so nach Dir gesehnt! Ich will ohne Dich nicht leben! Wie Du mir gefehlt hast! – Wenn Du Lust auf derlei Geständnisse hast, dann komm mich doch einfach besuchen. Die Sturmböen zerren einem beim Spazierengehen derart am Haar, daß man nur die leidenschaftlichsten Dinge tun kann. – Im Nachbarort gibt es einen Bahnhof. Jeden Nachmittag um 3 Uhr kommt ein Zug aus London. Ich bleibe bis zum 4. Januar hier und werde täglich um diese Zeit ganz unverbindlich an diesem Bahnhof vorbeischauen. Tatsächlich! Fühle Dich dadurch nicht unter Druck gesetzt. Mißtraue standhaft allen bockigen Männern, vor allem, wenn sie Briefe schreiben – und ganz besonders, wenn sie den verdächtigen Namen Joseph Westphalen tragen. Dieser grüßt Dich trotzdem innigst und ersehnt allen Ernstes Deine Ankunft!

Die Zeit der Unschuld
Als Autofahren noch nicht Sünde war

Es ist vorbei. Die große Mehrheit schläft wie immer und hat es nur noch nicht begriffen. Zumal sich das Finale stufenweise vollzog und nicht mit einem Knall. Es geht zu Ende mit dem Auto.

Wie bitte? rufen Autoindustrie und Autonarren im Chor: Noch nie sei das Auto so gut, so schnell, so leise gewesen wie heute, noch nie so sicher und energiesparend; und umweltfreundlich; die Zulassungsrate für Neuwagen steige noch immer, der Markt sei nicht satt, der Branche gehe es gut.

Sie haben keine Ahnung. Wir geben hier keine Wirtschaftsprognose. Und selbstverständlich interessieren wir uns nicht für technische Daten. Wer sind wir denn. Es geht ums Bewußtsein. Und hier ist festzustellen, daß im Bewußtsein der halbwegs gebildeten Öffentlichkeit das Image des Autos eine negative Färbung angenommen hat. Von dieser Einsicht kann uns auch das Millionenheer derer nicht abbringen, die unverdrossen zur jährlichen Automobilausstellung pilgern. Denn der Intelligenzquotient dieser Besucher – behaupten wir einfach, und wer könnte uns widersprechen – sinkt von Jahr zu Jahr.

Das Auto ist nicht mehr das, was es einmal war. Gerade die von den Autoleuten genannten Vorzüge der modernen Technik belegen, daß sich das Auto hoffnungslos in der Defensive befindet. Die gepriesene Sicherheit weist nur auf die Risiken des Autofahrens hin, der angeblich sparsame Benzinverbrauch nur auf das Plündern der Ressourcen; die digitalisierten Autoradios mit Verkehrsdurchsage-Automatik sind ein vergebliches Mittel gegen den Stau und die umweltfreundlichst geregelten Katalysatoren nur ein Zeichen dafür, wie sehr das Auto die Natur zerstört. Alles Schnickschnack, der den Niedergang des einst glorreichen Gefährts vertuscht und verzögert.

Das Auto kann noch so blitzen, es hat etwas von einem modernistischen Sarg. Es ist kein Dämon, doch immerhin bringt es nicht selten den Tod. Das sieht man ihm an. Das war früher nicht so. Wir alle benutzen das Auto mehr denn je massenhaft. Aber es ist uns nicht mehr sympathisch.

Natürlich haben wir das Auto auch früher nicht geliebt. Wir nicht. Aber wir mochten es. Mit dem Auto fuhr man ins Glück, nicht ins Unglück.

Weißt du noch. Damals roch Benzin so gut nach Freiheit und Ferien. Nicht viel mehr als 20 Jahre ist das her. Kein Mensch dachte beim Tanken an Blei und Belastung und Krebs. Die Selbstbedienungszapfsäulen begannen sich durchzusetzen. Noch gab es Tankwarte, die wie Humphrey Bogart aussahen. Und diese Versuche, die Tür des VW-Käfers zuzuschlagen, bis dann die Beifahrerin ihre Aufgabe erfüllte: Das Fenster einen Spalt weit öffnen, damit der Luftstau entweichen kann, und endlich schlägt die Tür ins Schloß. Es kann losgehen. Kein Radio, keine Musik muß die Fahrt erträglich machen, der vollgefüllte Tank genügt, um Euphorie zu erzeugen. Überlaut brummt der Motor. Klingt rassig, aber erinnert leider auch daran, daß irgendwann der Auspuff ersetzt werden muß. Weißt du noch. Und immer tröstet das linke Knie der Beifahrerin, das der Fahrer beim Einlegen des vierten Gangs mit seinem Schaltknüppel jedesmal berührt. Dabei kann er Teile seiner Hand auf oder an diesem Knie ruhen lassen. Weißt du noch. Was das heißt, wenn sie dann ihr Knie nicht entzieht.

Vorbei. Es geht nicht mehr. Offenbar schließen die Sitze oder der Weg des Schaltknüppels in den heutigen Autos den klassischen Annäherungstest aus. Ein Sieg der Frauenbewegung? Und immer seltener gelingt es, das Auto als das zu begreifen, was es einmal war: Als Instrument der Befreiung. In die Welt hinaus fahren für ein paar Stunden, so wie man ins Kino ging, das war das Lustgefühl von einst, das sich heute in Gram verwandelt hat. Die heutige Fahrt ist mehr zweckgerichtet und beschattet von der Angst, in einen zähfließenden Verkehrsstrom zu geraten, zu dessen weiterer Zähflüssigkeit man selbst beiträgt. Wenig erheiternd. Die Luft stinkt nach Abgas, und man selbst vermehrt den Gestank. Auch das Abgas roch früher anders. Der Geruch verband sich harmonisch mit dem Eindruck der vorbeihuschenden Alleebäume.

Von der einstigen Beweglichkeit des Autos ist heute oft nur noch die Idee erhalten geblieben, die etymologisch im Wort Automobil enthalten ist. In Wirklichkeit bewegt sich oft nichts mehr. Wieder einmal, denkt sich der in den Stau geratene Fahrer heute, hat ihn die alte Vorstellung, mit dem Auto mobil zu sein, gründlich genarrt. Wäre er nur vernünftig gewesen und hätte den Zug genommen.

Weil Autofahren in vielen Fällen unvernünftig geworden ist, sitzt der vernünftige Autofahrer heute mißlaunig und mit schlechtem Gewissen in seinem Wagen und freut sich des Lebens nicht. Nur die Unvernünftigen flitzen weiter rasant durch die Gegend, genießen unbeschwert die Spurtfreudigkeit und Ausdauer und Spurtreue ihrer gepflegten Autos mit ihrem elektronisch gesteuerten Antiblockier-Bremssystem, das auch bei Glätte noch Auffahrunfälle vermeiden hilft. Der Preis, den diese Glücklichen für ihr Vergnügen zahlen, ist allerdings die Dummheit. Munter durch die Landschaft zu kurven, war auch früher nicht ein Zeichen von Schläue, aber es hatte doch Züge einer legitimen Lebensfreude. Es hatte vor allem etwas Unschuldiges an sich. Die Zeit der Unschuld ist vorbei.

Daß die Freiheit, die uns das Auto beschert, in das Gegenteil umschlagen kann, hat schon 1968 Godard in seinem Film »Weekend« gezeigt. Eine Pionierarbeit auf einem Gebiet, das heute, weniger künstlerisch, als »Stauforschung« betrieben wird. In den Automobil-Clubs und Verkehrsministerien arbeiten ganze Abteilungen an dem rätselhaften Phänomen, das zunehmend das Bild unserer Straßen prägt. Doch viel schlauer als Godard damals ist man auch heute nicht. Mittlerweile weiß man, daß bei gehöriger Verkehrsdichte auf der Autobahn ein einziger Fahrer, der abbremst, um einen Unfall auf der gegenüberliegenden Fahrbahn besser in Augenschein nehmen zu können, ausreicht, um irgendwo hinter ihm einen Stau von zehn Kilometern Länge entstehen zu lassen. Aber Mittel zur Vermeidung dieser dickdarmartigen Peristaltik sind noch immer nicht gefunden. Die großen Urlaubs-Staus sind von geradezu antiker Unabwendbarkeit, und mit ihnen die Nervenzusammenbrüche, die prügelnden und mordenden Familienväter.

Godards Film war noch amüsant gewesen, und bei aller Realität doch nur Fiktion. Fünf Jahre später, 1973, erlitt die Autowelt ihren ersten wirklichen Schock. Die Ölkrise hatte zu einem bisher unvorstellbaren Kraftstoffmangel geführt. Sonntägliches Fahrverbot und eine Erhöhung der Benzinpreise war die Folge, vor allem aber quälte den Autofahrer die (mittlerweile längst verdrängte) betrübliche Erkenntnis, daß eines Tages die Erdölvorkommen aufgebraucht sein würden. Zum ersten Mal war man gezwungen, sich die Schrecken eines Lebens ohne Auto vorzustellen.

Mit dem Beginn der 80er Jahre wurde das Waldsterben unübersehbar. Als mitverantwortlich wurden die Abgase der Autos erkannt. 1973 hatte der Autofahrer befürchtet, aus Treibstoffmangel auf sein Auto verzichten zu müssen, nun sollte er der Natur zuliebe Verzicht üben und seine Geschwindigkeit einschränken. Er hatte sich als Opfer gefühlt, nun war er Täter geworden.

Die allmähliche Umbewertung des Autos vom Prestigeobjekt und zärtlich gehegtem Fetisch zur krebserregenden Dreckschleuder hat alles in Unordnung gebracht. Die Befürworter einer hemmungslosen Geschwindigkeit auf seiten der Autoindustrie oder der Automobilclubs gebrauchen die Argumente der großzügigen Lebenskünstler und Genießer; die Kritiker der Geschwindigkeit reklamieren zwar die reine Vernunft für sich, was aber nichts daran ändert, daß sie in die Rolle der puritanisch zeternden sauertöpfischen Asketen gedrängt wurden.

Natürlich ist die Raserei ein Blödsinn, aber es ist weder klug noch taktisch, sie generell zu verteufeln. Immerhin handelt es sich um eine archaische und kindliche Lust, auf deren Unterdrückung sauer reagiert wird. Jahrhundertelang haben sich die Menschen angestrengt, die Fortbewegungsgeschwindigkeit zu erhöhen, haben das Rad erfunden und Rennpferde und schließlich den Motor und die Turbine. Dahinzusausen ist selbstverständlich eine Lust, vor der wir uns nur abgewendet haben, weil sie von so vielen Schnöseln praktiziert wird, die uns mit ihren schnellen Autos so affig überholen.

Früher hatte auch die Geschwindigkeit noch ihre Unschuld. Weißt du noch. Als Kind auf fremde Tachometer starren und in gläubige Hochachtungsbekundungen ausbrechen: Was, 140 fährt der Schlitten! Dann mitgenommen werden von irgendwelchen reichen Verwandten zu einer Spritztour und immer nur gebannt auf diesen Tachometer starren und dieser Triumph, als der Zeiger gerade mal über die 100 hinauskam. Wie man das als Bereicherung empfand, in einem Auto gesessen zu sein, das streckenweise schneller als 100 Stundenkilometer gefahren war.

Und nicht nur Kindern ging es so. In einem Heimatfilm der 50er Jahre besitzt der adelige reiche Held das Prachtauto seiner Zeit, den 300er Mercedes. Auch Adenauer konnte nichts Nobleres fahren. Mit diesem Auto eilt er von München über die ehemalige Reichsautobahn nach Berchtesgaden, denn er liebt eine einfache Sennerin auf der Alm. Als er sie strahlend umarmt hat, ruft er mit einer immer noch nazinäselnden Stimme aus der Ufa-Zeit: Du, ich bin mit 120 Sachen hergefahren. Hun-dert-zwanzig, skandiert er. Sachen, sagt er. Alles rührend: die für heutige Verhältnisse lachhafte Geschwindigkeit und der Ausdruck »Sachen« für Stundenkilometer; selbst die Primitivität, das Ausmaß der Liebe an der Geschwindigkeit zu messen, hat hier noch rührende Züge.

Weißt du noch. Diese Autos, die die Amischlitten zu imitieren versuchten, Ford oder Opel, glaube ich. Sie hatten vorne eine durchgehende Sitzbank. Lenkradschaltung. Man konnte sich damit nicht dem linken Knie der Beifahrerin nähern. Doch es gab eine andere Möglichkeit. In einer einigermaßen rasant genommenen Rechtskurve wurde der Oberkörper auch der abgerückt sitzenden Begleiterin durch die Fliehkraft an die Schulter des Fahrers gedrückt. Daher der Name »Sympathiekurve«. Nach drei, vier Kurven dieser Art, konnte man es wagen, den rechten Arm so um die Begleiterin zu legen, wie man es aus Filmen mit Belmondo kannte. Die Krönung schließlich: mit zwei Mädchen neben sich auf der genügend breiten Bank dahinzufahren, möglichst Vollgas, Fluchtauto spielen, so tun, als werde man von den Bullen verfolgt und so die Beifahrerinnen zum fröhlichen Kreischen bringen.

Vorbei die Zeit solcher alberner Scherze. Die Vernunft ist so weit fortgeschritten, daß sich selbst die Balzhähne in der tiefsten Provinz besonnener benehmen, sofern sie überlebenswillig sind. Heute schnallt man sich an, heute prüft man seine Nackenstütze auf den richtigen Sitz. Vielleicht hat das Ende der Autounschuld schon damals eingesetzt, als der Gesetzgeber befahl, Sicherheitsgurte serienmäßig einzubauen. Man brauchte sie noch gar nicht zu benützen. Allein mit dem Vorhandensein von Sicherheitsgurt und Nackenstütze verlor das Autofahren seine Leichtigkeit. Die Identifikation mit den Stars der Leinwand entfiel, denn diese waren nicht vorstellbar im Zaumzeug vorsichtiger Familienväter. Ein Held schnallt sich nicht an. *He's facing death at every corner.*

Wenn die Vernunft weiter so fortschreitet wie bisher, was wir uns als aufgeklärte Individuen wünschen müssen, werden in zehn Jahren die Autos langsam, leise und geruchlos dahingleiten. Fühler unter der Straßendecke werden dem Bordcomputer die nötigen Signale übermitteln, um einen reibungslosen und staubfreien Verkehrsfluß zu ermöglichen. Die Geschwindigkeitsbesessenen werden in Massen ihre Sucht dort austoben, wo sie heute schon zu Hauf ausgetobt wird: an den Spielcomputern. Spielhallen müssen gebaut und vergrößert werden, um all den geschwindigkeitsabhängigen Rasern im Rahmen eines von den Sozialdemokraten durchgeboxten Suchtentziehungsprogramms die Möglichkeit zu geben, am Bildschirm ihre Raserei zu simulieren.

Simulation ist ein Schlüsselwort des postmodernen Lebensgefühls der 80er Jahre. Von immer mehr Menschen werden immer mehr Bereiche der Wirklichkeit am Bildschirm simuliert. Weniger modisch kann man die Simulation auch als Spiel bezeichnen. Die Jugend hockt an ihren PCs, hackt in den Datennetzen herum und verläßt auch bei Sommersonnenwetter nicht mehr das Haus. Nicht nur Verfolgungsjagden, Tiefflug, Autorennen und ganz normaler Straßenverkehr lassen sich spielend simulieren, sondern auch ganz normaler sowie auch abnormaler Geschlechtsverkehr. Trost für Aids-Patienten. Das ganze Elend der Menschheit rühre daher, sagte Pascal, daß der Mensch nicht in seinen vier Wänden bleiben könne. Das haben wir nun davon.

Als Liebhaber der Authentizität sind wir zwar Bildschirmhasser, doch simulieren auch wir auf unsere Weise. Mit Hilfe unserer Phantasie. Ganz ohne Elektronik. Wenn wir den Gasgriff des Motorrads aufdrehten, dann waren wir Marlon Brando; wenn wir die Zigarette aus dem Autofenster schnippten, waren wir James Dean. Und wenn wir heute die Fetischisierung der Autos und das Rasen im Zug der Zeit für eine anachronistische Idiotie halten, so lassen wir uns doch gern von unserer Erinnerung ein paar schöne Autostunden vorspielen.

Damals war noch möglich, was heute blanker Unsinn ist. Weißt du noch. Im wirtschaftlichen Aufwind der Nachkriegszeit wurde möglich, was vor dem Krieg undenkbar war: Jeder, der einigermaßen fleißig war, konnte sich bald ein Auto kaufen. Das erste Auto der Bekannten und Verwandten. Weißt du noch. Es wurde umstellt, begutachtet, bewundert wie heute kaum noch ein Rolls Royce in Polen oder morgen in der Mongolei. Eine Errungenschaft. Heute versucht man zu vermeiden, daß sein Auto auf den Urlaubsfotos häßlich die schöne Landschaft verunziert; früher wurde kein Urlaubsbild geknipst, auf dem das eigene Auto, dieser ganze Stolz, dieses ganze Glück, **nicht** zu sehen war. Der alte Käfer, der alte DKW, der alte Mercedes: sie waren auch schöner, finden wir heute beim Blättern im Fotoalbum. Ein heutiger Audi oder Mercedes oder Opel oder wie sie alle heißen, am Strand oder in der Alpenlandschaft, sieht immer aus wie aus der Werbung.

Was interessiert uns heute noch das neue Auto der Freunde und Bekannten! Was interessiert uns das eigene! Es ist eigentlich nur peinlich. Ein Autokauf, damals vier Wochen lang das einzige Gesprächsthema, ist heute unter vernünftigen Menschen keiner Erwähnung mehr wert.

Weißt du noch. Die Dramen damals. Dieses Weltuntergangsgefühl, wenn der Wagen neue Bremsbeläge brauchte oder Reifen. Man mußte bei der Polizei vorfahren; das fehlende Profil der Reifen war beanstandet worden. Und einfach kein Geld für vier neue Reifen. Diese Verzweiflung. Diese Katastrophe. Heute muß man uns kündigen, wenn wir ähnlich tief leiden sollen. Das Waldsterben tut uns nicht im Innersten so weh wie damals diese Not. Und so schwärmen wir äffisch von den alten Tagen, wie die Heimatvertriebenen von der Heimat und die letzten Kriegsteilnehmer von der Kameradschaft. Es ist furchtbar. Daß wir so schwärmen ist furchtbar. Wenn wir von den Sympathiekurven schwärmen, dürfen wir uns nicht wundern, wenn sich die Automobilmessenbesucher von heute morgen selig an ihre gemeinsamen Erlebnisse im Stau erinnern, und wie sie einmal in viereinhalb Stunden von Hamburg nach Zürich gefahren sind.

Es ist abzusehen, daß die Autonarren aussterben. Die Zeichen der Vernunft sind unübersehbar. Eine große Versicherungsgesellschaft, die Allianz, wirbt zu Beginn der 90er Jahre mit dem Antlitz eines ungeheuer zuverlässig und ungeheuer humorlos aussehenden Mannes. Auf der gegenüberliegenden Illustriertenseite dann in riesigen Lettern der markige Spruch: »Es geht nicht um eine Beule am Auto. Es geht um meinen Lebensstandard im Jahr 2005. Wer darüber mit mir reden will, muß sich verdammt gut auskennen im Versicherungsgeschäft.«

Die pure Vernunft hat Einzug gehalten. Entsetzlich. Die Beule am Auto hat vor zwei Jahrzehnten noch jeden besseren mitteleuropäischen Spießer zum Hysteriker werden lassen, der auf offener Straße in Tränen ausbrach. Über diese lächerlich gestikulierenden Gestalten haben wir uns immer so gern lustig gemacht. Die sterben nun auch aus. Und wie sollen wir bitte fortan unsere Großzügigkeit unter Beweis stellen?

Weißt du noch. Wie es einmal krachte. Ein anderer hatte unsere Vorfahrt mißachtet. Eindeutig. Kreideweiß stand er vor unserem Blechschaden, so schuldbewußt, daß uns ganz großspurig zumute wurde. Wir winkten ab und fuhren weiter. Dieses fassungslose Gesicht! Und wie er uns sicher für ein Terroristenpärchen hielt. Wer sonst sollte auf Schadensregulierung verzichten. Und wie uns dann, weil wir die Beule nicht reparieren ließen, die Polizei aufhielt und der Unfallflucht verdächtigte. Wie sollen wir uns unterscheiden, wenn künftig alles nur noch lässig abwinkt?

Im übrigen ist das Auto nur ein Ding von vielen, von

dem wir uns wegen Wertewandels verabschieden müssen. Auch andere Dinge verlieren ihre Unschuld. Die Skifahrer haben ähnliche Probleme. Lustvoll der Schwerkraft folgend, haben sie sich jahrzehntelang die Hänge hinabgestürzt, nun stellt sich heraus, daß ihre Pistenwedelei die Erosion der Alpen fördert. Die Toskana ist längst nicht mehr das, was sie war, auch die freie Liebe nicht, seitdem man einen Gummi braucht. Unbeschwert rauchen kann man nicht mehr; neuerdings wird man nicht nur als Selbstmörder, sondern auch überall als Mörder beschimpft oder gar angezeigt. Die Ereignisse des Jahres 1989 haben uns gezeigt, daß der Sozialismus eine noch ärgere Entgötterung erfahren mußte als das Auto. Es geht dahin. Es geht bis in die Kleinigkeiten. Die Zeiten sind vorbei für manche Dinge. In den 20er Jahren konnten Literaten und Künstler noch feine Anzüge und Krawatten tragen. Unmöglich heute, lachhaftes Geckentum, genau wie das Fahren des alten wunderschönen Mercedes 200 zur wunderschönen Liebsten mit authentischen 120 Sachen nichts als ein gräßlicher Werbegag wäre.

Weißt du noch. Diese Gummischwänzchen an den Autos, die angeblich ein Schlüpfen durch die Radarfallen möglich machen sollten. Und wie die natürlichen Feinde des Autofahrers, die Radfahrer und Fußgänger, mit partnerschaftlichen Handzeichen vor der Radarfalle am Straßenrand warnten. Das gibt es nicht mehr. Heute freut sich jeder, wenn ein zu schnell fahrendes Auto ertappt wird. Wenn in den USA neuerdings ein Anti-Radar-Überzug für Porsches auf dem Markt ist (300 Dollar), ein ziviler Ableger modernster US-Militärtechnologie, dann liegt hier mehr der Spaß an der Technik zugrunde, als das erboste Bewußtsein der amerikanischen (genau wie der europäischen, insbesondere der westdeutschen) Demokraten, die Polizei habe dem freien Bürger nicht die freie Fahrt zu verpatzen.

Weißt du noch. Als ich zu dir fuhr, so schnell es ging,

über die gähnendleere Autobahn, an einem Sommermorgen früh um fünf. Ein paar Kilometer Baustelle, einspurige Fahrbahn, 60 sollte man fahren. Hinter mir das Auto drängelt sich geradezu unanständig an mich heran. Ich habe das Gefühl, der blinkt mich mit seiner Lichthupe an. Normalerweise wäre ich runter vom Gas, um dann mit 30 dahinzuzockeln, damit der Affe sich ärgert. Aber ich will ja so schnell wie möglich zu dir. Also gebe ich Gas und fahre, was die Mühle schafft. Viel ist es nicht. Und der hinter mir bleibt dran. Dann löst sich die Baustelle auf, die Autobahn wird wieder breit, mühelos zieht der Quälgeist an mir vorbei, ich schaue rüber. Was muß das für ein Tier sein, denke ich und sehe, daß sich Fahrer und Beifahrer gerade Polizistenmützen auf den Schädel stülpen, um für den Auftritt fein zu sein. Raus mit der Kelle und mich angehalten. Ob ich noch bei Sinnen sei! Drei Monate geschah nichts, und ich dachte doch tatsächlich, die hätten Erbarmen mit mir gehabt. Dann eine Anzeige. 630 Mark. Und ein Foto. Mein Auto, mein Hinterkopf und meine Geschwindigkeit gleich in Digitalschrift eingedruckt: 117,63 km/h. Nicht einmal die klassischen 120 Sachen hatte ich geschafft.

Charlottes neue Kleider

oder Der Schrank ist voll

Es war soweit. In selten gewordener Einigkeit hatten Eduard und Charlotte den Entschluß gefaßt. Morgen! Morgen vormittag! Morgen vormittag würden sie es tun. Sie freuten sich darauf. Ein paar Bedenken hatten aus dem Weg geräumt werden müssen, aber dann war es nicht mehr zurückzuhalten. Sie hatten das schon seit langem nicht mehr gemeinsam getan. Sie würden zusammen in die Innenstadt fahren, doch ja, in die Innenstadt. Bloß nicht in die unguten Zentren der Peripherie! In der Innenstadt würden sie sich beide etwas zum Anziehen kaufen. Sie würden sich Zeit nehmen. Sie würden sich begutachten. Sie würden aufeinander hören und sich gefallen wollen.

»Seit über zehn Jahren!« sagten Eduard und Charlotte, wenn sie gefragt wurden, wie lange sie verheiratet waren. Dabei verschwiegen sie, daß es schon siebzehn Jahre waren. Sie machten sich gerne etwas vor. Auch heute hatten sie zunächst voreinander verschwiegen, was der Grund für ihre ungewöhnliche Entscheidung war. Eduard und Charlotte gehören nicht zu den Leuten, die sich durch einen aus der Zeitung gerutschten Farbprospekt oder durch eine muntere Stimme der Radiowerbung zum Einkauf irgendwelcher günstiger Sonderangebote anregen lassen.

Am Nachmittag waren alte Freunde zum Tee dagewesen. Leger waren die beiden Frauen nebeneinander auf dem einen Sofa den beiden Männern auf dem anderen Sofa gegenübergesessen. Fast anderthalb Stunden hatte Charlotte Gelegenheit gehabt, Eduard mit dem Freund zu vergleichen, und Eduard hatte Charlotte mit der Freundin verglichen. Beide hatten klammheimlich gefunden, daß der Freund und die Freundin neben dem Ehegefährten besser aussahen. Beide hatten dann festgestellt oder feststellen wollen, daß dieser schmerzhafte Eindruck nur durch die Kleidung zustande kommen konnte.

Dabei waren die guten Freunde Franz und Anna gar nicht besonders schick oder schön oder nobel angezogen. Franz hatte eine ganz normale Hose an und ein normales Hemd und einen normalen Pullover, und in die Garderobe hatte er vorhin ein ganz normales Jackett gehängt. Und Anna war in keiner Weise aufgedonnert, es war ein ganz normales Kleid, was sie da trug und in dem sie entschieden besser aussah als Charlotte. Na gut, Annas Beine waren ein bißchen besser als Charlottes, das war ein ungerechter Vorteil, das heißt, Annas Beine waren ideal und Charlottes nur fast ideal, dafür hatte Charlotte den hübscheren Po und nervigere Hände. Aber so ein Kleid bräuchte Charlotte unbedingt.

Und Charlotte hatte, während sie über dies und das plauderten, Eduard mit Franz verglichen. Gut, Franz hatte mehr Haare, aber Haare allein brachten es auch nicht. Eduard hatte eindeutig die bessere Figur! Das war klar! Das Komische war nur, daß Franz, obwohl er einen Bauch hatte, der schon nicht mehr als Bauchansatz bezeichnet werden konnte, trotzdem eleganter wirkte. Das konnte nur an der Hose liegen. Die Hose war lässiger. Eduard bräuchte auch so eine Hose, dachte Charlotte, und zwar schnell. Eduard wurde sperrig, wenn man ihm riet, sich etwas zum Anziehen zu kaufen. Sie würde einen günstigen Moment abpassen müssen.

Und dann war ihr Eduard zuvorgekommen. Nachdem die Freunde gegangen waren, hatten sie beide friedlich das Teegeschirr in der Spülmaschine verstaut. Eduard betrachtete Annas Tasse. Abscheulich, dieser Lippenstiftrand! Wie gut, daß Charlotte selten Lippenstift benutzte. Hatte sie auch nicht nötig. Ihre Lippen waren kräftig genug. Trotzdem war Anna vorhin mit Abstand die elegantere Erscheinung gewesen. Das Kleid! In einer

Aufwallung schloß Eduard Charlotte plötzlich in die Arme. »Was ist mit dir los?« sagte Charlotte.

»Du mußt dir wieder mal was zum Anziehen kaufen«, sagte Eduard. Das war nicht gut rausgekommen. Unmotiviert, verstockt, fast bettelnd mochte das geklungen haben. Ein ungeübter Vorschlag. Nach mehr als zehn beziehungsweise siebzehn Jahren Ehe hatte sich Eduard daran gewöhnt, Charlotte in ihrer meist passablen, aber unperfekten Schale hinzunehmen. Charlotte bildete sich natürlich ein, den besseren Geschmack zu haben. Sie fand, Eduard habe wie fast alle Männer eine Vorliebe fürs Ordinäre. Eduard hatte sich damit abgefunden, daß ihre Geschmäcker verschieden waren, aber »kompatibel«, wie er es gelegentlich sagte. Sie hatten es aufgegeben, den anderen nach dem eigenen Geschmack kleiden zu wollen. Deswegen waren ihre heutigen Überlegungen eine Art Rückfall in die gute alte Zeit, als sie noch an die Veränderbarkeit des jeweils anderen geglaubt hatten.

»Ich muß mir was zum Anziehen kaufen!?« Charlotte glaubte, nicht richtig gehört zu haben. Eduard mußte seinen Vorstoß erklären. Es fiel ihm nichts Besseres ein als die Wahrheit. Das Kleid von Anna habe ihm so gut gefallen, sagte er. »Hoffentlich nur das Kleid«, sagte Charlotte.

Auch ihr hatte das Kleid gefallen. Natürlich war das Rot viel zu knallig. Typisch Anna. Aber ein schöner Stoff, ein schöner Schnitt. Ganz schlicht. Seltsam, daß Eduard so etwas mochte. Eduard dachte an alte Filme und alte Fotos und sagte: »Es ist ein Trümmerfrauenkleid.« Mit solchen Kleidern waren die Frauen 1945 in unverständlich guter Laune durch die Ruinen der Städte geschlendert und hatten Tauschhandel getrieben. Schmuck gegen Eier. Charlotte hatte eine Idee. Sie würde Eduard anbieten, sich so ein Kleid zu kaufen, wenn er sich endlich eine vernünftige Hose kaufen würde, so ein Franzhose. Mit schön viel Bundfalten.

»Was hast du morgen vormittag vor?« fragt Charlotte.

Was für eine Frage. Morgen ist Montag. Eduard ist erstaunt. Er wird wie immer in seinem Büro sitzen. Konferenzraum vielleicht. Brötchen verdienen. Noch ehe er antworten kann, ist Charlotte mit ihrem Vorschlag da: Gut, sie kauft sich so ein Trümmerfrauenkleid à la Anna, aber nur wenn Eduard mitgeht. Er brauchte auch etwas zum Anziehen.

Eduard ist empört. Er? Er braucht nichts. Sein ganzer Kleiderschrank ist voll. Er hat viel zuviel.

»Ich habe auch zuviel«, sagt Charlotte.

»Aber du bist eine Frau!«

»In welchem Jahrhundert lebst du!« sagt Charlotte. Es herrsche die Gleichberechtigung des Mannes, sagt sie, der Mann von heute habe das Anrecht auf genauso viele Klamotten wie die Frau.

»Was heißt Mann von heute«, sagt Eduard, das dürfte im Rokoko schon so gewesen sein.

»Na gut«, sagt Charlotte, »dann hat der Mann von heute eben nicht das Recht auf den Besitz vieler Kleidungsstücke, sondern die Pflicht dazu. Er hat die Pflicht, seine Frau mit abwechslungsreicher Garderobe zu erfreuen.«

Sie waren dann zum Kleiderschrank gegangen. »Da! Voll! Alles prall voll!« hatte Eduard gesagt. Charlotte schob verächtlich die eng aneinandergepreßten Kleiderbügel herum: »Alles Bürohosen!«

»Tadellose Hosen!« sagt Eduard.

»Eben! Tadellos! Büro! Spießig!« Charlotte gerät in Fahrt. Sie muß jetzt aufpassen. In gut zehn beziehungsweise siebzehn Jahren Ehe staut sich einiges an. Sie darf jetzt nicht zu viel Unmut herauslassen, sonst wird Eduard bockig, die solidarische Konsumstimmung wäre beim Teufel und der morgige Vormittag kein Lichtblick. Und schon denkt Eduard tatsächlich nicht an Charlotte in Annas Trümmerfrauenkleid, sondern an eine Frau namens Eva, an die er mit einer gewissen Automatik oder

Halbautomatik immer dann denken muß, wenn Charlotte garstig wird.

Charlotte weiß zwar nicht, was Eduard denkt, aber sie handelt instinktiv richtig: Sie schließt die Tür des Kleiderschranks und drängt Eduard aus dem Zimmer. Der Anblick dieser Überfülle animiert auch sie nicht zu den geplanten Kleiderkäufen.

»Hast du die Hose von Franz gesehen?« fragt Charlotte jetzt zuckersüß. Franzens Hose! Nein! Zuzugeben, daß auch ihm Franzens Hose aufgefallen war, daß der schwere Franz mit seiner neuen lässigen Hose etwas Leichtes an sich gehabt hatte, das ging zu weit. Das fand Eduard geradezu unmännlich.

»Natürlich nicht!« seufzt Charlotte. »Ihr Männer! Euch fällt aber auch nichts auf!« So eine Hose braucht Eduard jedenfalls auch, findet Charlotte. Und so einen Pullover. »Franz hat nämlich wirklich Geschmack«, sagt Charlotte drohend.

»In Gottes Namen«, sagt Eduard möglichst ungerührt und freut sich auf morgen vormittag. Ein Trümmerfrauenkleid à la Anna für Charlotte, und vielleicht kann er ihr noch einen scharfen Rock und eine Jacke aufschwätzen, wie sie Eva manchmal trägt. Und er wird sich eine Hose kaufen, wie sie Franz trug. Wollte er schon längst haben, so eine Hose, der Wunsch war ihm nur überflüssig vorgekommen. Vor allem ein Uhrentäschchen mußte die Hose haben, obwohl kein Mensch heute mehr Taschenuhren in Uhrentäschchen herumtrug. Aber man konnte etwas anderes dahineintun. Münzen zum Telefonieren und Präservative und Kaugummi. Lebenswichtig für frischen Atem.

Wenn Eduard morgen vormittag nicht arbeitet, dann muß er jetzt noch ein paar Sachen machen. Er zieht sich mit dem Diktiergerät in sein Zimmer zurück. Kurz nach acht ruft er ins Wohnzimmer, daß jetzt Nachrichten im Fernsehen liefen, er komme gleich. Die Nachrichten sind heute ganz besonders widerwärtig. Bürgerkrieg, Massaker, Hunger in der Dritten Welt. Es kann einem wieder einmal alles vergehen, vor allem die Lust auf einen Einkaufsbummel. Charlotte sucht das Fernbedienungsteil, das doch eben noch da war, um die Abscheulichkeiten abzuschalten. Man kann sich nicht ständig das Elend der Welt vorführen lassen. Aber da kommt Eduard ins Zimmer, und irgendwie kann Charlotte jetzt den Apparat nicht mehr einfach ausschalten, das sieht so aus, als wolle man die Augen vor der Wirklichkeit verschließen, und das ist auch keine Art. Sie betrachten beide grimmig die Erscheinungsformen einer miserablen Politik und des Nationalitätenschwachsinns und merken, wie es ihnen die Laune verdirbt. Am Schluß, vor dem gnädigen Blick auf das schlechte Wetter, noch ein Spendenaufruf.

Charlotte spricht aus, was sie beide denken: »Und wir wollen uns morgen neue Kleider kaufen!«

Wenn sie es nicht gesagt hätte, dann hätte es Eduard gesagt. Einer muß das sagen. Reuig. Als habe man morgen ein Verbrechen begehen wollen. »Wir sind verrückt«, sagt Charlotte, »unsere Schränke sind zum Bersten voll. Du hast wirklich genug Hosen, und so schlimm sind sie auch wieder nicht.«

Dieser Gesinnungswandel ist Eduard zu spontan. Zu weiblich. So geht es auch nicht. Er sagt: »Dadurch, daß wir morgen keine neuen Kleider kaufen, helfen wir niemandem auf der Welt.«

Charlotte: »Wie zynisch du redest!«

Eduard: »Egal wie man auf das Elend reagiert, es klingt immer zynisch. Wenn man hinsieht, ist es zynisch, wenn man wegsieht, ist es zynisch. Das Elend selbst ist zynisch. Kleiderkaufen ist jedenfalls nicht zynisch.« Glücklicherweise klingelt in diesem heiklen Augenblick das Telefon. Eduard hebt ab. »Deine Mutter«, sagt er und gibt den Hörer an Charlotte weiter. Sonst ist er nicht so begeistert über die Sonntagsabendanrufe von Charlottes Mutter, heute kommt die Unterbrechung gelegen. Er geht in sein Zimmer und diktiert noch zwei Briefe in sein kleines Aufnahmegerät. Er hat die Tür zum Wohnzimmer offengelassen und hört, wie Charlotte der Mutter vorschwärmt, daß sie morgen vormittag Kleider kaufen gehen. Mit Eduard! Stell dir vor! Eduard höchstpersönlich, der Vielbeschäftigte geht mit. Schön ja, wie früher, als wir noch mehr Zeit hatten. Ja! Mir ein Kleid vielleicht, so ein Viskosekleid. Trümmerfrauenkleid nennt es Eduard. Und Eduard kriegt eine Bundfaltenhose, so eine mit einem fallenden Stoff. Die Mutter scheint begeistert zu sein. Kleider – das war schon immer ein großes Thema zwischen der Tochter und ihr. Sie gibt jetzt offenbar Ratschläge. Nein, nein, sagt Charlotte, keine Angst, ich kaufe keinen billigen Fetzen.

Gute Mutter, gute Schwiegermutter. Sie hat Charlotte das Elend der Welt rasch vergessen lassen. Als Charlotte das Telefongespräch nach fast vierzig Minuten beendet hat, ist ihre Stimmung wieder konsumfreundlich. Als hätte es eben keine Skrupel gegeben. Eduard kommt aus seinem Zimmer und kann sich nicht verkneifen zu sagen: »Du bist ganz schön vergeßlich!«

»Vergeßlich?« Charlotte versteht nicht.

Eduard: »Na, eben noch solidarisch Verzicht üben wollen, und kaum ruft die Alte an, ist da schon wieder die alte Kauflust!«

Charlotte schaut Eduard fremd ins Gesicht. Sie überlegt sich eine Antwort, und es wäre vermutlich gleich zu einem heftigen Streit gekommen, wenn nicht glücklicherweise das Telefon wieder geklingelt hätte. Freunde von ihnen sitzen beim Italiener, wollen gerade Pizza bestellen und finden, daß Charlotte und Eduard am Tisch fehlen. Charlotte und Eduard mögen keine Pizza. Sie haben den ganzen Kühlschrank voller Käse, den sie jetzt gleich verzehren wollten. Aber es ist angenehm, sich jetzt abzulenken. Es ist angenehm, nicht erst tischdeckender- und dann tischabdeckenderweise herumtun zu müssen. Vor allem ist die Stimmung im Augenblick gereizt und könnte in jedem Augenblick explodieren. Dann lieber Pizza. »Wir kommen!« rufen Eduard und Charlotte erlöst.

Beim Italiener haben sie dann mit ihren Freunden über Klamotten philosophiert, ganz entspannt, ohne in den Schwachstellen herumzustochern, die ihnen nach ihrer gut zehn- sprich siebzehnjährigen Ehe einander bekannt waren. Die Freunde hatten ähnliche Probleme: Alle haben sie berstende Kleiderschränke. Und trotzdem: Es mußte doch immer wieder etwas Neues her. Das war der Lauf der Welt. Alles andere war Stagnation. Man gab sich selbst auf, wenn man nicht mehr mit neuen Sachen gefallen wollte. Man hatte sich daran gewöhnt zu schuften und daran, daß sich das Schuften bezahlt machte. Man leistete etwas, und man leistete sich etwas. »Teuren guten Käse, zum Beispiel«, sagt Eduard mit einem zärtlichen Blick auf Charlotte, »den man im Kühlschrank vergammeln läßt, weil man es sich leisten kann, mit Freunden eine pappige Pizza essen zu gehen.« Charlotte sticht zurück: »Oder Schallplatten, die man nicht hört!« Die zu kaufen ist eine Spezialität von Eduard.

»Apropos Überfluß: Morgen kleiden wir uns neu ein«, verkündet Eduard, nun schon vom Rotwein beseligt, den anderen. Er werde nicht mehr zu erkennen sein. Alles Bürohengsthafte werde morgen schon von ihm abgefallen sein. Und Charlotte werde schon morgen nicht mehr wie eine Akademikergattin aussehen, sondern wie ein Fliederbusch, schwärmt Eduard, nun ganz verliebt in seine Charlotte: »Wie eine oberitalienische Heldin aus einem Rossellini-Film von 1948.«

Je mehr Rotwein sie trinken, desto kühner werden ihre Gedanken. Eduard sagt: Man benutzt die Kleidung einerseits, um die Mode mitzumachen, andererseits, um der Mode auszuweichen, man wolle einerseits nicht auffallen, andererseits sich abheben, man sei einerseits so primitiv, Schaufensterpuppen und Fotos von hohlköpfigen Schönlingsmodels als Vorbilder zu imitieren, andererseits sei man bestrebt, sich von ihnen durch Entfaltung individueller Noten zu unterscheiden. Das Dasein eines gutverdienenden Mitteleuropäers sei derart verfeinert, daß man den pingeligsten Assoziationen ausgeliefert sei. Eine Nuance zu hell das Grau des Flanells, schon komme er einem nicht mehr landadelig, sondern Kfz-sachbearbeiterhaft vor. Eine Spur zu grob der Cord, schon hat sich der intellektuelle Touch der Jacke verloren. In seiner Beschwipstheit plädiert Eduard so vehement für Mode und volle Kleiderschränke, daß es Charlotte und den anderen am Tisch zu viel wird und sie einwenden, daß es wichtigere Dinge gäbe als Hosenbeine oder Schulterpolster. Aber Eduard ist jetzt nicht mehr zu bremsen. Ein Gespräch über Schulterpolster und Hosenbeine, sagt er, sei sinnvoller und ehrlicher als ein Gespräch über Politik und Wirtschaft, und vor allem als ein Gespräch über den gegenwärtigen Umgang mit dem Staatssicherheitsdienst der ehemaligen DDR. Nicht immer nur DDR-Vergangenheitsbewältigung bitteschön, auch die Vergangenheit des Hosenbeins müsse bewältigt werden.

»Jetzt geht es zu weit!« riefen die anderen, aber Eduard setzte sich durch, er erinnerte an die Hosenmode der 70er Jahre, bitte, alle sollten sich diese Hosen vergegenwärtigen: unten riesenhaft ausgestellt und oben ganz eng und tief auf der Hüfte sitzend, unbequem und unfunktional, eine Verunstaltung der Figur, eine Fehlentwicklung. Selbst passable Filme aus dieser finsteren Zeit seien praktisch wertlos, weil unansehnlich wegen der darin vorkommenden Hosenbeine.

Jetzt lachten alle, und es fiel ihnen ein, daß dies damals Hose »mit Schlag« genannt wurde, und Eduard lachte und sagte, da gäbe es gar nichts zu lachen, das Ganze sei tief traurig, es gäbe nämlich Dokumente, die belegen, daß man selbst mitgemacht habe. Man habe zwar auch damals die Hosenform lächerlich gefunden und beim Hosenkauf darauf geachtet, keine dieser unsinnig ausgestellten Exemplare zu erwischen. Kühn habe man sich über den Verkäufer hinweggesetzt, der einen gewarnt hatte: Der Mann von Welt trage Hosen, hatte der Verkäufer 1973 gesagt, die mindestens 28 Zentimeter ausgestellt seien, und diese hier habe nur 25 Zentimeter! Und nun nach 20 Jahren belehre einen ein Blick ins Fotoalbum: alles kein Unterschied mehr, eine Hose mit 25 Zentimetern Schlag sieht heute natürlich genauso eklig aus wie eine mit 28 Zentimetern. Kurz, man sei ein Mitläufer der Mode gewesen, obwohl man geglaubt habe, Widerstand zu leisten.

Um eins machte der Italiener zu, und sie bestellten noch schnell vier, fünf Espressi. »Espressi«, sagte Charlotte, die Polyglotte – korrekt originalitalienische Pluralform, und der Ober wiederholte die Bestellung: »Fünf Espressos«, sagte er. »So wird das Falsche zum Richtigen«, sagte einer der Freunde, der auch beschwipst war und gar nicht merkte, was er gerade für eine große Erkenntnis getroffen hatte.

Gut war die Laune von allen, und einer der Freunde sagte: Je besser die Laune, desto gleichgültiger die Klamotten. »Stimmt«, sagte Eduard und half Charlotte in den Mantel, die »oh« sagte, weil sie das nicht mehr gewöhnt war nach gut zehn, sprich fast achtzehn Jahren Ehe.

Eduard durfte jetzt nicht an Eva denken, denn Eva, das war auch so eine gute Laune, eine gute Liebeslaune, mit Eva waren einem die Klamotten egal, das war das Gemeine. Das war noch gemeiner als der gemeinste Geschmack, daß einem im Zustand der Frischverliebtheit alle Kleider gefielen und wohl auch standen. Je vertrauter man sich aber war, desto wählerischer und nörgeliger wurde man. Hier dieser Mantel war zwei Finger zu lang, das Schulterpolster zu dick, die Farbe zu monoton.

Als Eduard und Charlotte nach Hause gekommen waren, stellte Eduard eine Flasche Sekt in den Kühlschrank. Es würde gut sein, morgen nach dem Frühstück ein bißchen Sekt zu picheln, um den schweren Kleiderkauf etwas leichter zu nehmen. Sie würden nicht in ein Kaufhaus gehen, obwohl Eduard eine Schwäche für Einkäufe in Kaufhäusern hatte. Aus einem unerfindlichen Grund fand er das irgendwie demokratischer, und er wies ständig auf eine verwegen knallbunt gestreifte Unterhose hin, die Eva und Charlotte gleichermaßen schätzen, weswegen Eduard das Kaufhaus schätzte, in dem er sie für einen Spottpreis ergattert hatte. Charlotte aber konnte ihm nachweisen, daß 90 Prozent seiner Kaufhauskäufe Reinfälle waren. Baumwollhosen, die man nicht waschen durfte. Andere durfte man waschen, aber dann wurden sie unförmig und beulten aus. Eduard behauptete allerdings, vor Reinfällen sei man auch in noblen Bekleidungshäusern nicht sicher. Sie einigten sich darauf, daß der Reinfall zum Leben gehörte, daß Häufigkeit und Ausmaß des Reinfalls in einem guten Laden aber deutlich geringer wären.

So gingen Eduard und Charlotte gutgelaunt zu Bett und freuten sich auf morgen. Sie würden sich von allerlei Kleidungsstücken trennen, um Platz im Schrank zu schaffen. Obwohl das nicht leicht war, denn man hing auch an den Sachen, die man nicht mochte. Manchmal hing man sogar am Häßlichen, weil man Lust hatte, sich unelegant und schlampig anzuziehen.

Sie würden morgen nicht ruhen, bis Charlotte ihr Trümmerfrauenkleid gefunden hätte. Dunkelgrün, dunkelblau, dunkelrot mit weißem Muster mußte es sein, fallen mußte es leicht den Körper entlang. Und auch die Franzhose mußte fallen, und Kunstfaser dürfte sie nicht enthalten. Der Verkäufer würde bedenklich sein; sie haben das auch in reiner Schurwolle, aber er riete ab. Nach zwei Stunden sieht das knittrig aus wie bei einem alten Junggesellenoberlehrer.

Nein, das Zeug knittert nicht elegant, sondern abscheulich. Man würde es ihm nicht glauben, und er würde natürlich recht haben, und man hätte dann wieder ein weiteres Kleidungsstück mit einem Haken, das ständig gebügelt und gereinigt werden müßte, aber wenigstens würde es schön sein. Und einen beigen, ganz einfachen, klassischen und doch gleichzeitig nicht unscharfen Rock für Charlotte würden sie vielleicht noch finden, und sie würden diskutieren, ob Eduard nicht doch mal ein Seidenhemd probieren sollte. Er würde natürlich zetern, daß alle Männer, die etwas unkonventionell sein wollten, bunte Seidenhemden trügen, er könne es schon nicht mehr sehen, er sei doch kein SPD-Politiker, aber Charlotte würde ihn vermutlich überreden, denn irgendwie war Eduard seidenhemdreif, und wenn es Eduard dann doch nicht trüge, könnte es ohne weiteres Charlotte anziehen. Sie würden an den Kaschmirpullovern vorbeigehen und Eduard würde sich denken, jetzt wo ich die 40 überschritten habe, könnte ich mir eigentlich so ein Ding leisten. Sie würden sich begutachten und gegenseitig ab- und zuraten, und spielerisch würden sie darauf achten, daß ihre Konsumorgie ausgewogen verliefe, daß also jeder in etwa die gleiche Summe für die neuen Klamotten ausgäbe. Dann würden sie nach Hause fahren und nochmal alles anprobieren und sich ziemlich schick finden und vielleicht sogar aufregend, und das würde nicht ohne Folgen bleiben, das heißt, auch am Nachmittag würde Eduard nicht in sein Büro gehen, sie würden mit ihren neuen Klamotten herumspazieren und am Abend ins Kino und dann noch eine Kleinigkeit essen gehen, und mit Schrecken würden sie an den Käse zu Hause im Kühlschrank denken, und dann würde einem von ihnen – pitsch! – eine Olive aufs Bein fallen und den unvermeidlichen ersten Fleck auf das neue gute Stück machen, und ein Lachen würde sie schütteln, weil das der Lauf der Dinge ist.

Das 27 Meter lange Frühstücksbüffet

Bekenntnisse eines Totalverweigerers

Lieber Freund, im Rückziehermachen war ich schon immer gut. Erst habe ich zugesagt – nun sage ich ab. Und schon fällt mir ein, daß dringend die Philosophie des Rückziehers geschrieben werden müßte. Wir hätten längst das Paradies auf Erden, wenn die Kunst des rechtzeitigen Rückziehers (Rückzug ist mir zu militärisch) beherrscht würde. Viele Kinder wären nicht gezeugt worden. Die Atomenergie wären wir längst los. Die französische Revolution hätte schon hundert oder zweihundert Jahre früher angefangen, der Zar wäre nicht 1917, sondern vielleicht 1789 abgesägt worden, Stalin hätte es auch nicht gegeben, und die rechten Historiker, diese Regierungsschleimer, könnten sehn, was sie zu tun kriegten ohne die Theorie von Hitler als Antwort auf Stalin. Hitler wäre schon im Gefängnis von Landsberg um die Ecke gebracht worden, weil einem aufmerksamen Bewacher der Blödsinn nicht geheuer war, den der Zwangsneurotiker dort zu Papier brachte.

Sie werden nicht bestreiten, daß an dieser Überlegung etwas dran ist. Deswegen sage ich heute hü und morgen hott, wobei mir schleierhaft ist, wie sich dieses Wortpaar aus der Kutschersprache immer noch halten kann. Wie kann etwas, das so bar jeder Anschauung ist, sich so lange halten. Wenn hü und hott überleben, dann wir doch wohl um so mehr. Das ist der Preis des ewigen Lebens – man bleibt erhalten, aber keiner weiß, was von einem zu halten ist.

Zur Sache: Ihre Einladung zum Frühstück, morgen, sage ich heute – kurzfristig – ab. Neulich habe ich zugesagt, ehrlich gesagt nicht so freudig, wie ich vielleicht geklungen habe. Der Grund dieser Zusage war nicht das

Frühstück mit Ihnen, sondern das Treffen, das ich nach dem Frühstück mit einer Dame haben würde. Ich brauchte einen Grund, das Haus zu verlassen. Es ist immer gefährlich, das Haus zu verlassen, um ein Liebesziel anzusteuern. Die schönste Liebe ist die drangehängte. Nach einem Geschäftstreffen belohnt man sich mit einem Liebesabenteuer. Ich hätte zehn Minuten mit Ihnen über Geschäfte geredet, dann wäre ich verschwunden. Die Liebe ist entspannter, wenn man sagen kann: Ich war gerade in der Nähe. Ich hatte hier zu tun. Die Liebe will gar nicht, daß man wie ein Irrer auf sie zugeht. Man muß sie umkreisen. Nachdem ich eine Teilwahrheit verraten habe, könnte ich Ihnen nun sagen: Wie Sie sehen, kann ich Ihrer Frühstückseinladung nicht folgen, weil meine Liebste eine Erkältung hat. Mit ihrer roten Feuchtnase will sie nicht von mir gesehen werden. Folglich will ich Sie auch nicht sehen, haben Sie bitte Verständnis dafür, mein lieber Freund.

Würden Sie mir diese Ausrede verübeln? Ich hoffe nicht. Sie sind ein Mann von Welt, Sie verstehen das. Vor allem mit dieser letzten Benennung mache ich Sie machtlos. Doch seien wir ehrlich: Als Sie neulich anriefen und mich fragten, ob ich am soundsovielten morgens um zehn Zeit hätte, wir könnten die Angelegenheit beim Frühstück im Hotel besprechen, da dachte ich, jetzt fängt das Arschloch auch schon mit den Frühstückseinladungen an. Sie sagten zwar, ich erinnere mich, Sie könnten diese abendlichen Geschäftsessereien mit Saufen etc. nicht mehr ertragen – schon gar nicht mit angenehmen Leuten wie mir. Nett von Ihnen und gemein von mir, dann so zu denken. Trotzdem: Die neuerliche Frühstücksmode übersteigt meine Kraft. Das Frühstück, genauer das deutsche Frühstück, war früher das letzte Terrain, das noch nicht von der deutschen Gemütlichkeit erfaßt war. Man schlang und schlürfte und verließ hastig das Haus. Wunderbare Kulturlosigkeit. In den Hotels gab es zwei dieser unglaublich glatt abgeschnittenen

Graubrotscheiben, einen Klecks ekelhafte Marmelade und irgendein Kaffeegesöff. Ich habe eine Scheibe Brot mit dem kleinen Stück Butter bestrichen, das für eine Scheibe gut ausreichte, etwas Salz darauf, hap, hap, und weg. Dann Kaffee und die Schlagzeilen in der Zeitung, fertig.

Mit den frischen Brötchen fing der Niedergang an. Und der Deutsche – es ist eine deutsche Fatalität! – hat im Laufe der Jahre auf seinen Reisen festgestellt, daß alle besser frühstücken als er. Die Engländer! Unglaublich, was die alles futtern. Die Amis. Die Franzosen mit ihren Croissants und die Italiener mit ihrem Cappuccino. Die Reisenden in das, was früher Sowjetunion hieß (das Wort ist schon älter als hü und hott), schwärmten von üppigen Frühstücken mit Suppen und Würsten in Moskauer Hotels. Das Dummvolk der Deutschen in seiner bescheuerten Perfektionssucht hat nun alle auf einmal nachgeahmt. Die Amis mit ihren Hotelketten haben geholfen, und das Ergebnis sind 27 oder 17 Meter lange Frühstücksbüffets, Sie wollen bitte verstehen, daß ich mir diese absurde Zahl nicht merken will.

Ich will mich am Morgen nicht entscheiden. Ich will irgendetwas in mich hineinstopfen, damit ich den Kaffee besser vertrage. Den Kaffee trinke ich nur, damit ich gut kacken kann. Halten Sie mich ja nicht für einen analen Charakter, ich warne Sie. Die Wertschätzung morgendlicher Verdauung ist allgemein als nichtneurotisch akzeptiert. Ich interessiere mich am Morgen für die Nachrichten in der Zeitung, meine Verdauung, meine Zigarette und das Kinoprogramm vom Abend, manchmal auch für preisgünstige CD-Player-Angebote. Ich will weder eingeladen werden, noch Leute zum Frühstück einladen. Lachs und Krabben und Avocados am Morgen: Ich will sie nicht. Keine Entscheidungen, es lebe die Ungemütlichkeit, das Frühstück im Stehen, die Hast.

Meine Liebste hat keine Erkältung. Ich werde sie wie verabredet morgen um Viertel nach zehn aufsuchen. Ich brauche Sie nicht als Grund, um das Haus zu verlassen. Meine Frau hat zum Frühstück Leute eingeladen. Immer, wenn sie das tut, fliehe ich. Wahrscheinlich hat sie lauter Liebhaber eingeladen. Kommen Sie doch hierher. Es wird entsetzlich viel zu fressen geben, aber wenigstens kein Büffet.

Offen gestanden ist mir egal, was Sie machen. Lassen Sie mich morgen meine Butterschnitte vertilgen und mich dann meiner Wege gehn. Rufen Sie mich an, man kann die Sache telefonisch erledigen. Nieder mit den Angriffen auf die letzten Bastionen des Privatlebens! Nieder mit der Internationalisierung des Frühstücks! Sofortige Festnahme aller angeblich Studierenden und sonstigen Langschläfer, die sich am frühen Nachmittag in Modecafés schleppen und gähnend ein großes Frühstück bestellen, das es bis 18 Uhr gibt, wie die Frühstückskarte augenzwinkernd verrät.

Ich will mit diesem ganzen Schmarrn nie wieder was zu tun haben. Ich bin kurz davor, auch noch andere Mahlzeiten zu verbieten. Sie glauben nicht, wie ich mich dafür hasse, mir in Lokalen immer eine Rechnung geben zu lassen. Ich bin gezwungen, dieses Absetzspiel mitzuspielen, ich habe keine passenden Ausgaben außer diesem dämlichen Essen. Was ich wirklich zum Arbeiten brauche, sind täglich drei neue Schallplatten (ich nenne die kleinen, neuen Silberhostien hartnäckig so), das aber kapiert das Finanzamt nicht. Also setze ich Fressen ab, der einzige Grund, weswegen ich mit meiner Familie von Lokal zu Lokal ziehe. Und die akzeptieren das! In jedem meiner Bücher schreibe ich, daß ich noch nie in meinem Leben einen Menschen zum Geschäftsessen eingeladen habe, aber jährlich Tausende absetze. Nobelpreisträger aller Länder habe ich schon eingeladen. Das ist absetzbar. Was ich wirklich zum Überleben brauche, ist Bessie Smith' Blues, denn sie denkt nicht ans Essen: I need some sugar in my bowl, I need a little hot dog in my roll. Sie verstehen, daß ich diese Platte sofort besitzen muß. Morgen um zehn, wenn der Laden aufmacht und Sie einsam vor Ihrem Büfett sitzen, werde ich dorthin gehen und Viertel nach zehn wird der Blues woanders erklingen, während Sie immer noch nicht den Ober erwischt haben, der Ihnen den Kaffee eingießen soll. Denn mit Getränken klappt erst recht nichts an den idiotischen Büfetts. Lassen Sie sich deswegen so einen Hotelwichtigtuer kommen und fragen Sie ihn, was das für ein Sauladen sei. Es grüßt Ihr Frühstücksfeind.

Nicht die Bohne

Eine Hymne für die Nation

Das Auto hat nicht wenig Sinn:
es fährt dich her und fährt dich hin.
Es taugt für manche Reise –
doch wer es liebt hat eine Meise.
Wer stolz gar seine Marke preist,
bei dem ist der Verstand entgleist.

Und völlig klar liegt auf der Hand:
so wie das Auto ist das Land.
Bloß nicht es fachmännisch polieren!
Es soll nur halbwegs funktionieren.
Es soll nicht stinken und lärmen.
Nicht nötig, dafür zu schwärmen.

Die Welt besteht aus Nationen,
im Eintopf schwimmen viele Bohnen.
Der Kenner folgert scharf und richtig:
Das Nationale ist nicht wichtig,
die Zugehörigkeitsgefühle waren
bedeutungsvoll nur für Barbaren.

Wie jedes Land ist auch das deine
notwendig wie ne Wäscheleine.
Notwendig wie eine Tüte
aus Plastik oder Jüte.
Darin sind Liebe, Lust und was zu fressen,
die Hülle kannst du vergessen.
Wer sagt, er sei ein Patriot,
der ist ein ziemlicher Idiot.

Der Westen ist müde

Ein Energiesparprogramm

Alle reden vom Energieverbrauch ihrer Spülmaschinen, Waschmaschinen und sonstigen Haushaltsgeräte. Ob Glühlampen oder Autos – es kann nicht sparsam genug sein. Vermutlich gibt es bereits Nähmaschinen mit Sonnenkollektoren. Daß Wutanfälle ebenfalls Kraft kosten, ist bisher nicht sonderlich aufgefallen. Langsam jedoch wird es spürbar, wenngleich man den Kraftaufwand bei jeder Wut, auch bei der, die sich in den verschiedenen Formen von Auflehnung äußert, nicht messen kann. Protestieren, demonstrieren, polemisieren, sich-nichts-gefallen-lassen kostet zweifellos Energie. Die Ökologen aber haben nichts als ihre blitzblank blühende Umwelt im Sinn und scheren sich einen Teufel um den Raubbau der natürlichen Empörungsressourcen.

Deswegen hier und heute (erstmals in der Geschichte der Neuzeit, also ein historischer Augenblick!) ein ebenso extensiver wie dringlicher Aufruf, sich der natürlichen Vorräte an Widerstandspotential zu besinnen, diese nicht grillenhaft zu vergeuden, sondern geschickt einzuteilen. Rohstoffe stehen nicht unbegrenzt zur Verfügung, die Schätze dürfen nicht hemmungslos geplündert werden, ein Recycling-System ist zu erwägen.

Jeder sensible Beobachter der Gegenwart muß mittlerweile gespürt haben, daß eine gewisse Müdigkeit um sich greift. Niemand regt sich mehr richtig auf. Die Diagnose ist klar. Es wurde übermäßig viel Energie sinnlos verpulvert. Hier ein Blick auf die Vorgeschichte der neuen Müdigkeit.

Zuerst der Westpatient. Der Energieverbrauch zum Zwecke der Auflehnung war in der alten Bundesrepublik von den 50er Jahren bis in die Mitte der 60er Jahre sehr gering. Von einigen Ostermarschierern abgesehen, wurde immer nur »ja« gesagt: Die braune Vergangenheit, Adenauers altväterliche Politik, die Wiederbewaffnung – alles wurde geschluckt. Es gab ab und zu einen Schluckauf, aber kaum Zornausbrüche.

Wie sattsam bekannt, wurden Mitte der 60er Jahre die Studenten langsam rebellisch. Dann das berühmte 1968, das man in Ermangelung besserer Jahreszahlen stolz zum westeuropäischen Revolutionsjahr hochstilisierte. Jetzt wurden wirklich Energien frei. Die gesamten 70er Jahre hindurch war dieser Schub noch zu spüren. Anfangs ein natürliches Aufbegehren mit guten Argumenten, wurden letztere mit den Jahren immer angestrengter und künstlicher, immer weniger vital war das Interesse.

Es ist ein bißchen albern, und Mode geworden ist es auch, die jüngste Geschichte in Dekaden einzuteilen. Die Ordnung, die man damit schafft, ist etwas schief, aber die Lage dennoch einigermaßen übersichtlich. In den 80ern wurde deutlich weniger politisch argumentiert, es wurde jetzt mehr polemisiert – spätestens seitdem der im Herbst 1982 an die Macht gekommene Kohl im März 1983 vom Wahlvolk favorisiert wurde. Daß ein solcher Tolpatsch Kanzler werden konnte, löste weniger Entsetzen als ein ungläubiges Gekicher aus, das einem die Argumente verschlug. Was sollte man dazu noch Vernünftiges sagen?

Fortan wurde in allen halbwegs wachen Zeitungen auf den Kohlkanzler eingedroschen. Es wurde eine Art Volkssport. Enorm war der Energieverbrauch durch die vielen wütenden Attacken gegen den großen Bovist, der die unglaublichsten Hiebe von Schriftstellern und Journalisten, die köstlichsten Pflanzengiftpfeile, die derbsten Tritte mit erschütternder Ungerührtheit ertrug. Kohl sprach ja schon 1982 von der Wende, zu Recht, denn es gab eine Abkehr von politischen Utopien, eine Hinwendung zum frivolen Krakeel. Kohl konnte man nicht mehr ernst nehmen. Sein Vorgänger Helmut Schmidt hatte am Ende seiner Amtszeit schon »Staatsverdrossenheit« beklagt, doch besaß die abgekehrte Haltung damals noch Niveau. Sie war Folge einer echten politischen Frustration und hatte mit Inhalten zu tun, heute entspringt sie mehr einem Unmut über die unzumutbare Aufführung des allgemeinen Politspektakels.

Die unbedarfte Sturheit, mit der Kohl seine Prügel bezog, sollte man im nachhinein nicht als intelligente Methode interpretieren, nur weil sie seiner Karriere förderlich war. Das ochsenartige Aushalten der Schläge führte dazu, daß die erbosten Züchtigungen mit der Zeit matter wurden. Kein Mensch hat Lust, jahrelang auf einen unempfindlichen Zombie einzudreschen.

1989 sah Kohl seine Stunde gekommen. Als er sich flink und massig zum Geburtshelfer der Wiedervereinigung machte, brachten seine Spötter kaum noch die Kraft auf, über die hechelnden Hebammendienste des euphorischen Kanzlers zu lästern. Enorme Energien hatten die westdeutschen Linken übrigens immer damit verbraucht, dem unheimlichen Osten gegenüber eine kritische Haltung zu bewahren, und das nur, um nicht von den reaktionären Altkommunisten vereinnahmt oder als Späteinsichtige ausgelacht zu werden.

Der Golfkrieg schließlich mit seinem idiotischen Saddam Hussein und den idiotisch reagierenden Amerikanern machte die letzten Schimpfkünstler leise. Wer jetzt noch in pazifistischer Tradition aufbegehrte, wurde sofort als weltfremder und obendrein antisemitischer Hysteriker verdammt, als Verführer der unschuldigen Jugend, der Bettlaken schwenkende Schulkinder mit naiven Friedensparolen auf die Straße schickt. Daß die Amis sich einem Schwein gegenüber wie Schweine verhalten hatten, durfte damals nicht laut sagen, wer auf sein Ansehen hielt. Damit waren die Kräfte verschlissen, und die letzte ehrenwerte Überzeugung, daß nämlich das Militär generell ein übler Haufen und Waffen der letzte Dreck sind, war dahin. Seit dem Frühjahr 1991 ist es ziemlich still geworden. Wer feine Ohren hat, kann jedoch schon die Quelle leise plätschern hören, aus der sich der Strom der neuen Widerstandskräfte gegen den großen Unrat einmal speisen wird. Die neuen Bundesländer haben eine andere Energieverbrauchsgeschichte – jedenfalls vom Westen aus gesehen. Die DDR-Gesellschaft konnte fast vier Jahrzehnte lang Empörungsenergie tanken und speichern. Sie hatte kaum Gelegenheit, davon etwas zu verbrauchen. Dann endlich 1989. Das Umarmen des Westens und das Umarmtwerden durch den Westen war sicher anstrengend, aber nicht erschöpfend. Jetzt die kühne These des Monats: Wenn an der ganzen Energieverbrauchsspekulation etwas dran ist, müßten im Boden der Ex-DDR mehr Widerstandsrohstoffe, müßte dort mehr Unmutsbereitschaft, mehr potentielle Power vorhanden sein als im ausgelaugten Westen.

Entstanden ist die »Schimpfkultur« durch das allgegenwärtige Fernsehen. Eine Gestalt wie Heitmann mußte auch deswegen dran glauben, weil man sie sehen konnte. Erst in Verbindung mit dem schneidigen Knabenschädel wurde das reaktionäre Gewäsch wirklich abstoßend. Die wilde Wut auf Politiker wird erst durch das Fernsehen zu einer Kraft. Weil das Westvolk schon jahrelang die Schießbudenfiguren auf dem Bildschirm vorgeführt bekommt, gibt es kaum noch echte Erregung, meist nur mattes Stöhnen. Das Ostvolk hatte zwar vorher auch genug Gelegenheit, seine unsägliche Herrschaft via Glotze zu verachten, nun aber kann man den Abscheu so richtig schön rauslassen.

Das wäre doch wirklich praktiziertes Zusammenwachsen von Ost und West: Die Ossis geben den schlapp gewordenen Wessis etwas von dem kostbaren Stoff ab, aus dem die Wutanfälle sind. Erregungsenergie aus dem Osten, Know-how vom Westen. Dann kippen wir einen Kandidaten nach dem anderen. Weg mit allen Politfiguren, die wir nicht mehr sehen können. Hintze zum Beispiel. Nur weil er auf Spießermuttis wie ein netter Schwiegersohn wirkt, hält sich die Pfeife noch. Und Rühe? Wieso ist der noch da? Kinkel? Was ist denn das! Wir sind schon wieder so an das unsägliche Gefasel gewöhnt, daß wir nicht mehr die Wände hochgehen. Das muß anders werden. Stolpernde, strauchelnde, purzelnde Politiker haben ihren Unterhaltungswert, und wirklich politikverdrossen ist, wer sich darüber nicht mehr amüsieren kann.

Die Maggiflasche

2. Fußnote zum Denkmalschutz

Das Industriezeitalter hat uns nicht nur Fließband und Wohlstand, Stumpfsinn und Marxismus, Autobahnkreuze und Ozonlöcher beschert, sondern auch eine Reihe von Markenartikeln – und damit die Frage, was von diesen zu halten und wie mit ihnen umzugehen ist. Dabei interessiert uns heute nicht, welche Waschmaschinen und Schuhcremes in irgendwelchen Tests sich als besser oder schlechter erwiesen haben, als gesund oder tödlich, als empfehlenswert oder nicht. Wir befinden uns hier nicht in der Ratgeberecke für Normalverbraucher, wir sind mit Höherem befaßt.

Egal ob teuer oder preiswert, unnütz oder nützlich, ob ökologisch unbedenklich oder nicht – vielen populären Markenartikeln ist im Laufe der Zeit jenseits ihres Zwecks als Konsumgegenstand eine Bedeutung als Bestandteil der Kultur zugewachsen. Folgerichtigerweise hat sich die aus der populären Wirklichkeit schöpfende Kunst, auch Pop-art genannt, solcher Artikel bemächtigt. In den Museen hängen eine Menge hyperrealistisch gemalter Autos der Marken VW oder Buick herum, und das wohl berühmteste Beispiel ist Andy Warhols naturgetreue Darstellung der Campbell's Suppendosen.

Wer heute als Chronist die Wirklichkeit am Schopfe packen will, sei es im Gedicht, sei es im Roman, sei es im kulturkritischen Essay oder in einem federleichten Feuilleton (ein solches lesen Sie gerade), der kommt kaum drumherum, gewisse Markenartikel beim Namen zu nennen, damit können Personen und Situationen knapp und treffend bezeichnet werden. Völlig unvermeidlich ist der Verweis auf Markenartikel im Film. Soll der Streifen halbwegs realistisch sein, dann bleibt den Figuren nichts anderes übrig, als bestimmte Autotypen zu benutzen, bestimmte Zigarettensorten zu paffen; den Whisky schütten die wenigsten aus neutralen Karaffen, sondern aus unverkennbaren Markenflasche ins Glas. Product Placement nennt das die Fachwelt, zu deutsch Schleichwerbung – und der mißtrauisch gewordene Zuschauer ahnt, daß das beiläufige Vorzeigen von Markenartikeln nicht ohne Gegenleistung geschieht.

Man kommt im Leben bekanntlicherweise auch ohne einen Sportwagen von Porsche oder eine schwere Limousine von Mercedes/BMW über die Runden – von größter Wichtigkeit sind solche Autotypen allerdings, wenn eine bestimmte Schnöselsorte charakterisiert werden soll. Heute nun haben wir eines vergleichsweise harmlosen Markenartikels zu gedenken. Jeder Koch und jeder Essende kommt wunderbar ohne diesen Stoff zurecht, doch ist jener unverzichtbar, wenn ein bestimmtes Milieu charakterisiert oder eine bestimmte Gier gestillt werden soll. Schleichwerbung hin oder her, wir nennen jetzt den Namen: Maggi. Das gute alte Maggi.

Was wäre eine Vorstadt- oder Kleinstadtgaststätte ohne ein Fläschchen Maggi auf jedem Tisch. Gleich neben Salz und Pfeffer hat sich dieses Produkt einen Platz erobert, als gehöre es zu den elementarsten Ingredienzen des Daseins.

Sein Geschmack ist eher verpönt. Wer gerne gut kocht oder ißt, wird es kaum benutzen. Es gilt geradezu als Inbegriff der unedlen Küche. Nur der Verzweifelte versucht vergeblich, die öde Suppe mit ein paar Spritzern des braunen Extrakts aufzubessern. Vielleicht aber ist es gerade das, was Maggi so erfolgreich gemacht hat, sein – wenn man so will – symbolischer Gehalt, Symbol für den rührenden Versuch, den faden Alltag ohne viel Aufwand ein wenig genießbarer zu machen. Damit ist das Maggi-Fläschchen denkmalwürdig geworden. Man sieht es immer weniger, weil das Feinschmeckertum zunimmt.

Wir beantragen daher hiermit, Maggiwürze samt Flasche, übrigens bei Zimmertemperatur jahrelang haltbar, unter Denkmalschutz zu stellen (und der umstrittene Joseph Beuys wächst uns im nachhinein ans Herz, weil er schon 1972 hellsichtig das besagte Fläschchen zusammen mit einem Reclam-Bändchen von Kants Kritik der reinen Vernunft in einen Managerkoffer plazierte und zum Kunstobjekt erklärte).

Auch der Maggi-Brühwürfel ist nicht ohne. Obwohl es seine Bestimmung ist, möglichst rasch in ein Süppchen verwandelt zu werden, haftet ihm nichts von jener Fast-Food-Ideologie an, die den Pappfladen von MacDonald's entströmt. Entwickelt wurde der Brühwürfel um die Jahrhundertwende, und in nostalgischer Verklärung erscheint er heute durchaus nicht als Meilenstein des rationalisierten Essens, mit dem die hungrigen Mäuler der Arbeiterschaft flink gestopft werden konnten, sondern als solider und treuer Gehülfe der deutschen Hausfrau.

Im Laufe der Jahre ist Maggi zum Synonym für sowohl Würfel als Würze geworden. Damit reiht es sich in eine Galerie von bestimmten Artikeln ein, die aufgrund ihrer marktbeherrschenden Rolle mit ihrem Namen für eine ganze Spezies stehen. So sagt man »Vespa«, wenn man Motorroller meint, und eine Zeitlang wurde jedes Scheuermittel »Ata« geheißen. Jedes Papiertaschentuch »Tempo«, jede Binde »Camelia«, und in den fünfziger Jahren noch galt jedes Taschenbuch als »rororo-Bändchen«.

Unwissende sind noch immer der Ansicht, der charakteristische Maggi-Geschmack rühre von der Verwendung des Maggi-Krauts, des Liebstöckel her. Weit gefehlt. Umgekehrt: Der Maggi-Geschmack ist derart in den Volksmund eingegangen, daß man den nach Maggi duftenden und schmeckenden Liebstöckel nach dem hier besungenen Industrieprodukt benannte, das seinerseits keine Spur dieser würzigen Pflanze enthält.

Maggi hat seinen Namen nach dem Erfinder und Firmengründer Julius Maggi, einem Schweizer italienischer

Herkunft. Ein besserwisserischer Snob könnte daher, wie er beim italienischen Ober großspurig nach »olio« und »aceto« verlangt, auch ein Fläschchen »Ma'dschi« ordern – aber Maggi ist nichts für Snobs und Besserwisser: Auch das spricht für das dunkelbraune Getreideelixier. Heben wir also das legendäre Fläschchen, und um den vor 89 Jahren verstorbenen Vater der berühmten Volksnahrungsverbesserungswürze posthum zu ehren, wollen wir heute ausnahmsweise mit drei kräftigen Spritzern des eiweißhaltigen Pflanzenprodukts unsere Suppe anreichern. Ist keine Suppe zur Hand, so tut es auch ein Griff in den Brotkorb. Man öffne die altbackene Semmel und spritze in ihr Inneres reichlich den salzigen Saft. Wer für den Erhalt von Denkmälern ist, muß leiden.

Bitte um Ruhestörung
Über Künstler und Asylanten

Die breite Masse, die schreckliche, kann sie nicht ausstehen und regt sich darüber auf. Aber auch die wenigen Vernünftigen, die Kultivierten, die die Welt nicht retten werden, haben kein ungetrübtes Verhältnis dazu. Wovon ist die Rede? Von Asylanten natürlich. Und von der modernen Kunst. Die haben einiges gemeinsam. Beide kosten eine Menge Geld. An beiden verdienen eine Menge Leute eine Menge Geld.

Und dann eben gibt es nicht nur die unverhohlen grollende Volkesstimme. Auch für die freundliche alternative Minderheit, für die postlinke Elite, für die exfortschrittliche Stütze der Gesellschaft – kurz: für unsereins, die wir dem Asylrecht und der modernen Kunst selbstverständlich unverstockt gegenüberstehen, hat die Aufgeschlossenheit Grenzen. Dann nämlich, wenn uns die Asylantenwelle wirklich auf die Pelle rückt – oder die moderne Kunst. Hereinspaziert, ihr armen Verfolgten, aber die Containersiedlung will man bitte nicht vor dem Wohnzimmerfenster haben. Und diesen saublöden modernen Brunnen auch nicht. Beides stört.

Nichts hält ewig, auch kein Vergleich. Dieser ist hier zu Ende. Asylanten wollen nämlich nicht stören, die moderne Kunst aber will es. Es gehört zu ihrem Programm. Deswegen ist uns ein Asylantenheim vis-à-vis lieber als eine moderne Skulptur.

So einen Brunnen hat vielleicht sogar ein CDU-Stadtrat in Auftrag gegeben und bewilligt und bezahlt. 300000 hat man es sich kosten lassen. Alle haben genickt, weil ein bißchen was Modernes in der Stadt schon sein sollte. Und jetzt steht das Ding da, und alle finden es furchtbar. Es schreit danach, sofort beseitigt und zerstört zu werden. Aber wie wir wissen, werden leider ganz andere Dinge zerstört. Das sagt der Bürgermeister aber nicht. Er sagt bei seiner Einweihungsrede erstaunlich fortschrittlich klingende Dinge: daß die moderne Kunst heute provozieren muß, zum Nachdenken anregen muß. Der Künstler nickt begeistert. Das sind die Worte, mit denen er die Brunnenkommission für seinen Entwurf gewinnen konnte. Diesen Wortschwall hat er einmal bei einem Arschloch von Kunstkritiker gelesen, der das von einem anderen Kunstkritikerarschloch abgeschrieben hatte. Das hat sich der Künstler gemerkt. Und so, wie es der Bürgermeister jetzt sagt, klingt es richtig plausibel. Dann sagt der Bürgermeister noch, daß Kunst heute keine Antwort gibt, sondern Fragen stellt. 1990 sagt er das. Mit diesem abgelutschtesten aller Statements nimmt er übrigens schon genial vorweg, was documenta-Pokerface Jan Hoet auf seiner Schau im Sommer 1992 ständig herumposaunt und auf Zigarettenschachteln schreiben läßt und womit er bei der debilen Schar der Kunstkritiker ungerüffelt durchkommt. Wer solchen Scheiß erzählt, liebe Leute, der ist für mich weg vom Fenster. Langsam ist mir die falscheste Antwort lieber als diese angeblich kreative Fragenstellerei.

Wirft man der Kunstkritik Kritiklosigkeit vor, dann ist ihre Standardentschuldigung, daß es heute keine Kunstkriterien mehr gäbe. Wie bitte solle man werten ohne Wertsystem?

Falsch. Das Provokationselement ist längst zu einem Merkmal moderner Kunst geworden. Natürlich waren Duchamps Pißbecken und seine anderen ready mades um 1915 herum herzerfrischend, vielleicht auch tatsächlich skandalös und von einem gewissen provokatorischen Niveau. Wenn aber heute, nach fast 80 Jahren, noch immer von diesem kunsthistorisch gewordenen, neckischen Saisoneinfall gezehrt wird, wenn noch immer gebetet wird, daß Kunst provozieren und unbequeme Fragen stellen solle, dann wird es bedenklich.

Die Lage ist pervers. Die Kulturberater der Bürgermeister von Millionenstädten haben langsam eingesehen, daß an der ewigen Bitte um Ruhestörung etwas faul ist, daß sich Provokation nicht bestellen läßt. In kleineren Großstädten aber lassen die Redenschreiber die Festredner noch immer danach lechzen, daß die Kunst Stachel im Fleisch der Gesellschaft sein möge. Daß Künstler noch immer auf diesen Denkfehler hereinfallen, ist der wahre Skandal. Wer heute wirklich provozieren will, muß anders vorgehen. Zum Beispiel behaupten, es sei alles in Ordnung, man habe an dieser Gesellschaft nichts auszusetzen.

Statt dessen knipst der Künstler von heute ein Jahr lang seine tägliche Kackwurst, reproduziert die Fotos auf Kacheln und fliest damit einen documenta-Raum (Bild). Bißchen viel Aufwand für eine Schnapsidee.

Nirgendwo werden so oft des Kaisers neue Kleider zitiert wie im Bereich der Kunst. Steht man kopfschüttelnd vor irgendwelchem Blödsinn, der von der Fachwelt gepriesen wird, scheint das Märchen wieder mal zuzutreffen. Es trifft aber nicht zu. (Sonst wäre der Betrug schon längst aufgeflogen.) Der Kunst-Kaiser gibt sich gar nicht als schön herausstaffiert aus. Er bewegt seinen immer schlaffer werdenden Schmerbauch durch die Gegend und will seine Häßlichkeit als Provokation verstanden wissen. Der Betrug ist längst keiner mehr. Er ist zur Kunstform geworden. Wo nur noch Provokation zählt, kann man nicht mehr unterscheiden zwischen der Störkunst von Dummköpfen und Schlaubergern, von fähigen und von unfähigen Künstlern. Je häßlicher, je unverständlicher, je angeblich schmerzhafter, je kopfstehender und sinnloser die Kunst, desto höher, desto geheimnisvoller ihr avantgardistischer Gehalt. Dieser Denkfehler hat zu einem Paradox geführt, das jede ästhetische Entwicklung lähmt. Das größte künstlerische Unvermögen ist auch die größte Provokation und also auch die größte Kunst. Logisch.

Und was den Brunnen betrifft, diesen prachtvoll unbequemen Ruhestörungsbrunnen, so wird eine Volksabstimmung zu seiner Beseitigung führen. Der Künstler, fürstlich entlohnt, hat dann Grund zu maulen. Er zeigt wehmütig Fotos von seinem eingeschmolzenen Werk herum und beklagt den postfaschistischen Banausenstandpunkt der Bürgerschaft, die Kunst immer ins Abseits drängt. Wie die Asylanten.

Versuch über das Tretboot

Ein Beitrag zur Philosophie

Verdrängung hält uns über Wasser. Ohne Verdrängung kein Auftrieb. Die Masse, die ein Körper verdrängt, hebt ihn nach oben – oder so ähnlich. Das fiel Archimedes vor 2300 Jahren in der Badewanne auf. Dank der Verdrängung können Schiffe aus Eisen schwimmen. Die Psychologen weigern sich noch immer, dieses zwingende Gesetz der Körper auf die Seelenlehre zu übertragen, obwohl einiges dafür spricht, daß wir auch ohne geistige Verdrängung elend untergingen.

Neben der Verdrängung hält uns der Spott über Wasser. Hier gibt es keine physikalische Analogie. Fast über alles sollte der Kenner spotten, nur nicht über das, worüber die blöde Masse sich jökelnd erhebt. Tretboote zum Beispiel. Sie werden schnell zum Gegenstand niveauloser Witzelei. Weh dem, der über Tretboote spottet; er hat nichts vom Sinn des Lebens begriffen.

Das Boot und die Bootsfahrt sind bekanntlich beliebte Sinnbilder des Lebens. Das stolze Segelschiff, der wohlgeformte Kahn, ja selbst der mit schnödem Volldampf vorauseilende Dampfer sind vieltausendfach besungen worden. Kaum eine Silberhochzeitsrede oder Beerdigungsansprache, kaum ein Epos beginnt oder schließt, ohne daß von der Schiffahrt die Rede ist, die nun beendet oder so gut wie beendet sei oder beginne, jaja. Kein Festredner oder Epensänger wird sich den Hinweis verkneifen, daß manches schwere Wetter, mancher hohe Seegang überstanden werden mußte, bevor der mit allen Wassern gewaschene Junggeselle im Hafen der Ehe, der abgetakelte Kollege im verdienten Vorruhestand, der Siechende im sicheren Port des erlösenden Todes vor Anker gegangen sei.

Festreden und Epen sind wie die gesamte Literatur verlogen. Deswegen bleibt das Tretboot unerwähnt, obwohl es das passendste Sinnbild für unser Dasein zu Wasser und zu Land wäre. Allerhöchste Zeit, dem Tretboot endlich seine längst verdiente Anerkennung auszusprechen und das Ende seiner Diskriminierung zu verlangen. Das Tretboot ist die zwingendste, kühnste, wahrhaftigste Metapher des Lebens und natürlich die erschreckendste. Deswegen bleibt es unerwähnt im Singsang opportunistischer Poeten und im Geschleim der Laudatoren. Sein Nichtvorkommen in Literatur und Rhetorik des Abendlands ist unübersehbar.

Ernst Robert Curtius widmet in seinem überaus gelehrten Knüller über »Europäische Literatur und lateinisches Mittelalter« der Schiffahrtsmetapher ein eigenes Kapitel. Nun muß zwar die Geschichte der Schiffahrtsmetapher nicht neu geschrieben werden, denn das Fehlen des Tretboots bei Curtius entspricht ja dem Fehlen des Tretboots in der Literatur. Dieses Fehlen ist ein bemerkenswertes Armutszeugnis für die abendländische Kultur.

Die herkömmliche Schiffahrtsmetapher ist billig, abgedroschen und trügerisch. Sie gaukelt uns vor, das Leben habe einen sinnhaften Ausgang und ein sinnhaftes Ende, es gäbe Sturm und Flaute, aber mit Verwegenheit käme man schon durch. Man stellt sich ein stolzes Schiff vor, einen edlen Kahn, nobel gebauschte Segel, gepflegte Kajüten, Messing, Mahagoniholz, elegante Reling, beruhigende Anker, formvollendete Sextanten; siegessicher nach Norden weisende Kompaßnadeln machen uns vor, daß wir mit Schönheit und Würde durch die Fährnisse des Lebens steuern, mit Intelligenz und unter geschickter Ausnützung der natürlichen Kräfte.

Schön wäre es. Alles Augenwischerei. Nichts gegen Augenwischerei. Muß auch sein. Nichts gegen Selbstbetrug. Man muß nur wissen, daß die Bilder nicht stimmen.

Das Tretboot macht uns nichts vor. Keine schönen

Planken, kein Abenteuer, kein Bootskörper wie eine Liebeslaute. Deswegen können und wollen wir das Tretboot auch nicht lieben. Die Wahrheit ist nicht liebenswert.

Das Tretboot ist unschön wie das Leben. Es ist eigentlich das Letzte. Wie das Leben. Es fährt nicht dorthin, wohin man will. Wie im Leben. Es hält den Kurs nicht. Es macht einen weder zum gelassenen Passagier noch zum Kautabak kauenden Matrosen und schon gar nicht zum Piraten. Das sind alles Illusionen. Seefahrerromantik. Das Tretboot ist realistisch. Es macht uns zu dem, was wir alle sind: zu Touristen. Zu rosa Ausflüglern. Zu Familienvätern. Zu albernen Onkeln aus Amerika.

Das Tretboot ist zu Wasser das, was zu Land die Tretmühle ist. Es macht uns zu Goldhamstern. Es ist das ideale Symbol für die Vergeblichkeit. Man tritt im Kreis herum, und man fährt im Kreis herum. Das Ziel ist der Ausgangspunkt. Der Bootsverleih. Heißt es nicht mahnend, daß auch das Leben nur geborgt sei? (Von einem Seelenhändler. Ogottogott.) Erschütternde Analogie. Während wir im schmucken Kahn, in der schnittigen Yacht oder Jolle sofort vergessen, daß unser Wasserfahrzeug entliehen ist, und uns nach wenigen tüchtigen Ruderschlägen oder nach dem Hissen der Segel als urige Seefahrer fühlen, als Beherrscher internationaler Gewässer, als Quasischiffseigner, bleibt auf dem Tretboot das demütige Mieterbewußtsein erhalten. Kein normaler Privatmensch besitzt ein Tretboot oder will eines besitzen. Kein noch so verzogenes Kind wünscht sich ein Tretboot. Leihen und Verliehenwerden gehört zum Wesen des Tretboots. Jeder will es rasch loswerden. Dabei fällt dem wachsamen Beobachter der Küsten auf, daß die Tretbootverleiher ihre schwimmenden Plastikmetaphern fast verlegen verleihen und freudlos wieder in Empfang nehmen. Verleiher und Leihender bilden eine peinlich berührte Symbiose. (Ist nicht der Leihende der wahrhaft Seiende – und dem ist – mit oder lieber ohne Heidegger –

klar, daß die kommende halbe Stunde nicht dem Vergnügen dient, sondern der Läuterung.) Dem möglichen Gespött nichtsnutziger Strandbummler ausgesetzt, muß sich der Tretbootfahrer wieder einmal strampelnd die Erfahrung der Vergeblichkeit erarbeiten und vielleicht seinem Nachwuchs dieselbe nahebringen. Die Einübung in den höheren Unsinn des Lebens bleibt meist den Vätern vorbehalten. Abwicklung nihilistischer Initiationsrituale ist Männersache. Mütter denken positiver und entziehen sich in der Regel der Tretboottortour mitsamt der bitteren Lektion.

An den Gestaden des Mittelmeers sind die Verleiher oft unauffindbar, wenn man mit der Zweikufenschwimmwanne den Strand wieder erreicht und die Leihgebühr entrichten will. Auf nahezu mythologische Art verschwunden sind die Verleiher – und das kann nur heißen: Sie wollen mit der Erkenntnisqual ihrer Kunden nicht auch noch Geld verdienen.

So lächerlich ist das Tretboot, daß es nicht einmal in den Kino-Werbespot der Eiscremefirma Langnese Aufnahme fand. Dieser kurze Film ist eine bewegte Ikone des europäischen Ferienhumors am Ende des 20. Jahrhunderts. Vor keiner Albernheit des hochsommerlichen Strandlebens wird zurückgeschreckt. Alle Freizeitvergnügungen, die Riviera und Adria zu bieten haben, sind hier angehäuft. Warum fehlt die eisschleckende Familie auf dem Tretboot? Weil auch die Werbefilmer begriffen haben, daß Tretbootfahren mit Freizeit und Vergnügen nichts zu tun hat, daß es mehr eine Art säkularisierte Bußfahrt zu Wasser ist, eine Wallfahrt ohne Ziel.

Da in unseren matten Zeiten wenig Erkenntnisdrang herrscht, wird immer weniger Tretboot gefahren. Meist stehen die federleichten Ungetüme orange, rosa oder türkisgrün unbenutzt am Strand. Zu allem wird man am Ferienstrand aufgefordert: zum Kaufen von Kokosnußscheiben und ostafrikanischen Tüchern, zu gewagten Drachenflügen und Wassermotorschlittenraserei, zu Busfahrten und abendlichen Diskothekbesuchen mit Papagallo-Animation – nie wird man zum Tretbootfahren ermuntert.

Die Tretboote sind vom Aussterben bedroht, und damit wird ein weiteres Mittel zur Erkennbarkeit des Elends verschwunden sein. Deswegen müssen nicht nur die Wale, sondern auch die Tretboote geschützt, gerettet und erhalten werden.

Möglicherweise arbeitet das Tretboot auf sein eigenes Aussterben hin. Wie die Dinosaurier der Urzeit vor ihrem Verschwinden von der Bildfläche absonderliche, unfunktionale Höcker und Zacken ausbildeten, so tauchen in jüngster Zeit Tretboote mit seltsamen Aufbauten auf. Rutschen und kleine Sprungplattformen wurden gesichtet. Das Benutzen der Rutsche empfiehlt sich nicht. Unerfreulich plumpst der Körper ins Wasser, das leichte Boot gerät dabei durch den Rückstoß mehr in Fahrt als der rutschenwollende Mensch. Der Versuch schließlich, beim Sprungplattformtretboottypus von der Sprungplattform ins Wasser zu springen, muß gräßlich scheitern, denn im Augenblick des Abspringenwollens drückt man den nachgiebig schaukelnden Bootskörper ins Wasser und findet keine feste Basis zum Absprung, wie man ja auch von einer Luftmatratze aus keine eleganten Köpfer ins Wasser tun kann. Unklar ist noch immer, ob diese Neuerungen normale Auswüchse des waltenden Erfinderirrsinns sind, sprich Geldmacherei, oder ob damit bewußt der ohnehin schon erhebliche Sinnlosigkeitsgehalt des Tretboots eine weitere Steigerung erfahren soll.

Ungeachtet dieser bedenklich endzeitlichen Entwicklungen sollte der demokratische Charakter des Tretboots nicht unerwähnt bleiben. Man braucht nicht Gold und Kasse. Fast jeder kann sich das Vergnügen leisten, das freilich keines ist. Darüber hinaus ist das Tretboot ein Vorbild, was das Aufbrechen (verkrusteter!) hierarchischer Strukturen angeht. Der Tretbootfahrer ist nämlich Kapitän, Steuermann und Galeerensklave in einer

Person. Das Segel- oder Motorboot macht den Benutzer zu etwas Besserem, der Kahn macht ihn zum Ruderknecht – kein anderer Schiffstyp bietet so viel Dreieinigkeit zu einem so günstigen Preis. Auch daß das Tretboot für sportliche Wettkämpfe untauglich ist, macht es sympathisch und gibt ihm eine angenehme Leistungsverweigerungsnote. Wunderbar wettbewerbsunfähig ist das Tretboot. Es gibt keine Tretbootregatta. Obendrein ist das Tretboot liebenswerterweise der einzige Schiffstypus, der nicht für militärische Zwecke verwendet wird. Hierin ist es dem Floß überlegen, das auch kein schlechtes Sinnbild für das schlingernde Leben ist, das aber dauernd von derben Pionieren zum Übersetzen von Panzern für Eroberungszwecke mißbraucht wird.

Zu einer Flucht über das Wasser eignet sich das Tretboot nicht. Das einzige, was der Flüchtling mit sich trägt, ist der Ersatz seiner Würde: sein erbarmungswürdiger Anblick. Dieser letzte Besitz käme ihm bei der Flucht mit dem Tretboot abhanden. Aus der Tragödie würde eine Groteske, aus der Rettung eine Farce, das Verzweiflungsvolle erhielte einen komischen Anstrich. Insofern wäre die Fantasie einer Massenflucht auf Tretbooten vielleicht gar nicht so zynisch, wie es zunächst erscheinen mag. Die Vorstellung, daß Hunderte von Tretbooten übervoll mit Trauben von albanischen und ex-jugoslawischen Schutzsuchenden besetzt auf der Adria schaukeln und sich trotz weitgehender Manövrierunfähigkeit langsam in Richtung italienische Küste bewegen, ist zwar befremdlich, aber nicht inhuman. Vielleicht läßt sich dem tödlichen Ernst der Geschichte nur so entkommen. Tretboot-People – das wäre ein schlechter Witz. Einen schlechten Witz hält keine fluchtvereitelnde Soldateska auf, ein schlechter Witz wird von keiner Fremdenpolizei ausgewiesen. Ein schlechter Witz macht machtlos. Weder Hašeks braver Soldat Schwejk noch Grimmelshausens Simplicissimus hätten ein Tretboot zu ihrer Rettung verschmäht. Thomas Mann war natürlich zu blasiert, um im *Tod in Venedig* ein Tretboot vorkommen zu lassen, obwohl sich die Novelle wahrhaftig besser lesen ließe, wenn ihr schwülstiger Symbolismus von einer furztrokkenen Tretbootmetapher durchbrochen wäre. Man spürt förmlich, daß Thomas Mann es sich verkniffen hat zu schreiben, wie des hüstelnden Gustav Aschenbachs homoerotisches Auge nimmersatt auf dem tretbootfahrenden Tadzio liegt, der mit seinem flotten Ringelbadeanzug selbst beim Gestrampel eine souverän-elegante Figur abgibt.

Wenn schon die Autoren das Tretboot so schmählich meiden, sollten es wenigstens die Theaterregisseure reichlich als Requisit benutzen. (Billig! An Subventionsstreichung denken!) Dringend empfiehlt sich das Tretboot bei Beckett-Inszenierungen. Das Warten auf Godot im Tretboot, oder im *Endspiel* ein Tretboot statt der ewigen Mülltonnen – das gäbe den existentialistischen Stücken erst letzten Sinn und existentielle Bedeutung.

Wenn etwas nicht überliefert wurde, muß das nicht heißen, daß es nicht stattfand. Weil das Tretboot immer ein Sonderling unter den Schiffen war, hat sich kein Kulturgeschichtsschreiber seinetwegen bemüht. Obwohl nichts dagegen spricht, daß schon die Königskinder im alten Ägypten mit kleinen Tretbooten auf dem Nil auf und ab gefahren sind. Klein-Moses wurde in einem Bast-Tretbötchen ausgesetzt. Das Nil-Tretboot ist vermutlich eine Vorform der Mississippi-Raddampfer. Auch Cäsar und Kleopatra sind vermutlich Tretboot gefahren (in George-Bernard-Shaw-Inszenierungen einbringen, in Shakespeare-Inszenierungen hineinfälschen!) – deswegen konnte aus der verheißungsvollen Affäre nichts werden. Das Tretboot ist nämlich ein Liebestöter. Das ist sein Grundfehler. Es ist kein Ort für Leidenschaften. Die Liebe mag keine Albernheiten. In jedem Kahn, jeder Barke, Gondel, auf jedem Kutter kann man der Liebe frönen wie man will, zart oder ungestüm, unbeholfen oder raffiniert, brüllend oder still. Das Tretboot ist hierfür nicht zu gebrauchen. Mit einer Liebeserklärung auf dem Tretboot würde man sich lächerlich machen, jeder Versuch zu vögeln endete mit einem enterotisierenden Lachanfall.

Das Tretboot öffnet einem die Augen, und die Liebe macht schön und blind. Das geht nicht zusammen. Die blinde, dunkle, wüste, schwere Liebe ist der hellen, leichten, schwankenden Erkenntnis vorzuziehen. Deswegen sollte sich der Einsatz für das Tretboot in Grenzen halten. Gespendet wird nicht! Opfer werden nur der Liebe gebracht, nicht der Erkenntnis.

Zunächst sieht das Tretboot so aus, als habe es nicht mehr als einen lustigen Vierzeiler verdient. Wie alles Lächerliche muß es aber ernst genommen werden. Das haben wir jetzt lange genug getan. Zur Hölle mit dir, du abscheuliches Vehikel! Ich pfeife jetzt auf gleißende Erkenntnisse. Wir sitzen alle in einem Tretboot, schon recht, ich weiß. Eben deswegen will ich allein der Liebsten gegenübersitzen, in einem anständigen Kahn und im Dämmerlicht.

Die Rechnung des Milchmanns

Eine Kriminalgeschichte aus der Provinz

Wenn man mit den Verhältnissen auf Erden noch nicht hundertprozentig einverstanden ist, wenn einen das Gefühl nicht losläßt, daß sich hier und da die Lage der Dinge und das Los der Menschen noch etwas verbessern ließe, dann kann man zum Beispiel Wohltätigkeitskonzerte besuchen oder Zuschlagsbriefmarken kaufen, neuerdings kann man sich auch in Lichterketten einreihen. Man kann aber auch, wenn man in einer halbwegs funktionierenden Demokratie lebt, einer Partei beitreten, sofern man es aushält, mit Leuten zusammenzusein, die aus ganz anderen Gründen der Partei beigetreten sind. Tritt man einer kleinen engagierten Oppositionspartei bei, hat man es weniger mit Leuten zu tun, die ihre Parteizugehörigkeit nur benutzen, um sich persönliche Vorteile zu verschaffen und geheimnisvolle Fäden zu spinnen, aus denen ganz von selbst eine Struktur entsteht, die man, wenn sie fertig ist, »Filz« nennt.

Ich habe vergessen, Raimund Kamm zu fragen, was ihn bewegt hat, irgendwann den Grünen beizutreten. So ungewöhnlich ist der Schritt allerdings auch wieder nicht, daß er groß erklärt werden müßte. 1986 schafften die Grünen bei der Landtagswahl in Bayern die Fünfprozenthürde, und mit ihnen in den Landtag zog der ursprünglich aus Westfalen stammende Raimund Kamm, der in Augsburg Wirtschaftswissenschaften studiert hatte und dann dort hängen beziehungsweise leben geblieben war. Seitdem ist Raimund Kamm Abgeordneter. Heute ist er 40.

Will man sich die Sitzverteilung im bayerischen Landtag mal wieder vergegenwärtigen, sollte man es sich nicht entgehen lassen in der Höhle des Löwen anzurufen. So übermächtig ist dort die CSU präsent, daß die Frage nach der Existenz von anderen Parteien Verwunderung auslöst. Wer interessiert sich da für das unvermeidliche Unkraut am Rand!? Man hat die Zahl der Sonderlinge nicht im Kopf und zählt amüsiert nach: 56 Sitze hat die SPD, einer ist fraktionslos, 4 mal die FDP und 12 Grüne. Insgesamt 204 Sitze.

Natürlich werden die Grünen im Landtag von den klassischen bayerischen Abgeordneten als Exoten angesehen. Obwohl Raimund Kamm ganz manierlich angezogen ist und nicht wie ein stürmischer Pullover-Grüner aus den ersten Tagen, fällt er doch aus der Reihe, schon deswegen, weil man ihm die Vitalität ansieht. Exotisch erscheinen dem unbefangenen Besucher eher die anderen, die Lodenzombies, die weniger etwas Konservatives als etwas Konserviertes ausstrahlen, als wären sie einem Politschwank von Ludwig Thoma entsprungen. Auch wenn sie friedlich am Mittagstisch des Landtags-Restaurants sitzen, sehen sie aus, als heckten sie ungute Dinge aus, ihre Stirnen wirken niedrig, selbst wenn sie hoch sind, und wenn sie keine Koteletten haben, weil die gerade nicht Mode sind, wirken sie wie meckernde Operettentenöre. Das Maximilianeum der Landeshauptstadt München beherbergt den bayerischen Landtag, und so wie die historische Kulissenfassade dieses Bauwerks hoch über der Isar aufragt, hat sie etwas von einem monströsen Kasperltheater. Auch das brauche ich Raimund Kamm nicht zu fragen: Wie man sich als Grüner hier fühlt. Seine blitzenden Augen und seine in mildem Spott zuckenden Mundwinkel zeigen, daß er sich Distanz zu seinem politischen Arbeitsplatz bewahrt hat, daß er nicht bereit ist, sich in irgendwelchen Ausschüssen jahrelang mit landespolitischen Urfragen zu befassen.

Ein entzückendes Symbol für die Erstarrtheit des Landtags befindet sich auf dem Pult des Landtagspräsidenten im Plenarsaal. Da sind verschiedene Knöpfe, mit denen der Präsident einzelne Mikrophone im Saal aufstellen und so den Redewilligen die Stimme erteilen und verstärken kann. Außerhalb der Knopfreihen ist ein Extra-Knopf mit einem Extra-Schild, auf dem sein Verwendungszweck eingraviert ist: »Revolution« steht auf dem Schild. Was bei Knopfdruck geschieht, weiß niemand im Landtag.

Wenn man sich hier nicht in einen Zombie verwandeln und wie eine Imitation von Otto Wiesheu oder Erwin Huber aussehen will, die ihrerseits wie mißlungene Imitationen des unseligen Kotelletenkönigs Franz Josef Strauß aussehen, muß man wohl das tun, wovon Politiker immer gerne reden, und zwar je mehr desto weniger sie es tun: den Wählerauftrag ernst nehmen.

Raimund Kamm beschäftigt sich als Wirtschaftswissenschaftler mit Wirtschaftsfragen und hat naturgemäß die Aktivitäten von allerlei Unternehmen im Auge. Auch wenn die Macht eines einzelnen Oppositions-Abgeordneten sehr bescheiden ist – die jüngste Geschichte und die Gegenwart zeigen, daß man nicht wachsam genug sein kann, wenn es z.B. um die mögliche Kriegstauglichkeit obskurer Industriegüter geht. Beim Ernstnehmen seines Wählerauftrags ist Raimund Kamm schon Ende der 80er Jahre die Firma Müller-Milch aufgefallen. Müller-Milch ist in Aretsried ansässig, einem kleinen, wegen seiner vielen hoch in den Himmel ragenden Milchtanks unübersehbaren, als Dorf nicht mehr erkennbaren Kaffs in der Nähe von Augsburg. Aretsried liegt an einem auch nur noch wenig idyllischen Flüßchen namens Schmutter, und dort war es immer wieder zu Fischsterben gekommen. Die toten Fische hatten Raimund Kamms Aufmerksamkeit geweckt. Sie waren erstickt, und es sah so aus, als hätten sie keine Chemikalien abgekriegt, sondern Milch. Fische mögen keine Milch. Um die fette Milch oder gar Sahne im Wasser abzubauen, wird viel Sauerstoff verbraucht. Es sah so aus, als sei die Milch von der nahegelegenen Großmolkerei Müller in den Fluß gelangt, es sah weiter so aus, als sei dies kein einzigartiges Versehen, sondern eine Art natürliche Folge der Hochproduktion.

Inhaber Theo Müller war mit seinem Werk zu diesem Zeitpunkt schon längst eine Legende. Müller macht Umsatz, und Umsatz macht Eindruck. Viel Umsatz macht viel Eindruck. Anfang der 70er Jahre hatte Theo Müller den Molkereibetrieb von seinen Eltern übernommen. Vier Mitarbeiter und ein Jahresumsatz von einer Million. Gar nicht übel, aber offenbar nicht genug. Anfang der 90er Jahre werden mit 1000 Mitarbeitern 500 Millionen oder 700 Millionen Mark umgesetzt, Theo Müller klagt gern, darauf kommen wir noch, er möge dies bitte jetzt nicht tun, man kommt wirklich bei den vielen Millionen mit dem Rechnen nicht hinterher, und im vorigen Jahr soll es gar eine Milliarde Mark gewesen sein. Wachstumsraten dieser Größenordnung sind ungewöhnlich. »Erfolg ist immer etwas Vulgäres«, hat Oscar Wilde gesagt, aber im Wirtschaftsleben kümmert man sich nicht um die Erkenntnisse eines alten Dandys. Erfolg adelt eher, heiligt oft und lang genug sogar die Mittel, zunächst jedenfalls, den Erfolgreichen umkreisen die Journalisten wie die Geier und lassen damit schon ahnen, daß in jedem noch so glänzenden Erfolg das Faule schon aasig durchmuffelt.

Nach allem, was ich gehört habe, ist mir die Lust vergangen, Herrn Müller persönlich zu besichtigen, falls mir eine Audienz überhaupt zuteil geworden wäre. Es handelt sich um einen Menschen von der Sorte, der ich lieber aus dem Weg gehe. Wenn er wütend in sein Auto steigt, gibt er Gas, daß die Räder sich durchdrehen. Das reicht schon. Mit solchen Typen will ich nicht mal journalistisch Umgang haben, egal ob sie Kanonen, Kunst oder Buttermilch verkaufen, ob es Gewinner oder Verlierer sind.

Was die Zeitungen und auch die Gerichtsakten dem Theo Müller nachsagen, ist zum Teil nicht ohne Komik. Als unternehmerischem Emporkömmling ist ihm alles gewerkschaftliche ein Dorn im Auge. So schließt Müller schon mal ein paar Arbeiter über Nacht ein, wenn sie mit ihrem Pensum nicht fertig geworden sind. Einmal ist er als »Schüttler von Aretsried« in die Lokalpresse eingegangen, weil er einen Betriebsangehörigen auf dem Werksgelände gepackt und geschüttelt hatte, um später die Erklärung nachzuliefern, er habe aus ihm »die Gewerkschaft rausschütteln wollen.«

Darüber allerdings sollte man sich nicht gewerkschaftlich empören, das ist ja nun eher so köstlich wie der Revolutionsknopf am Pult des bayerischen Landtagspräsidenten. Das ist ein Satz, der jedes Stück von Gerhart Hauptmann bereichern würde, der, von einem Schauspieler wie Heinrich George cholerisch herausgepreßt, Filmgeschichte gemacht hätte. Leider hat Theo Müller nicht das Format von Heinrich George, er sieht nicht so imposant aus, er ist auch leider echt und kein Schauspieler, und obendrein haben wir Ende und nicht Anfang des 20. Jahrhunderts, wo solche Manieren gelegentlich bei unverbesserlichen Bossen noch zu finden waren, die damals noch nicht begriffen hatten, daß die Zeit der Tyrannenherrschaften vorbei ist. Was das betrifft, ist Theo Müller ein tragikomisches Überbleibsel aus einer untergegangenen Unternehmerzeit.

Für seine Angestellten ist er vermutlich weniger komisch. Ein Gewerkschaftsmitglied bei Müller muß sich aussätziger vorkommen als ein HIV-Infizierter.

Nur in der tiefen Provinz, im dichten Filz von Sportvereinsmeierei, Kirchenspenden und Gemeindepolitik können sich solche Herrschaftsformen noch halten, die man vor 20 Jahren noch, als die Marktwirtschaft noch wirkliche Kritiker hatte, als Müller seine Karriere unbemerkt begann, in nicht ganz unzutreffender Übertreibung den »täglichen Faschismus« nannte.

Wenn man 1000 Arbeitsplätze bietet, wenn eine entsprechende Gewerbesteuer zu erwarten ist, kann man sich eine Menge Sauereien erlauben. Kleine Nachbarn, die es wagen, sich von den riesenhaften Tanktürmen vor ihrem Kleinbauernfenster drangsaliert zu fühlen, werden nach allen Regeln der Kunst schikaniert. Hundert Müllermilchlastwagen, die im Jahr 20 Millionen Kilometer zurücklegen, um Hunderte von Millionen oder, Verzeihung Herr Müller, vielleicht schon Milliarden von Müllermilchmolkereiprodukten in der Gegend herumfahren, machen einigen Lärm und Gestank. Ein Plastikbecherwerk, das täglich Hunderttausende oder vielleicht auch schon Millionen von Bechern fertigt, riecht nicht nach leckerem Fruchtjoghurt, sondern wie eine Chemiefabrik. Bäuerlein, die hierüber jammern, kriegen es mit Herrn Müller zu tun beziehungsweise mit seinen Anwälten oder gleich gar mit der Polizei, die plötzlich eine Hausdurchsuchung vornehmen will, wegen irgendwelcher anonymer Drohtelefonate an Herrn Müller. Als kleiner Mann von einst weiß Theo Müller, wie man kleine Leute einschüchtern kann.

»Der schwäbische Milchbaron« wird Theo Müller von der kritischen Presse gern sarkastisch, aber nicht ganz zutreffend genannt. Ein Baron kann ein großes Schwein sein, aber er wird doch immer Manieren haben. Insofern paßt dieser Adelstitel nicht so recht. Wenn schon einen Kosetitel, dann würde »Milchmafioso« eher zu den von Müller angewendeten Methoden passen. Diese Methoden, diese Unart gegenüber Schwächeren, dieses Gefügigmachen von Landräten und Bürgermeistern, dieses Spenden an Sportvereine verbunden mit angedrohtem Spendenentzug – das alles ist kein guter Stil, aber es ist kein Verbrechen.

Wir wissen nicht, was Theo Müller zu Beginn seiner Karriere für einer war, interessieren uns ehrlich gesagt auch nur mit Maßen für die Entstehung seiner charakterlichen Struktur, wollen ihm aber zugute halten, daß mit einem derart rasanten Wachstum das Benehmen nicht Schritt halten kann. Wie bitte soll man in der tiefsten Provinz eine solche glorreiche, von den Managermagazinen der großen Welt ehrfürchtig bestaunte unternehmerische Erfolgslaufbahn durchstehen, ohne großmannssüchtige Neureichenneurosen zu entwickeln? Auch die Bewunderer, die ohne nachzufragen dem Erfolgsfetisch huldigen, sind mit Schuld an den müllerschen Deformationen. Wie soll da ein Herr Müller menschlich bleiben, und Souveränität mit im Umgang mit Kritikern haben, die sich bei Unternehmen meist erst in der zweiten und dritten Generation entwickelt.

Es gibt einen Typus Mensch, der uns allen vertraut ist, der stellt seinen flotten Mercedes breit auf den Bürgersteig, weil es ihm zu lästig ist, einen Parkplatz zu suchen. Daß ein Strafzettel kommt, ist kaum zu erwarten, zu imposant steht das Auto da. Sollte sich doch ein Polizist erdreisten, kann man die Sache immer noch anfechten. Arztbesuch oder so. Oder man zahlt die paar Mark.

Mit dieser Tour hat Theobald Müller sein Imperium geschaffen. Erst sündigen, dann schöntun, verzögern und zur Not zahlen. Sin-and-pay könnte man die Methode nennen. Keine lästigen Wartezeiten, schon steht eine neue Fertigungshalle da, ein neuer Gigantenmilchtank, so glänzend, daß es eine Lust ist. Schon sind wieder ein paar Arbeitsplätze geschaffen, schon hat sich der Umsatz verdoppelt oder verdreifacht, schon tut eine Bußgeldnachzahlung von 100000 Mark nicht mehr weh, schon winkt der Gemeinde mehr Gewerbesteuer, dem Sportverein und der Kirche neue Spenden – und irgendwie hat man das schon hingekriegt all die Jahre.

Nun aber kam Raimund Kamm, dieser lächerliche grüne Spielverderber, und zerrte die Sache aus dem diskreten Bereich des Halbschattens und des konspirativen Gemurmels ins Licht. Anfragen im Landtag. Untersuchungen, eine aufmerksame Presse. Man muß sich rechtfertigen. CSU Mitglied Müller bekommt erstmals das Stirnrunzeln eigener Parteifreunde zu sehen.

Die Zeiten haben sich geändert, das hat der Theo Müller nicht so mitgekriegt. Wer so schnell wächst, der hat etwas Unbeholfenes. Während Müller wuchs, ist auch die ökologische Sensibilität gewachsen. Grundwasserklau klang eben noch so harmlos. Atom, Dioxin und Ölpest waren doch die großen Umweltverbrechen, und plötzlich sind schon die guten alten CSU-Minister ganz hysterisiert und reden dumm herum, daß das Grundwasser kostbar und unwiderbringlich sei.

Raimund Kamm bohrt und fragt nach und gibt im Landtag keine Ruhe, er gibt Interviews und weist peinlich genau nach, wie viele Hundertausend oder Millionen Liter oder Kubikmeter Grundwasser illegal entnommen wurden, in welchen Zeiten vorsichtshalber der Wasserverbrauch gar nicht erst gemessen wurde, wieviel zigmal mehr als genehmigt das milchige Abwasser ungeklärt in den Fluß gepumpt wurde, zur Wut der Angler, die einem Müller nun auch noch die Hölle heiß machen.

Zudem wird offenkundig, was klammheimlich alle wußten, daß viele Bauten ohne Erlaubnis errichtet wurden, ein ganzes Schwarzbauimperium, was sich der Müller da im Lauf der Jahre hingestellt hat, und irgendwie sieht das Wort »Schwarzbau« nicht gut aus, wenn man gleichzeitig blütenweise Milchprodukte verkaufen will.

Raimund Kamm war anfangs vor allem erbost, daß sich Müller mit unmöglichen juristischen Tricks drücken wollte, den Bau einer wegen seiner Müllermilchabwässer dringend nötigen Kläranlage mit ein paar Hunderttausend Mark zu bezuschussen, gleichzeitig aber fünf Millionen ausgibt, um Boris Becker an sich zu binden. Daneben gibt es Werbeverträge mit dem ehemaligen Alkohol- und jetzigen Kefir-Trinker Harald Juhnke und dem Schauspieler, der in der US-Trivialserie Dallas das angeblich unwiderstehliche Oberschwein gespielt hat; selbst der ließ sich mafiosomüllermilchjoghurtlöffelnd ablichten, und es ist uns langsam egal, wieviel Millionen er dafür bekommen hat. Weil die Verbraucherschläue nicht so schnell wächst wie der Müllerumsatz und der Werbeetat, lassen sich tatsächlich noch immer Hunderttausende oder Millionen von Verbrauchern einreden, wenn Boris Becker oder Harald Juhnke oder Mr. J.R. Ewing oder irgendwelche volkstümliche Fußballer von Schalcke 04 Müllermilchprodukte zu schätzen vorgeben, müßten sie die einkaufen. Wer im Privatfernsehen die von einem Herrn namens Leo Kirch (gegen dessen Umtriebe die Müllerschen harmlos sind) eingekauften Schrottfilme anglotzt, der ist natürlich auch blöd genug, sich von der Werbung Flöhe ins Ohr setzen zu lassen. Funktionieren jedenfalls tut's – noch jedenfalls. Noch ist der Verbraucher nicht viel intelligenter als eine Bakterie auf dem großen Abfallhaufen, die alles verschlingt, was man ihr vor die Nase wirft. Auch das könnte sich ändern, dann müssen Werbekünstler ihre Kreativität woanders austoben.

Theo Müller, genauer seine Geschäftsführer und seine Anwälte, denn persönlich tritt der Milchgott in letzter Zeit kaum noch in Erscheinung, stellt sich zunehmend als Opfer einer von dem grünen Satan Raimund Kamm ausgelösten Hetzkampagne dar und verweist darauf, daß sein Umweltbewußtsein in großangelegten Plastikbecherrückholaktionen deutlich werde, was sich bei näherem Hinsehen als Schwindel entpuppt: Nicht einmal ein halbes Prozent der Zig- und Hundert-Millionen oder Milliarden Plastikbecher kommt zurück. Müller bekam Schwierigkeiten mit Umweltminister Gauweiler wegen Verstoßes gegen die Pfandflaschenverordnung, auch wegen Wettbewerbsbestimmungen. Der Innenminister Stoiber zählte vor dem Landtag Müllers Schwarzbauten auf – alles hat sich gegen Müller verschworen und schuld ist Raimund Kamm, der alles in Bewegung gebracht hat.

Kenner des bayerischen Politfilzes meinen, die Parteifreunde Stoiber und Gauweiler seien deswegen so unfreundlich, weil Müller vor nicht allzu langer Zeit einem Freundeskreis der Republikaner gegenüber sich spendenbereit gezeigt hatte.

Wie auch immer, schuld hat Raimund Kamm. Deswegen kämpft jetzt Müller gegen Kamm.

Die Kriegsführung ist klar: Kamm prangert Müller an, das Anprangern geht nur mit deutlichen Worten. Müllers Anwälte untersuchen die deutlichen Worte, ob man sie nicht dem vorlauten Redner verbieten, ob man nicht vielleicht sogar eine Geschäftsschädigung daraus ableiten könne.

Das Fatale ist, daß es in einem solchen Prozeß nicht mehr um die Sache geht, also nicht mehr um Grundwasser, Abwasser, um die wirklich schädlichen Verstöße, nicht um unzumutbare Schwarzbauten, sondern nur noch darum, ob der Prozeßgegner weiterhin irgendwelche Behauptungen aufstellen darf oder nicht. Jetzt, nach einem Urteil in erster Instanz und Prozeßkosten von bereits hunderttausend Mark (bei einem grotesken Streitwert von 3 Millionen), darf Kamm behaupten, Müllers Plastikbecher verpesteten die Umwelt, ein matter Sieg, davon hat Kamm nicht viel, das weiß jeder. Nicht behaupten darf er weiterhin, daß die Becher krebserregend sein könnten.

Müller wird mit diesem Prozeß nie durchkommen, aber Kamm könnte ermüden, darf aber nicht, weil er ja die immensen Prozeßkosten nicht tragen kann. Es ist die alte legale, ekelhafte Methode, den Gegner mit grotesken Streitwerten und gigantischen Prozeßkosten in die Knie zu zwingen oder zumindest abzulenken. Müller, der am Tag etwa 200000 Mark für Werbung ausgibt, wird es nicht stören, nach der letzten Gerichtsentscheidung im Jahre X als Verlierer die Prozeßkosten hinzublättern, wenn er nur seinen Gegner die ganze Zeit schön hat zermürben können.

»Ökosau« hat Kamm den Müller vor einiger Zeit in einem Interview genannt, etwas beschönigend, denn eine Ökosau ist ja ein Tierchen, das wir alle mögen, weil es nicht mit Hormonen, sondern mit richtigem Futter großgezogen wurde. Die »Ökosau« soll nun Gegenstand einer Beleidigungsklage werden. Mafiosomüller hat tatsächlich erreicht, daß Raimund Kamm in diesem Fall die

Abgeordneten-Immunität entzogen wurde, damit Beleidigungsklage erhoben werden kann. Über die Aufhebung der Immunität muß der Landtag abstimmen. Auffallend war, daß an diesem Tag im letzten Herbst viele Abgeordnete der CSU fehlten.

Wie jeder echte Mafioso in der Klemme kämpft Müller mit allen Mitteln. Also bekommt Raimund Kamms Frau Briefe, die angeblich anonym ins Müllerwerk geschickt wurden, aus denen hervorgeht, wieviel uneheliche Kinder und Geliebte Raimund Kamm hat. Das nervt. Schlimmer, wenn tote Katzen vor der Haustür liegen, vor allem wenn man Kinder hat, dann hört der Spaß auf. Man sollte Herrn Müller wirklich nahelegen, sein nächstes Werk in Sizilien zu errichten, da wäre es besser aufgehoben.

Dabei versucht Kamm, freundlich und sachlich zu bleiben. Er hat nichts gegen Müllers Erfolg. »Die Firma Müller-Milch soll ja wachsen, soll ja ihren Erfolg haben, aber sie soll das unter Wahrung der Rechte der Nachbarn, der Umwelt, der Natur tun«, sagte er. Einen faireren Gegner kann man sich nicht wünschen. Aber Müller muß bocken: »Ich kann nur den Fluß verschmutzen oder den Betrieb stillegen.«

Offenbar ist dem Milchmüller nicht zu helfen. Er könnte allmählich wirklich umweltfreundlich produzieren und sich sogar damit schmücken. Das weckt nämlich bald auch beim letzten Verbraucher mehr Sympathie, als ein joghurtessender Boris Becker. Aber das hieße ja, dem Erzfeind Raimund Kamm recht geben. Das geht nicht. Stattdessen sucht Müller die beratende Nähe von Figuren wie zum Beispiel Walter Boenisch, der in der Vergangenheit mehrfach als Mann aufgefallen ist, der weiß, wie man Dreck verkauft, sei es die Bildzeitung, sei es die auch nicht gerade durch ihre Sauberkeit bestechenden Informationsnebel, die er als Regierungssprecher verbreitete. Zuletzt hat Boenisch den Verleger Hubert Burda väterlich beraten, wie man die allerletzten Schundblätter in den neuen Bundesländern los wird. Ob dieser Mann sich gut macht als Beratungsonkel einer Firma, die doch säuberlichste Molkereiprodukte an Mutti und Vati bringen will, ist zweifelhaft.

Theo Müller will nicht nach Sizilien. In England will er ein Werk eröffnen und in den neuen Bundesländern. Er ist nicht lernfähig. Die Ex-DDR, mag er sich gedacht haben, ist ohnehin ein verseuchtes Land, da kann ich mit der Umgehung von Vorschriften noch einmal von vorn anfangen. In Brandenburg kam er mit seinen unverschämten knebelnden Vertragsvorstellungen nicht durch, im CDU-regierten Sachsen scheint sich das Landwirtschaftsministerium Müllers Diktaten zu beugen. Nachdem er mit der Schaffung von 500 Arbeitsplätzen gewinkt hat, darf er so viel Wasser aus dem Boden pumpen, wie er will. Auch dort schon die ersten Prozesse mit Zeitungen, die seinen dreisten Expansionsgelüsten lästernd gegenüberstehen. Hier im Westen gab es in Sachen Müller gegen Kamm unlängst einen eigenartigen Gerichtsentscheid. Raimund Kamm hatte in einer Fernsehsendung 25 Sekunden Zeit, seinen Streit mit Müller zu erläutern. Er stand vor dem Müllerschen Schwarzbauimperium in Aretsried und sagte, das da hinter ihm seien »alles Schwarzbauten«. Wenn er nämlich gesagt hätte, »bei den meisten dieser Bauten hinter mir handelt es sich um Schwarzbauten«, dann wäre die Zeit schon rum gewesen. Prompt entschied ein Gericht, Kamm habe das Wort »alles« in Zukunft zu unterlassen.

Das Thema Müllermilch, wäre natürlich ein prachtvoller Stoff fur ein Dokumentarspiel. Was für eine Rolle für einen üblen Finsterling! Vielleicht hat Müller deswegen den Kontakt mit dem Dallas-Ekel aufgenommen. Ihm müßte er sich verwandt fühlen. So zu sein ist vielleicht sein Müllermilchmafiosotraum. Der Streifen sollte aber erst gedreht werden, wenn die Sache auch in Wirklichkeit zu einem Ende gebracht ist. Es gibt zwei Möglichkeiten eines dramatischen Finales. Entweder der Zusammenbruch einer nicht mehr zeitgemäß arbeitenden Firma mit Selbstmord des Inhabers im Milchtank, oder die Läuterung, der Bösewicht Müller saniert die Firma im wahrsten Sinne des Wortes und stellt auf eine rücksichtsvolle Produktion um. Ein kitschiges Happy-End. Müller hat die Wahl, ob er irgendwann als getroffener oder als geläuterter Goliath ins große Buch der Molkereigeschichte eingehen wird – und mit ihm Raimund Kamm als der Mann, der ihn entweder zur Vernunft oder zu Fall gebracht hat.

Erkaufte Liebe

Versuch über den Schmuck

Spät, sehr spät kommt der erfolgreiche, blendend aussehende, gut angezogene Anwalt, Arzt oder Unternehmer in die Wohnung der Frau, deren Herz er gewinnen will. Sie hat ihn zum Essen eingeladen, das nun kalt ist. Sie schmollt ein wenig. Es gab so viel zu tun in Firma, Klinik oder Kanzlei, sagt er, nicht einmal sonderlich verlegen – denn: er hat eine Überraschung mitgebracht. Er hält ihr eine von Verkäuferinnenhand eingewickelte Schachtel hin. Die Angebetete macht einen spitzen Mund, löst Schleife und Geschenkpapier und öffnet eine kleine Schatulle. Es folgt ein Aufschrei, sie fliegt ihm um den Hals: Es ist das Collier, das sie sich schon immer gewünscht hat.

Die Szene ist aus mäßig amüsanten Hollywood-Filmen bekannt. Was wie der Beginn einer strahlenden Liebe aussieht, ist handfestes Geschäft. Das Brillant-Gehänge, für das man ein halbes Mietshaus bekäme, bringt zwar keine Rendite, aber einen Gewinn anderer Art. Der Herr zeigt, daß er in die Herzdame zu investieren bereit ist. Es fällt nicht leicht, die Neigung eines derartig großzügigen Menschen auszuschlagen. (Auch eine eventuelle spätere Trennung wird durch solche noblen Schenkungen erschwert. Das Schmuckgeschenk ist ein typischer Einsatz im Partnerspiel der Begüterten.)

So teuer Schmuck auch sein mag, nach Maßstäben des Einfallsreichtums ist es die billigste Art, sich Liebe zu erkaufen. Die Schmuckwerbung sieht das naturgemäß anders und raunt betuchten Freiern zu, daß Diamanten unvergänglich seien, daß Gold für alle Ewigkeit verbinde, und daß allein das Wissen, es handle sich bei diesem oder jenem edlen Geschmeide um Platin, ein Lustgefühl besonders hochgestellter Art erzeuge. Zur Ehrenrettung der Juweliere muß allerdings gesagt werden, daß eine mit Schmuck erkaufte Liebe oder Ehe durchaus nicht schlechter sein muß als eine mit Liebesbriefen oder Blumensträußen oder mitgebrachten Spitzenweinen erschlichene. Und wenn die Sache trotz der unvergänglichen Diamanten nicht von Dauer sein sollte, so bleibt doch immerhin etwas zurück: eine Erinnerung an strahlendere Tage. Zwar sind auch Liebesbriefe, hübsch verschnürt zum Bündel, eine gute Weile haltbar, doch kann man sie, da sie nicht immer von Rilke oder Kafka sind, weder gewinnbringend verscherbeln wie funkelnde Goldwaren noch einschmelzen und umarbeiten lassen, wenn man Erinnerungen abstoßen will.

Zu den großen Schweinereien des Daseins gehört es, daß nicht nur materieller Besitz, soziale Stellung und Intelligenz ungerecht verteilt sind – sondern auch die Schönheit. Wer entspricht schon makellos dem Ideal seiner Zeit: schlank, aber nicht dürr; nicht zu groß, nicht zu klein; welche Frau umgibt eine völlig reine, glatte, wohlgetönte Haut, nicht zu blaß, nicht zu braun; welches Haar schwappt voll und geradezu leidenschaftlich in den Nacken! Wenn dann noch die Augen groß und blank funkeln, braucht man freilich keine Diamanten. Das sind die Frauen, die heute mit Blue jeans und T-Shirt, früher mit simpelstem Kleid ohne ein Gramm Edelmetall, die Sehnsucht der Männer zum Kochen und die Dichter zum Singen bringen ... 99,9 Prozent der leider unperfekten Normalsterblichen hingegen sind verständlicherweise mehr oder weniger verzweifelt bemüht, mit Hilfe raffinierter Kleidung, kunstvoller Frisuren, Schminke – und eben mit Schmuck sich aufzuwerten, zu verschönern, zu unterscheiden und gegebenenfalls Rivalinnen zu übertreffen.

Mit Hilfe von edlen Metallen und Steinen wird, nicht immer erfolgreich, eine Veredelung der Erscheinung versucht. Wenn der Herr von heute, wie auch der von gestern schon, vereinzelt Gefallen an unscheinbar-kostbaren Krawattennadeln und dezent brillantbesetzten Golduhren fand und findet, neuerdings gar am alternativen Ohrring, so bleibt der Schmuck doch weiter eine Domäne der Frauen, was nicht zuletzt den Menschen vom Vieh unterscheidet: Im Tierreich sind es bekanntlich Bock und Gockel, die sich prahlerisch mit pompösen Hörnern und schillerndem Gefieder schmücken.

So kunstvoll und so kultiviert Schmuck auch immer sein mag, so gibt es dennoch kaum Natürlicheres: Gerade hatte der Mensch den aufrechten Gang erlernt und das Feuermachen erfunden, da fing er auch schon an, seine Gewänder mit verzierten Broschen und ziselierten Fibeln zusammenzuhalten. Und die Frauen der Eisenzeit steckten ihr Haar lieber mit einer schwungvoll geformten Spange hoch als mit einem rostigen Nagel.

Keine Kultur im noch so tiefen Dschungel war oder ist so primitiv, daß sich ihre Angehörigen nicht reichlich mit Ringen und Ketten schmückten, mit dem, was sich die weltreisenden Frauen von heute gern aus exotischen Ländern mitbringen und sich hier stolz als Ethno-Schmuck um den modischen Hals hängen; dazu vielleicht eine kleine Perle in den durchlochten Nasenflügel, als fernen Gruß aus Busch und Steppe. Der Schmuck der Eingeborenen hat freilich weniger erotische als kultische, beschwörende Funktion. Dies ist, verdeckt, jedoch auch im hiesigen Teil der Welt der Fall, der sich zu unrecht als zivilisiert bezeichnet. Schmuck dient auch hier nicht nur der erotischen Veredelung, sondern auch als glücksbringender Talisman, als eheliches Verkettungssymbol, als wahrhaft primitive Art, seinen Reichtum offen zur Schau zu stellen, oder auch als Fetisch: So mancher Mann kommt erst auf Touren, wenn Dutzende von metallischen Reifen erregend sklavinnenhaft am Arm der Geliebten hängen; da darf nicht etwa blechern billiger Modeschmuck scheppern, da muß sonor gutes Gold klunkern!

Schmuck eignet sich nicht nur zum Tragen. Man kann ihn auch in eine Kiste tun. Was ist das gewaschenste Geld gegen diese geschliffenen und polierten Preziosen, denkt sich die Schmuckbesitzerin. Von den allzu kostbaren Stücken hat sie sich Duplikate anfertigen lassen. Der echte Schmuck, der nicht anders aussieht als der nachgemachte, liegt im Safe. Einmal im Jahr kramt sie etwas melancholisch darin herum und denkt an die Erbtante oder den Verflossenen.

Vielleicht wird der Schatz auch einmal geraubt. Dann wühlen gierig die Hände von Dieben und kundigen Hehlern darin, was eher eine abenteuerlich-romantische als eine tragische Vorstellung ist. Denn nie trifft der Juwelenraub die Armen. Tragisch ist eher, wenn sich alternde Damen wie die Großfürstinnen mit sämtlichen Schätzen behängen, in der trügerischen Hoffnung, ihre Greisenhaftigkeit unter dem Glanz der Kleinodien zu verbergen.

Tragisch und auch ziemlich komisch ist es, wenn der eingangs erwähnte Filmheld einen Mißgriff getan hat. Denn wie alles besonders Teure kann auch besonders teurer Schmuck besonders häßlich sein. Statt den großzügigen Kavalier zu umarmen, läßt dann die umcourte Frau das Fünfhunderttausendmarks-Gehänge fallen wie eine heiße Kartoffel, nennt ihren Verehrer einen neureichen Großkotz und zieht reumütig zurück zu ihrem armen, versoffenen, erfolglosen Dichter-Freund, der sie wenigstens nicht mit solchen kolossalen Geschmacklosigkeiten belästigt.

Die Kunst des Flirtens

Eine Anleitung zur Empfängnisverhütung

Töpfern, tanzen, klar denken, frei sprechen, verhandeln, beten, fasten, meditieren, kinderkriegen – das alles kann man mittlerweile in Wochenendseminaren lernen. Selbst richtig atmen und richtig lieben gibt es manchmal im Kursangebot. Nur das Flirten bringt einem noch kein Scharlatan bei. Dabei wird es von Kennern des Daseins für ein lebensnotwendiges Elixier gehalten, viel wichtiger als Körpersprache und Selbstfindung.

Die Flirtforschung steckt nicht etwa in den Kinderschuhen, sie existiert praktisch nicht. Es gibt ausreichend Literatur über die Verrenkungen der körperlichen und seelischen Liebe, über das Flirten ist halbwegs ernsthaft noch nie nachgedacht worden. Gottseidank.

Alle Fragen sind und bleiben offen. Wie in etwa ein Flirt beginnt, das weiß so ziemlich jeder. Wo aber hört das Flirten auf? Hier gehen die Meinungen auseinander. Die zufällige (oder wie zufällige) Berührung zweier Knie ist nach den ungeschriebenen Gesetzen des Flirtens erlaubt, sicher auch der verlegene Streifkuß und die unbeholfen angedeutete Umarmung. Erlaubt ist sowieso sehr viel. Es fragt sich nur, bis zu welchem Grad der Vertraulichkeit noch vom Flirten gesprochen werden kann. Ein heftiges Sichumschlingen beispielsweise mit tiefem Atmen und einem gewissen Preßdruck der beiden Leiber gegeneinander ist ein eindeutiges Signal. Hier hört das Flirten auf. Beim Toben im Bett sowieso. Das gehört zur Liebe. Das Flirten ist damit passé. Es läßt sich auch nicht mehr zurückgewinnen. Es ist verloren, wie die berühmte Unschuld.

Es gibt Flirtkünstler, die behaupten, in Verschnaufpausen im Bett könne auch das Flirten wieder reaktiviert werden. Selbst unter Ehepaaren sei das gelegentlich noch möglich. Das klingt nach Wunschdenken. Für Flirt-Puristen und -Puristinnen sind Pfiff und Prickeln des Flirtens erloschen, wenn die Triebe ihr Recht bekamen. Man kann nicht alles haben.

Ist der Flirt ein guter Beginn der Liebe? Flirtfans bestreiten auch dies: Das Wesen des Flirts sei es, daß es nicht zu sexuellen Aktivitäten komme. Das Flirten sei also nicht ein galantes Vorspiel der Liebe, es ginge vielmehr darum, das Kosten der großen Lüste zu vermeiden. Nichts Orgastisches dürfe sich abspielen. Die so angenehmen erotischen Vibrationen müßten in der Möglichkeitsform belassen werden. Gut möglich allerdings, daß diese Definition des Flirtens als flottes Alibi benützt wird: »Mach dir keine Gedanken, ich flirte nur mit ihm«, sagt das wahrhaft gerissene Eheweib dem argwöhnischen Nörgelmann. Das kann nie schaden. Auch für Männer taugt die Ausrede.

Ein langes Vorspiel ist bekanntlich das Zeichen einer höheren erotischen Kultur und unterscheidet den Menschen vom Tier, das hopplahopp nur eins in seinem engen Sinn hat. Aber auch das längste, geistreichste, zärtlichste, frivolste Vorspiel will endlich Erfüllung. Profiflirter wollen das nicht. Sie wollen sich das Flirten nicht durch die Raserei der Sinne verderben lassen. Das klingt nach perverser Enthaltsamkeit. Der Papst müßte demnach seine Freude am Flirten haben und es als ideales Mittel der Empfängnisverhütung propagieren. Das kann noch kommen. Doch ist es nicht die Moral, die die Flirtenden davon abhält, gemeinsam ins Bett zu sinken – ihre Gedanken sind schließlich von schönster Sündhaftigkeit –, es geht auch nicht nur darum, sich nicht den Reiz von der schnöden Wirklichkeit zerstören zu lassen. Es gibt vielmehr ganz pragmatische Gründe: Man ist verheiratet, man hat Familie, man hat einen Beruf. Man hat womöglich noch eine mehr oder weniger heimliche Liebschaft. Mehr Platz ist nicht da. Hier sorgt der Flirt für die erotische Belebung des Alltags. Man kann nicht ständig neue Liebesverhältnisse eingehen.

Es gibt Sekundenflirts, an einer Kreuzung, kurz wie eine Ampelphase. Von Auto zu Auto. Natürlich auch von Autofahrer zu Fußgängerin. Die progressivere Version ist von Fußgänger zu Autofahrerin. Umweltfreundlicher ist der Flirt von Radfahrern und Fußgängern. Aber Vorsicht: Umweltfreundlichkeit ist eine Feindin der Erotik. Bei einem Gespräch über kranke Bäume und Allergien schwinden alle Lüste.

Es ist fraglich, ob man das Flirten lernen kann. Der dringend dazugehörige Charme ist angeblich angeboren oder nicht. Aber all die Abermillionen charmelosen Menschen können aufatmen: Man kann immerhin Situationen herbeiführen, die zu einem durchaus charmanten Sekundenflirt führen. Das läßt sich üben. Einfach durch die Stadt tigern, und wenn sich jemand nähert, der einem gefällt, dann scheinbar gedankenverloren auf ihn oder sie zusteuern. Dann kommt der Ausweichschritt. Natürlich springen beide in dieselbe Richtung. Ein erstes Lächeln. Dann wird nach links gesprungen, um aneinander vorbeizukommen, dann wieder nach rechts, im selben Rhythmus aufeinander zu. Das schafft Gemeinsamkeiten und entlockt den muffeligsten Gestalten ein liebenswertes Lächeln.

Das war er schon, der Sekundenflirt. Vielleicht dreht man sich noch einmal um. Aber Achtung: Auch wenn das Lächeln zauberhaft ist, nicht gleich loslegen. Flirten ist nicht Anmachen und Aufreißen. Nicht gleich ins nächste Café. Natürlich kann man sagen: »Das ist ein hübscher Frühsport, ich bin morgen um dieselbe Zeit wieder da.« (Auch Frauen könnten das sagen, heute. Immer muß man alles selber sagen!) Dann aber wirklich da sein, anderntags. Ganz ohne Risiko und Opfer geht die Sache nicht. Man kann auch ein Jahr warten, um dann zu sagen: »Same procedure as last year.«

Wichtig: nicht stürmisch werden, keine Ungeduld.

Nach fünf, sechs, sieben Beinahezusammenstößen auf dem Trottoir, jeden Tag einmal, kann man gemeinsam ein Café aufsuchen und sein Überleben feiern. Aber zurückhaltend bleiben! Nicht nach Namen fragen. Schon das Kennen und Nennen der Namen kann die Reize des Flirtens mindern.

Dafür ist den Blicken keine Grenze gesetzt. Natürlich dürfen sie nicht schmierig sein. Oder bohrend, versteht sich. Der Flirtende hat immer ein tadellos unöliges, trokkenes, gänzlich unverschmiertes Verhalten an den Tag zu legen. Nicht nur nicht mit der Hand – auch nicht mit den Blicken tätscheln. Die Blicke der Flirtenden sind auch nicht zärtlich und verliebt, sie lächeln sich mit den Augen an und versichern sich wortlos: Wir würden vielleicht kein übles Paar abgeben, aber es geht nicht.

Die Anziehung ist da, aber sie wird nicht ausgenutzt. Das ist die stillschweigende Übereinkunft. Wortlos schwingt leichte Tragik mit. Keine Geständnisse, keine Versicherungen. Um Gottes willen kein Ehelamento. Es darf zu kleinen Testberührungen kommen. Die Fußspitzen treffen sich sanft, die Finger beim Bücken nach der heruntergefallenen Fahrkarte. Mehr nicht.

Reisen kommt dem Flirten entgegen. Aber merke: Das Fliegen ist Gift fürs Flirten. Die anbefohlenen Flugzeugsitzplätze sind Flirtkiller. Schon ist die in der Flugzeughalle gemachte Begegnung beim Teufel, weil man woanders sitzt. Auch ist es im Flugzeug entwürdigend eng. Für Hunderte von Mark wird der Passagier zu einer Ölsardine erniedrigt. Im übrigen sitzen neben einem ausschließlich Laptop-tippende Geschäftsmänner, die gleich nach dem Start einschlafen. Und selbst wenn man neben einem Flirtpartner säße: So eingekeilt und angeschnallt kann man nicht souverän gestikulieren. Jeder Bus, jede U-Bahn ist flirtfreundlicher als ein Flugzeug.

Das Landleben ist flirtfeindlich. Schwer klebt die Erde an den Gummistiefeln – da fehlt die Leichtfüßigkeit. Obwohl man natürlich als echter oder getarnter Wochenendwandersmann einen Flirt mit einer wie Benasir Bhutto aussehenden Bauerstocher haben kann. Die muß man nach dem Weg fragen, wenn sie oben auf dem Heuwagen steht. Natürlich darf man keine roten Wanderkniestrümpfe anhaben, und sie darf kein Kolchosenkopftuch tragen.

Auch auf oder selbst im Wasser kann man flirten. Man kann beispielsweise nackt in einen einsamen See springen und so lange herumschwimmen, bis ein geeigneter Partner am Ufer auftaucht. Dann hinschwimmen und sagen, man möchte jetzt aus dem Wasser, sei aber nackt, also bitte nicht schreien und in Ohnmacht fallen. Dann raus, ehe sie (oder er) noch antworten kann, und amüsierte Blicke tauschen. Notabene: Nackt ist kein Hindernis, aber nie in der Sauna flirten. Schwitzen ist nicht attraktiv.

Neben der Eisenbahn ist der Ozeandampfer zum Flirten gut geeignet. Doch kann sich fast kein Mensch mehr Übersee-Schiffahrten leisten. Man könnte in dem Zusammenhang bedauernd von einem Rückgang der Flirtkultur sprechen. Solcher Kulturpessimismus ist allerdings fehl am Platz. Nicht alles ist heute plumpe Anmache. Dafür sorgt schon die Angst vor Aids. Die ist durchaus flirtförderlich: Man will gar nicht zusammen ins Bett, man will diese verdammten Kondome nicht benutzen, und leichtsinnig werden will man auch nicht – also verharrt alles in der Schwebe. Man lächelt sich an, kein Pathos, kein Drama. Die Sache ist federleicht. Sperrangelweit offen die Tür, aber man geht nicht hinein.

Ein Flirt darf nichts Raffiniertes haben. Verführer und Verführerinnen sind raffiniert. Ein Flirt aber endet nicht mit der Verführung, sondern mit deren Verhinderung. Das sind die Reize für die Anspruchsvollen, für die Zu-Alten oder die Zu-Jungen, natürlich auch für die Frigiden, die Impotenten und die mit der Schuppenflechte an der sonst so hübschen Hüfte.

Der Flirt ist immer ironisch. Er ist kein keuschkatholischer Verzicht. Die Nichterfüllung darf nichts Frustrierendes, sie muß etwas Stimulierendes haben. Der Flirt ist eine frivole Sublimation.

»Man nehme« – so beginnen Rezepte. Es gibt für das Flirten kein Rezept. Das wäre ja noch schöner. Vielleicht nur das: Man nehme sein Herz in die Hand. Das kann auf keinen Fall schaden. Wenn man es am rechten Fleck, in der Brust nämlich, läßt, kann es gefährlich werden. Dann klopft es auf einmal so wild. Dann ist es zu spät. Man spreche nicht zu viel und nicht zu laut. Auch nicht allzu geistreich sein! Das wirkt überdreht. Wir sind nicht im Kino. Der Flirt muß Witz haben, aber einen unaufdringlichen. Warnung sind die Flirtkaskaden in den Filmen der vergangenen Jahrzehnte. Was in den 50er, aber auch den 20er, 30er und 40er Jahren als gelungenes Flirten gefragt war, wirkt heute nur noch albern. Mischung aus schal und schneidig. Man fange bloß nicht mit Blumen an. Der flirtende Mann ist kein Kavalier. Er muß nichts beweisen. Er muß nicht einmal leidenschaftlich sein. Nur gut lächeln muß er können.

Statt Blumen kaufe man an einem Gemüsestand einen Strauß Basilikum, und zwar in dem Moment, wo ein potentieller Flirt hinter einem steht. Dann am Basilikum schnuppern und das grüne Blätterbündel dem aparten Hintermenschen einfach an die Nase halten: »Riecht das nicht toll!« Und dann: »Wollen Sie es haben?« und das Grünzeug herschenken und neues kaufen. Und dann ruhig etwas verlegen sein, weil man nicht weiß, wie's weitergehen soll. Bloß kein Draufgängertum, dann lieber hemmungslos erröten. Wenig Sinn haben Übungen vor dem Spiegel, um ein möglichst charmantes Gesicht hinzukriegen. Ein entwaffnendes Lächeln kann man nicht einstudieren, das muß sich ergeben.

Der Austausch von Telefonnummern nimmt dem Flirt seine Unverbindlichkeit. Vorsicht! Andererseits bietet die Distanziertheit des Telefons dem Flirt wieder neue Möglichkeiten. Auch Anrufbeantworter eignen sich zur Flirterweiterung. Unbedingt vermeiden, was es auch schon gibt: Computerflirts, das heißt, sich mit neckischen Botschaften ins fremde Programm einschleichen. Sublimation ja, aber keine elektronische. Das geht zu weit. Lieber Briefe schreiben. Mit Hilfe von Briefeschreibphasen kann die Lebensdauer von Flirts ums Dreifache verlängert werden.

Irgendwann aber ist Schluß. Denn auf die Dauer ist Enthaltsamkeit nicht auszuhalten. Entweder man landet doch im Bett, dann ist es vorbei mit dem Flirt (das heißt, rückblickend war es keiner, sondern nur ein langes Vorspiel). Oder die Sache verflüchtigt sich allmählich. Das ist ein bißchen traurig. Aber nicht sehr. Die Sache bleibt wunderbar unbekleckert von der Wirklichkeit. Keine Tränen, es platzt kein Traum. Das, was man sich verkniffen hat, behält man noch eine Weile unbeschadet in Erinnerung, bis die Angelegenheit dann wie ein altes Foto würdig vergilbt.

Falsche Gefühle
Über die neuzeitliche Eifersucht

Mein Gott, warum ist man nicht Doktorvater geworden. Soziologie zum Beispiel. Und dann Themen vergeben. Ganze Themenbündel. Der Kollaps des Sozialismus und seine Spätfolgen auf das bürgerliche Bewußtsein des zu Ende gehenden 20. Jahrhunderts. Für jede Spätfolge hat man einen Doktoranden. Für die Lieblingsspätfolge natürlich eine Doktorandin. Halb so alt wie man selbst. Man selbst ist 46, sie ist 23. Man wagt kaum zu atmen, während man sich, äußerlich völlig souverän, mit ihr selbstverständlich nicht im Seminarzimmer, sondern in einem Café zu einem Vorgespräch trifft.

Haben Sie ein Verhältnis zur Eifersucht?

Sie versteht nicht.

Nichts lieber als überraschende Fragen zu erläutern. Sie möge sich vorstellen: An Dutzenden ihrer Kommilitonen und Kommilitoninnen, die man in den Seminarräumen in die Schranken ihrer Themen wies, und die von unserem exquisitien Treff im Café Wind bekommen haben, nagt jetzt jenes furchtbare Gefühl, für das der dumme Volksmund das dumme Wort »Eifersucht« gewählt hat – ein ganz falsches Wort, weil das Gefühl ja mehr ein nagendes ist, während man bei Eifersucht mehr an Eifern und Geifern denkt, schaumig gewordene Spucke. Etwas Unappetitliches. Es ereifert sich doch vielmehr süchtig der politische Reaktionär über die Zustände, während der von der klassischen Liebeseifersucht Befallene mehr von Neid befallen ist. Es nagt der gelbe Neid, weil eine andere Person als man selbst in dem Bett liegt oder an dem Tisch sitzt, in dem oder an dem man lieber selbst läge oder säße.

Hört die 23jährige Studentin überhaupt zu? Sie ist

frech und undankbar. Gut, dafür liebt man sie ja. Ihre Augen wandern im Café herum, und zwar sehr unverhohlen. Nicht ausgeschlossen, daß sie nur dieses eine denkt: Zur Sache, alter Sack, quatsch morgen mehr!

Zur Sache, sagt man daher, und tatsächlich, ihre Augen wandern wieder zu einem her. Die Sache heißt nun mal Eifersucht, sagt man, sie sollte eigentlich besser Gelbsucht heißen.

Sie fängt schon wieder an nicht zuzuhören, ihre blanken 23jährigen Augen gleiten von einem ab, gleich wird sie sich einen anderen Doktorvater schnappen, ahnt man, und es nagt und nagt, und man drückt jetzt am besten seine Zigarette aus, und zwar entschlossen, und bietet ihr folgendes Thema an: *Der Zusammenbruch des Sozialismus und sein Einfluß auf die bürgerliche Liebe*. Klingt gut. Klingt flott. Statt zu strahlen, versteht sie nicht. Sie ist die falsche. Sie ist die Frau, die einem die Seele gelb und grün verfärbt und die doch nichts von Gelb und Grün versteht. Jeder Gedanke an sie wird einen zernagen.

Wozu ist man Dozent. Um zu dozieren: Man bohrt also seinen Blick mit letzter Kraft in ihre Blankaugen, legt los:

Die Soziologen haben die Lage überhaupt noch nicht erkannt! (Hieb aufs eigene Fach ist immer gut. Und dann sich von den anderen Säcken absetzen.) Dabei sind uns durch die gesellschaftlichen Umbrüche der letzten Jahre eine Fülle neuer Themen direkt in den Schoß gefallen. (Schoß. Wird man in diesem jungen Schoß vergehen? Oder wird es nur Sehnsucht bleiben?) Dabei liegen die Zusammenhänge auf der Hand. Denn: mit dem vorläufigen triumphalen Sieg der Marktwirtschaft über das sozialistische Gewurstel ist das in unseren Kreisen einst schief angesehene Eigentum wieder ein Wert geworden. Keiner geniert sich mehr, wenn er was besitzt, es ist zum Verzweifeln. Ganz klar, daß mit der Legitimation von Eigentum die Eifersucht wieder zunehmen wird. Entsetzlich. In jahrzehntelangen Kämpfen haben die Paare begriffen, daß wir einander nicht mit Haut und Haar gehören, Fortschritt. Alles zurück. Jetzt wird wieder besessen. Rabiat wird in Zukunft geklagt und geklammert werden. Eigentum verpflichtet zur Eifersucht. Wer eifersüchtig tobt, wird sich nicht mehr lächerlich machen, er kann seine Anfälle stolz als Temperamentsausbrüche eines leidenschaftlichen Besitzers erklären.

Hört sie zu? Ist sie dem Thema nicht gewachsen? Sie hat so blanke Augen. So lange echte Wimpern. Womöglich ist das Thema ihr nicht gewachsen? Sie wird nicht weiterkommen. Man wird sich hundertmal mit ihr treffen. Man wird ihr die Argumente in den Mund legen, auf ihre schöne dicke Zunge. Man wird sie sonntagelang trösten, wenn sie ihre Schreibkrisenzeit hat. Am Schluß wird sie ihre ausgezeichnete Arbeit abgeben und eine ausgezeichnete Note dafür bekommen.

Sehr gut, sehr pfiffig, wie sie das herausgearbeitet hat mit der Zunahme von Besitzgier und Verlustangst nach der Wende von 1989: Die Aussicht auf Gewinn und das Nichthergebenwollen bringt Liebhaber und Spekulanten gleichermaßen zum Kochen. Der Liebhaber als Spekulant. Die Liebe als Amortisationsfetisch, als Baugrund in Berlin Mitte. Lieben in den 90er Jahren heißt, den großen Reibach erwarten. Kaum hat sich der Geier etwas gekrallt, hockt er knurrend darauf. Wieder mal Zustände wie im grausamen Tierreich. Das Tierreich und die freie Marktwirtschaft. Der Liebhaber als Baulöwe. Sehr gut. Nur mit dem Bild der Geliebten als armer Mieterin ist man nicht einverstanden und bittet die schöne, blanke Lieblingsstudentin, einen Absatz über die Macht der Mieterin in ihre Arbeit einzufügen.

Natürlich, man hat kein Recht auf die schöne Studentin erworben mit seiner vorbildlichen wissenschaftlichen Betreuung. Alles spielt sich auf höchstem Niveau ab. Trotzdem wird man tagelang trostlos sein, wenn sie für immer verschwindet. Wochenlang trostlos. Man blättert in ihrer Arbeit. Was soll der Unsinn mit der Zunahme der Eifersucht nach dem Zusammenbruch des Sozialismus. Nicht mehr als neckisch die These. Der Schmerz nagt am gelbsten, wenn die Hoffnungen am unberechtigsten sind. Das ist die Wahrheit. Das wäre ein Thema. Hat mit Soziologie wenig zu tun. Psychologe müßte man sein. So oder so wird am Ende, klüger als jede Wissenschaft, der erbärmlichste Schlagertexter sein, der dem erbärmlichen Schlagersänger die erbärmliche Urfrage in den Mund schreibt: Warum geht die mit dem andren, was hat der, das ich nicht habe.

Jede Menge Meisterwerke

Streitschrift gegen die Literaturverdrossenheit

Wir alle haben schon einmal mitgejault im großen Heulkonzert, sind in die Klage eingefallen, daß es mit der Gegenwartsliteratur nicht zum besten stünde. Seit zehn oder zwanzig Jahren geht das nun schon so. Die Politik- und Parteienverdrossenheit ist ein lachhafter Grünschnabel gegen die schon fast ehrwürdige Literaturverdrossenheit. An einem von derart vielen und verschiedenen Leuten monoton herunterleierten Gebet kann eigentlich gar nichts dran sein.

Mag sein, daß diese Einsicht in letzter Zeit schon zu einer Art Heulmüdigkeit geführt hat, mag sein, daß auch wir schon davon befallen sind. Der heulmüde Kritiker drückt plötzlich ein Auge zu und läßt ausnahmsweise den einen oder anderen Gegenwartsautor gelten.

Doch noch immer herrscht die finstere Überzeugung, daß heute im Grunde nichts mehr los sei mit der Literatur. Im Zweifelsfall wird den Schaukämpfen der Großkritiker mehr Aufmerksamkeit zuteil als den Abfüllungen der eigentlichen Erzeuger.

Zur Abwechslung sollten wir heute einmal etwas anderes behaupten. Erstens, daß es genug gute Autoren gäbe, die gut genug schreiben. Es wird gar nicht schlecht geschrieben, höchstens in die falsche Richtung. Und zweitens vor allem wird mit völlig falschen Erwartungen gelesen. Alle warten dauernd auf ein literarisches Wunder. Das ist eine Haltung, die hysterisch und urteilsunfähig macht. Wunder gibt es nicht. Statt Wundern werden uns die Knüller der Saison als Wunderersatz verkauft.

Der Wunderglaube hat seine Gründe in der Erinnerung an die Leseerlebnisse unserer Jugendjahre. Wer nicht aus Holz oder Stein ist, den haben einst irgendwelche Bücher bewegt, erschüttert, bereichert, geformt, verändert – egal, ob die von Hermann Hesse oder Thomas Mann stammten, von Benn oder Brecht, Dostojewski oder Tolstoi, Flaubert oder Stendhal. Diese Autoren haben keine Wunderwerke vollbracht, sondern gute Gedichte, Geschichten und Romane geschrieben. Wir waren damals nur empfänglicher.

Zur Verdeutlichung eine riskante These: Mit der Literatur ist es nicht anders als mit dem Sport. Heute rennt schon ein einigermaßen beweglicher Teenager auf einem Schulsportfest ebenso schnell wie ein Weltmeister vor hundert Jahren. Warum sollte es heute nicht analog Dutzende von Autoren geben, die ebensogut wie Dostojewski oder Flaubert schreiben? Wir nehmen diese Meisterwerke vielleicht nur nicht wahr, weil wir auf das Wunder warten. Meisterleistungen gibt es so viele, da verliert man die Übersicht, da schaltet man lieber ab. Auch ist keine Leistungssteigerung zu sehen. Hierin unterscheidet sich die Literatur vom Sport: Man kann literarische Leistung nicht so steigern wie Speerwürfe oder Stabhochsprünge. Daher das ständige Beleidigtsein der Kritiker. Sie kriegen nicht wie ihre Kollegen Sportberichterstatter ständig neue meßbare Weltrekorde geboten.

Eine Entkrampfung der Literatur, eine Verbesserung des Niveaus ließe sich vielleicht am ehesten erreichen, wenn Leser, Lektoren und Kritiker ihre Ansprüche auf ein vernünftiges Maß senkten und nicht das Unmögliche von der Literatur verlangten. Kein Roman, kein Gedicht, keine Geschichte hebt die Welt aus den Angeln. Es gibt Wichtigeres als Literatur. Erst wenn die künstliche Hoffnung aufgegeben wird, eines Tages werde doch noch ein literarisches Wunderwerk wie ein Blitzschlag vom Himmel in die frustrierte Leserseele fahren – erst dann können wohl erst die literarischen Meisterwerke wahrgenommen werden, deren Existenz wir unterstellen. Warum sollte es sie nicht geben? Und weil es jetzt richtig Spaß macht, die literarische Landschaft nicht in miesepetriger

Analogie zur Umwelt als übersäuerte Treibhauswüste zu beschreiben, werden wir jetzt richtig aufmunternd pädagogisch und behaupten glatt: Nicht nur gibt es eine ausreichende Anzahl von literarischen Meisterwerken, die wir aus genannten Gründen nicht wahrnehmen, es könnte auch noch viel mehr geben, wenn die durchaus vorhandene literarische Substanz besser eingesetzt werden würde.

In wildem Zweckoptimismus sprechen wir ab sofort nicht mehr vom desolaten Zustand der Literatur, sondern allenfalls von einem gewissen Meisterwerkmangel.

Einer der vielen Gründe für dieses Defizit ist in der Behauptung zu suchen, die schon seit Jahrzehnten raunend die Runde macht, daß nämlich in einer Zeit wie der unseren, die derart aus den Fugen geraten sei, abgeschlossene Erzählungen und Romane nicht mehr möglich beziehungsweise anachronistisch seien.

Diese Behauptung mitsamt ihrer Schlußfolgerung ist zwar aus der Luft gegriffen beziehungsweise aus den diffusen Quellwolken des deutsch-spekulativen Philosophierens, aber sie klingt offenbar so plausibel, daß sie immer wieder von der Literaturkritik nachgebetet und von der Literatur beherzigt wird. Dabei zeigt schon ein flüchtiger Blick auf die Geschichte der Literatur, daß jede Epoche für sich Zerrissenheit reklamiert, egal ob Barock, Romantik oder Jahrhundertwende. Das ist reine Rhetorik. Das macht sich gut. Und falsch ist auch der Schluß, Zerrissenheit könne nur mit zerrissenen Texten adäquat dargestellt werden. Es gibt genügend (auch moderne) Romane und Erzählungen, in denen eine aus den Fugen geratene Welt und Menschen mit zerrissenen Seelen durchaus geschlossen und gefügt dargestellt werden, deren Lektüre kaum quälend ist, sondern erfrischend.

Wenn die Ansichten über die angebliche Unmöglichkeit modernen und zeitgemäßen Erzählens auch noch so irrig und artifiziell sein mögen, so beherrschen sie doch das literarische Klima. Sie haben zur Folge, daß homogen erzählte Literatur, und sei sie noch so gut, als unmodern oder bestenfalls postmodern gilt. Diese Literatur darf dann unterhaltsam sein, dafür aber wird sie bestraft, indem sie nicht als »hoch« angesehen wird. Umgekehrt wird die hohe Literatur von der Kritik oft als schwierig beschrieben, ihr Lesen darf keinen Spaß machen.

Diese Teilung der Literatur kann nur als pervers bezeichnet werden. Und sie hat auch perverse Folgen. Dieselbe Kritik, die die Leblosigkeit der gegenwärtigen Literatur (ungewollt) fördert, sehnt sich ständig nach lebendigen Erzählwerken.

Sollten diese aber tatsächlich geschrieben und veröffentlicht werden, können sie von einer Kritik, die ihre eigenen Ansprüche künstlich viel zu hoch geschraubt hat, kaum noch erkannt und anerkannt werden.

Denn längst hat die Kritik vergessen, daß wirklich große Kunst, wirkliche literarische Meisterwerke ganz normal, ganz einfach und verständlich daherkommen und daß auch diese Meisterwerke Geschmacksache sind. Seltsamerweise billigen heute dieselben Kritiker der englischsprachigen, der französischen, italienischen, spanischen, portugiesischen Literatur lobend das zu, was sie bei der deutschsprachigen Literatur oft als trivial abwerten: Spannung, Buntheit, Eloquenz und das Thema Liebe.

Jetzt einen Namen, damit das nicht so abstrakt bleibt. Markus Werner. Markus Werner schreibt Meisterwerke. Vier Romane bisher, einer besser als der andere. Weltliteratur. Wie alles wirklich Moderne völlig antimodisch. Jeder kann das verstehen. Markus Werners vier Romane bereichern, erheitern, bewegen, packen – die Leser, die so etwas mögen. Überraschenderweise haben auch die feinsinnigen Kritiker kapiert, daß diese Romane etwas taugen. Folge: ein Platz auf der Bestenliste. In der FAZ aber eine Kritik, die diese Meisterstücke als etwas schlichte Schreinerarbeiten herabwertet und die Werner-Leser gleich mit als unbedarfte Gemüter. Diese Kritik zeigt, daß es nicht ungefährlich ist, einfach und verständlich zu schreiben. Ängstlichere Autoren kuschen vor der Kritik. Um sich nicht den Vorwurf der Schlichtheit einzuhandeln, schreiben sie lieber preziös und unzusammenhängend. Ist, nebenbei gesagt, auch leichter. Ist auch leichter, seine Sachen »Notate« oder »Prosatexte« zu nennen, als Geschichten und Romane mit Hand und Fuß zu schreiben, um dann womöglich von Hochnasen als hinter dem Mond lebender Unterhaltungsschriftsteller abqualifiziert zu werden.

Es ist fatal, daß die Autoren, die wenig zu sagen haben, nun schwungvoll zu erzählen beginnen, während diejenigen, die etwas zu sagen hätten, noch nicht erzählen wollen, weil sie sich in den letzten Jahren von der Kritik eintrichtern ließen, daß all die Geschichten oder Romane trivial seien, die einen in Bann schlagen, die einen Sog haben, die man gierig zu Ende lesen will.

Es besteht keine Veranlassung, dieses süffige Vokabular und diese Eigenschaften den Werbetextern von miesen Bestsellern zu überlassen. Das verständliche Abwenden von diesen ordinären und verbrauchten Adjektiven hat auch ein Abwenden von dem gebracht, was diese Wörter bedeuten. Eine mitreißende Geschichte ist nichts Falsches, auch wenn es tausend falsche, mitreißende Geschichten gibt.

Die Gültigkeit literarischer Rezepte, auch die des vorliegenden, kann zeitlich sehr begrenzt sein. Die Literatur verändert sich, und mit ihr die Kritik und die literarischen Bedürfnisse. Nicht unmöglich ist in nächster Zukunft ein Umschlagen, eine nun auch literarische Wende: Plötzlich erzählt jeder Autor nur noch »hinreißende Geschichten auf hohem Niveau« (also das, woran heute ein Mangel besteht) und geht einem damit zunehmend auf die Nerven, weil die ganze Literatur zu ertrinken droht in flüssigen, süffigen, unterhaltsamen und dabei kolossal bedeutsamen Texten. Dann könnte es durchaus Zeit sein, spröde, preziöse, komplizierte, den Leser strapazierende Texte als Gegenmittel zu fordern. Aber wie soll sie aussehen, die gewünschte Literatur? Die literarische Strömungslehre ist vielfältig und schwer durchschaubar. Schon wenn man das Wort »Gegensteuern« in die Runde ruft, werden viele Literaten nicken. Gegensteuern klingt gut, aber was bitte ist das?

Es ist nicht auszuschließen, daß die Verödung der deutschsprachigen Gegenwartsliteratur – nein, Meisterwerkmangel wollten wir sagen – auch darin ihre Ursache hat, daß sich im deutschsprachigen Raum (in der Schweiz weniger) eine für die literarische Kultur verhängnisvolle Spaltung zwischen Journalist und Schriftsteller herausgebildet hat. Der Schriftsteller hofft auf Inspiration, der Journalist auf den Auftrag. Im Journalismus sind literarische Töne verpönt (oder sie werden nicht gewürdigt), die Belletristik wird gerügt, wenn sie journalistische Elemente enthält. Die vielkritisierte Innerlichkeitsliteratur der letzten beiden Jahrzehnte dürfte auch ein Ergebnis (und eine Ursache) dieser unseligen Zweiteilung sein.

Themenvorgaben für Reportagen, Glossen und Essays sind gang und gäbe. Solche Texte werden ständig von Zeitschriften aller Art bei den Autoren bestellt. Guten Autoren gelingen hier oft hervorragende, witzige, kluge, unterhaltsame und durchaus auch erzählerische Texte, die aber, eben wegen der Trennung von Literatur und Journalismus, nicht als literarische Stücke wahrgenommen werden, sondern als Brotarbeiten, die man mit der Zeitung wegwirft (obwohl bei diesen Pflichtübungen oft eine höhere literarische Qualität entfaltet wird als bei den schöngeistigen Kürübungen).

Vielleicht ließe sich dem gegenwärtigen Meisterwerkmangel abhelfen, wenn man Schriftstellern Themenvorgaben machte wie sonst nur Journalisten. Eine Themenvorgabe, die Vorgabe einer bestimmten Länge (oder Kürze) sind keine Vorschriften, sondern Vorschläge zum Ausspinnen eines Gedankens. Das, was letztlich ein gutes Stück Literatur ausmacht, ist überhaupt nicht zu benennen, es sei denn mit dem vagsten aller Wörter: »Das gewisse Etwas« muß die ersehnte Geschichte haben.

»O he's got that sweet something«, sang Bessie Smith 1928 in ihrem legendären »Empty Bed Blues«, und der Ton ihrer Stimme machte klar, daß jenes gewisse süße Etwas nicht ohne Erotik ist. Ein Blick auf die deutschsprachige Gegenwartsliteratur macht etwas anderes klar; daß dieses gewisse Etwas mitsamt seiner Erotik nur in Spuren vorhanden ist. Die Liebe mit ihren Wonnen und vor allem ihren Desastern war von jeher eines der klassischen Themen der Poesie. In den letzten Jahren oder Jahrzehnten schon ist die Liebe seltsamerweise zum Dauerthema von Sachbüchern abgesunken. Die seriöse Belletristik umstreicht das Thema Liebe mißtrauisch. Natürlich muß sich ein guter Autor dem Thema Liebe mißtrauisch nähern, wenn er nicht ausrutschen will; die delikaten Verklemmungen der Liebe müssen mit Geist und Witz und größter Vorsicht beschrieben werden, aber keineswegs sollte die Literatur dem Thema verklemmt aus dem Weg gehen. Doch auch dies scheint eine Übereinkunft der deutschsprachigen Gegenwartsliteratur zu sein, daß große (das heißt katastrophale) Liebesgeschichten heute nicht mehr erzählt werden können.

Autoren, Lektoren, Verlagsleiter, Buchhändler, Kritiker und Leser – alle sehnen sich nach Wahnsinnsgeschichten, die begeistern, die man verschlingt, die man behält.

Es dürfte heute keinen noch so strengen Literaturkritiker geben, der die Geschichten von Isaac Singer nicht liebt. Und doch: eine Geschichte von Singerschem Format, also homogen und hinreißend und auf höchstem Niveau und nie ohne die nötigen erotischen Funken und so weiter, liefe im deutschen Literaturbetrieb Gefahr (von denselben Kritikern, die sich als Leser an solchen Geschichten laben und sich von ihnen davontragen lassen), als nicht genügend modern, als zu konventionell erzählt, als den Leser nicht genügend quälend, beiseite gelegt zu werden.

Nur Stümper motzen mit Tricks und Aromastoffen ihr Gericht auf. Ein großer Teil der Literatur, die ja immer im Wettbewerb steht, wirkt heute künstlich aufgepeppt und aufgepäppelt. Dahinter steht der eiserne, verkommene Wille nach der Höchstleistung. Im Sport entspricht das dem Doping. Die besten Autoren aber kochen immer nur mit Wasser.

Das Fest der Liebe

Wie man Weihnachten feiern könnte

Eine Sache ist um so bedeutender, je mehr Bücher darüber geschrieben werden. Demnach ist Weihnachten etwa siebenmal so wichtig wie zum Beispiel die Weimarer Republik. Diese nennen wir deshalb, weil sie sich im großen Bücherkatalog in der alphabetischen Nachbarschaft befindet. Ungefähr 250 lieferbare Buchtitel über die Zwischenkriegsphase gibt es, mehr als 1700 dagegen über das Christenfest des Friedens. Der Wein, den wir doch alle mögen, hinkt weit abgeschlagen hinterher, mit knapp 150 Buchtiteln, die obendrein verdächtig süßlich klingen (»Mit dem Wein auf Du und Du«, »Auch weißer Wein macht rote Nasen«, »Wer Wein trinkt, wird fröhlich«, »Schmunzelbuch vom Wein« und so weiter).

Unter den Weihnachtsbüchern finden wir Hunderte von Titeln, die uns Lieder und Gedichte versprechen, außerdem massenweise Bastelanleitungen (»Meine kleine Weihnachtskrippe«, »Weihnachtskugeln selbst bemalt«) und Dutzende von Weihnachtsspezialvorlesegeschichten aus aller Welt. Aber nur fünf Titel kommen zum Wesentlichen und wollen uns weihnachtsgeschenkemäßig beraten, wobei uns die »Weihnachtsgeschenke aus Tonpapier« ehrlich gesagt am wenigsten verlocken. Eher greifen wir da zum knallharten Schocker mit dem rasend ehrlichen Titel »Weihnachtsgeschenke in letzter Minute«.

Unter all den Weihnachtsbüchern finden sich nur zwei über die Weihnachtsgans und zwei über das Weihnachtsgebäck. Hier klafft die Marktlücke. Schmerzhaft vermissen wir Titel wie »Weihnachtsschmaus in Saus und Braus«, »Der Ökozimtstern«, »Sodbrennen im Kerzenschein« oder »Was tun bei Marzipanvergiftung«. Nichts von alledem. Dafür allein dreizehn Titel über die Weihnachtsfreude: »Große«, »Bleibende«, »Auf der Suche nach der«, »Geschenkte« und natürlich »Stille«. »Glanz und Elend der Weihnachtsfreude« gibt es nicht, aber dafür einen quasimedizinischen Titel für die immunschwachen Leser: »Weihnachtsfreude steckt an«.

Unter lauter Jubeltiteln ein einziger nichtglitzernder Titel: »Böse Weihnachten« (dtv).

Mit Weihnachten verhält es sich, unter uns gesagt, wie mit vielen Phänomenen des Daseins: Es hat einen ambivalenten Charakter. Für die Rituale des 24. Dezember gilt auch, was der dänische Philosoph Søren Kierkegaard über das Heiraten sagte: Tu's oder tu's nicht – du wirst beides bereuen.

Im Laufe der Jahre haben wir bei uns zu Hause einiges ausprobiert, was die Weihnachtszeremonie betrifft. Wir sind durch Erfahrung klüger geworden als der niemals selbst verheiratete (nur verlobte) Kierkegaard. Gibt man dem Weihnachtskonsumterror nach, bleibt ein Unmutsgefühl zurück, das sich nur unwesentlich von dem unterscheidet, das uns nach Konsumverzicht und Askese beschleicht.

Wie auch immer: Es ist unmöglich, eine Einrichtung zu ignorieren, die ab Mitte September mit Türmen von Lebkuchenkartons und Wühltischen voller Schokoladennikoläuse auf sich aufmerksam macht. Wer Nachwuchs oder einsame Eltern hat, muß sowieso Weihnachten feiern. Das kinderlose Paar verduftet über die Feiertage gern in die Südsee. Wir aber ziehen, mit oder ohne Kinder, die innere Emigration vor. Zwecks Reifung der Persönlichkeit erscheint uns die Auseinandersetzung mit den Übeln des Geglitzers die vornehmere Lösung. So schlimm ist Weihnachten im übrigen auch wieder nicht, daß man gleich panisch in andere Erdteile ausweichen müßte. Weihnachten ist ohnehin unausweichlich, auch in der Südsee. Die beschaulichen Tage zwischen den Jahren sind daher gar nicht schlecht geeignet, sich im Annehmen des Unausweichlichen zu üben.

Von den Erfindern und Verwaltern des Christentums wurde das Fest raffiniert in die Zeit der längsten Nächte plaziert. Diese sollte man unbedingt auf der nördlichen Halbkugel verbringen, um sich das schöne Gefühl nicht entgehen zu lassen, daß es nach den überstandenen Feiertagen wieder aufwärts geht: Das neue Jahr beginnt, die Tage werden wieder länger, fast neun Monate lang werden wir nicht mit Lebkuchen traktiert und brauchen uns keine verkrampften Gedanken über Geschenke zu machen.

Nur wer vor dem jährlichen Feiern des Geburtstags des Erlösers nicht kneift, hat nachher das erlösende Gefühl, für eine Weile Ruhe zu haben. Es übertreiben auch die Weihnachtsgegner, die Singles bleiben oder sich gar scheiden lassen, weil ihnen das frohe Fest zu stickig und zu familienhaft ist. Sie gehen am Heiligen Abend lieber ins Kino oder in ein Rockkonzert. Haben wir alles schon hinter uns.

Weihnachten soll ein Fest der Liebe sein, ermahnen geistliche Damen und Herren die erstaunlich große Schar der noch immer nicht aus der Kirche ausgetretenen Schäflein. Es ist natürlich bestenfalls ein Fest der vorgetäuschten Liebe, ein Fest der Eigenliebe und der Lüge, und damit ist auch eine Ähnlichkeit der stillen Nacht mit der schrillen Nacht im Bordell gegeben, wo Liebe, wenn überhaupt, nur als ungeschickt vorgetäuschte Gefühlswallung aufscheint. Seit Jahren nehmen wir uns daher vor, eine Art Lügenfusion, eine doppelte Verneinung herbeizuführen und unsere Lieben mit einem ganz besonderen Geschenk zu überraschen. Was paßt besser, als zum Fest des Kaufens und der Liebe mit gekaufter Liebe aufzuwarten, sprich den männlichen Familienmitgliedern für den 24. um 18 Uhr Callgirls zu bestellen, um aus der Konsumorgie endlich eine erotische zu machen.

Wir feiern auch diesmal wieder brav mit Verwandtschaft. Zwei halbwüchsige Söhne, drei Männer zwischen vierzig und fünfzig und ein rüstiger Siebzigjähriger sind zu bedenken. Weihnachten ist die Zeit des Luxus, daher sollen jedem Mann zwei Mädchen zugesellt werden, macht zwölf Hübsche, die es wohl nicht unter 500 Mark am Abend machen. Und wir haben noch nicht einmal Geschenke für die Frauen, die zwar vorsichtig etwas von Callboy flöteten, aber das meinen sie leider nicht ernst.

Noch abschreckender als die hohen Kosten dieser Überraschung ist die Vorstellung, die Ladies könnten auf die Idee kommen, zur Feier der heiligen Nacht mit kleinen Flügeln geschmückt zu erscheinen. Und dann würden sie womöglich auf den Sessellehnen lümmeln und uns kraulen und mit der freien Hand Lebkuchenherzen und Kokosmakronen schnabulieren, anstatt das asexuelle Familienleben erotisch aufzumischen.

Es wird also doch wieder alles darauf hinauslaufen, daß wir den Callgirlplan auf das nächste Jahr verschieben und dafür den Kindern zuviel schenken. Gewaltige, neuartige Rollschuhe. Die werden in der nächsten Zeit im Flur herumliegen, bis sie in ein paar Wochen uninteressant geworden sind. Die Kinder werden uns Gutscheine für Dienstleistungen und Bastelarbeiten schenken, weil sie in der Schule bis kurz vor Weihnachten so viel Streß hatten. Die Gutscheine werden natürlich nie eingelöst, weil die Kinder nach Weihnachten noch mehr Streß haben werden. Und wir waschen lieber gleich selbst ab, als uns am Ende des Schuljahres anhoren zu müssen, sie seien durchgefallen, weil sie dreimal die Geschirrspülmaschine ausräumen mußten.

Wie immer werden wir uns vornehmen, unsere Bäuche nicht unmäßig mit Süßigkeiten vollzustopfen, aber kaum haben wir die Plätzchen der oberschlesischen Tante Henriette durchprobiert, können wir schon nicht mehr japsen. Der Fortschritt gegenüber dem vorigen Jahr besteht darin, daß die Mandarinen diesmal aus dem Naturkostladen sind.

Bloß nicht klagen. Bei Weihnachtsklagen kriegen wir noch mehr Gänsehaut als bei den Weihnachtsliedern, die den zwei Fünfjährigen zuliebe abgesungen werden. Die Verwandtschaft wollte uns zu einer Weihnachtsgans überreden, aber da sind wir hart geblieben. Gans macht der Wohnungsnachbar, und er macht sie gut. Es reicht uns, wenn wir den Bratenduft im Treppenhaus haben.

Eigentlich wollten wir eine Schüssel mit eingelegten Artischockenherzen auftischen, aber mit diesem Vorschlag kamen wir nicht durch. Nun wird es Linsensuppe geben. Thüringisches Rezept. Egal. Hauptsache, viel Essig nach den verdammten Plätzchen. Nur sauer macht lustig. Und am ersten Weihnachtsfeiertag wird die braune Hülsenfruchtpampe einfach aufgewärmt. Diesmal spendieren wir zur Abwechslung saure Sahne und Petersilie dazu. Basta. Aufwendig kochen wir nur, wenn kein Anlaß besteht.

So werden wir wieder über die Runden kommen, ohne Fluchtgedanken und ohne zum Psychiater zu gehen, der uns sagt, daß Traditionen nun einmal zum Leben gehören und wir lernen müßten, diese Traditionen ohne Abwehr anzunehmen. Wir schlucken das Fest einfach mit Essig und saurer Sahne.

Ausziehen!

Ein Plädoyer für neue Umgangsformen

Schlipsträger haben es leichter: Sie ziehen ihre Schlinge aus dem Kragen, wenn sie locker wirken wollen. Wer keine Krawatten besitzt, kommt mit derart sparsamen Gesten nicht aus. Ich ziehe mir Jacke, Pullover und Hemd aus, wenn ich bei starkem Frost jemanden zum Bahnhof begleite und stehe bei minus 10 Grad gern ein paar Minuten mit nacktem Oberkörper auf dem windigen Bahnsteig herum. Im Ernst! Erstens macht es mir Spaß, daß fremde Menschen nicht wissen, ob sie mich für verrückt halten sollen, zweitens erfrischt der Strip, so wie ja auch das splitternackte Baden im Eisloch den Sowjetbürger einst erfrischte – nur werde ich nicht so elend naß dabei. (Nach der Auflösung der UdSSR hört und sieht man übrigens nichts mehr von diesem Ritual!?) – Seitdem es die weiten bunten Unterhosen gibt, fahre ich auch gern mal aus meiner Hose und freue mich, daß ich noch immer manierlich aussehe. Um den Effekt zu steigern empfiehlt es sich, der Dame des Hauses vorher die lächerliche Frage zu stellen, mit der die Spießer der Industrienationen noch immer um Erlaubnis fragen, wenn sie ihre Jacketts ablegen wollen: »Darf ich?«

Wer bin ich

Vom Nutzen und Nachteil der Porträtfotografie fürs Leben

Sie gibt sich Mühe mit dem Licht. Ein weißes Segel holt sie herbei. Nur nicht manipulieren, sagst du und gibst dir auch Mühe, nämlich nicht wie eine Schildkröte auszusehen, so wie neulich auf diesem erbarmungslosen Familienschnappschuß. Sie lächelt milde. Deswegen ja das Segel. Was soll das heißen? Brauche ich eine Zusatzreflexion, um mich von einer Schildkröte zu unterscheiden? Trost bietet die Tatsache, keine Frau zu sein. Dann nämlich fiele auch noch die Schminkfrage an. Die Frisurfrage ist erledigt. Vorgestern die dürftigen Haare gewaschen, die müßten heute den trügerischen Zustand zwischen fliegend und fettig erreicht haben.

Mit dem Ergebnis bist du ganz zufrieden, sagst du ein paar Tage später beim Besichtigen der Bilder. Ein natürlicher Selbsthaß hindert dich, von dir begeistert zu sein. Und dann schlagen die Stunden der Wahrheit: Roman ist fertig. Fanpost kommt. Fans kommen auf Buchmesse leibhaftig. Noch nie hat eine Frau mit so schönen Beinen und einem so leuchtenden Blick deine Sache so gut gelesen. Da sind sie: das Glück und der Sinn des Lebens. Es dauert ungefähr zehn Stunden, bis es herauskommt. Das Foto, nur dieses völlig unschildkrötenhafte Foto war es, was sie kirre gemacht hat. Was du geschrieben hast, ist ihr völlig egal.

Das Foto wird dein Rivale. Mal mußt du versuchen, es zu erfüllen, auch wenn du nicht halten kannst, was es verspricht. So unaufdringlich ausgeleuchtet, wie du auf dem Foto aussiehst, wirst du niemals schreiben können.

Mal mußt du versuchen, dem Foto auszuweichen, es zu übertreffen. Du fährst in die Provinz. Heute ist Passau dein Canossa. Eine Lesung. 250 Plakate mit deinem Sonnensegelantlitz haben ungefähr 250 Leute angelockt. Zwei Mädchen tuscheln. Sie deuten auf dein Plakat, und du schnappst diesen furchtbaren Satz auf: So stelle ich mir einen porschefahrenden Zahnarzt aus München vor. O wie das schmerzt, ihr Gänse! Keiner erkennt dich im Geschiebe am Eingang zum Saal. Dann gehst du vor. Sogar ans Pult haben sie dein Plakat geklebt. Jetzt zeig es ihnen!

Selbstmord mit 99

Ein Nachruf in eigener Sache

Die Feierlichkeiten wollte er nicht mehr erleben. Vorgestern, einen Tag vor seinem großen runden Geburtstag, am 26. 6. 2045, hat er sich das Leben genommen. »100 werden ist mir zu lächerlich«, steht in seinem an dpa adressierten Abschiedsbrief. Der 90. Geburtstag sei schon fatal genug gewesen, ein weiteres Telegramm vom Kanzler halte er nicht aus.

Sein Leben lang bemühte sich Westphalen, die Etiketten zu entfernen, die ihm nicht ohne sein Zutun angeheftet wurden. Spät erst, mit 40, betrat der Autor in der Mitte der 80er Jahre des vorigen Jahrhunderts das Licht der Öffentlichkeit. Mit seinen Schriften gegen die herrschende Politik und für das Absurde (die Monarchie z.B.) erwarb er sich rasch den Ruf, »Schandmaul der Nation« (Die Zeit) zu sein. In anderen Büchern propagiert er den ehelichen Betrug. Seit 1991 veröffentlicht Westphalen sogenannte Duckwitz-Romane, in denen der Held Harry von Duckwitz die Ansichten seines Autors drastisch vorführt. Ohne daß man die Ironie und Widersprüchlichkeit seiner Argumentation genügend beachtete, wurde Westphalen zu seinem 50. Geburtstag von den Feuilletons als »Papst des Seitensprungs« gelobt. Entnervt von solchen Prägungen schockierte der Provokateur seine Leser mit der Behauptung, er finde die Weltpolitik völlig in Ordnung und den Seitensprung verwerflich. Politiker müßten gelobt werden und in Liebesdingen müsse man treu sein. Ergebnis dieses neuen Denkens waren sechs Scheidungen und sieben Ehefrauen. Fünf von ihnen haben bereits ihre Memoiren vorgelegt, die ein unbrauchbar widersprüchliches Bild des Autors zeigen, einmal zärtlich, einmal als Schlappschwanz, einmal geht ihm die Liebe über alles, einmal die Arbeit.

Mit 60 antwortete Westphalen im FAZ-Fragebogen auf die Frage, was für ihn das größte Unglück auf Erden sei, »meine blonden Haare«. Als ihm diese mit 80 zum großen Teil ausgegangen waren, lautete seine Antwort auf dieselbe Frage: »Mein Spitzkopf. Mein Schädel taugt nicht einmal zu einer hübschen Glatze.«

Wie die meisten Autoren, deren Werk vom Witz lebt, hatte Westphalen Angst, nicht ernstgenommen zu werden. Er selbst sprach von seinen Arbeiten immer nur als von »diesem Zeug« und »diesem Mist«, er mochte aber nicht, wenn andere sich so äußerten: »Ich erniedrige mich gern, aber nur, wenn ich vorher anständig erhöht wurde.«

Man sollte Westphalen nicht den Tort antun, ihn als einen Unbequemen zu bezeichnen. Schon in seiner Dissertation hat er die Erhebung zum Unbequemen als »verlogenes Nachrufgefasel« bezeichnet und sarkastisch gereimt: »Wer nicht richtig unbequem, / wer nicht dichterisch zerrissen, / ist uns leider nicht genehm, / hat für uns schon ausgeschissen.«

Warum er immer noch schreibe, wollte ein Journalist wissen, als Westphalen 90 wurde. Damals ließ er sich gerade von seiner 4. Frau scheiden. »Um meine Scheidungen und meine Frauen zu finanzieren«, sagte er.

Als er dann folgerichtig verdächtigt wurde, nur aus materiellen Gründen zu schreiben, widerrief er sofort und behauptete, er habe eine Botschaft und wolle die Welt verbessern.

Im vorigen Jahr überraschte Westphalen die Kritik, als er zu seinem 99. Geburtstag seinen ersten Gedichtband veröffentlichte. 99 Liebesgedichte. Darin heißt es: »Nichts will ich hinterlassen als einen Haufen guter Laune – basta.«

Westphalen haßte Entscheidungen. »Daß man am Schluß nochmal mit der Entscheidung traktiert wird, ob man beerdigt oder verbrannt werden will!« – Eine Schönheitskönigin soll würfeln, entschied er.

Editorische Notiz

»Der Titel ist gut, er wird eine Menge Leute betrügen.« Diese Bemerkung stammt nicht aus einer Werbeagentur von heute, sondern aus einem Brief von 1835. Julius Campe, der Verleger Heinrich Heines, schrieb diesen Satz erleichtert an seinen Autor, nachdem dieser sich bereit erklärt hatte, seiner »Geschichte der neueren Literatur in Deutschland« den verkäuflicheren Titel »Die romantische Schule« zu geben. Was nützen die schönsten Gedanken, wenn sie nicht genügend Abnehmer finden.

Mag der Titel »Die Geschäfte der Liebe« denjenigen als Betrug erscheinen, die sich 200 Seiten pure Pornographie erwartet haben, so handelt es sich doch immerhin um eine ORIGINALAUSGABE, das heißt, die hier versammelten Texte (ungefähr die Hälfte dessen, was der Autor in den Jahren 1989 bis 1994 in Zeitschriften und Zeitungen publiziert hat) verschwanden wenig später in Altpapiercontainern und Recyclinganlagen – oder auch auf den Ablagen und in den Staunischen von Leuten, die in dem seligen Glauben sind, das Aufbewahren von bedrucktem Papier sei ein Hilfsmittel gegen den großen Gedächtnisschwund. Die Nach- und Hinweise hinter dieser editorischen Notiz geben Auskunft darüber, wo die einzelnen Texte publiziert wurden. Einige von ihnen mußten von den Zeitungsredaktionen oft erhebliche Kürzungen erfahren und erscheinen hier erstmals in originaler Länge.

Dieses Editionsprinzip hat sich bei den drei vorausgegangenen dtv-Bänden bewährt. Dort habe ich mich so ausführlich für das schamlose Kommentieren meiner eigenen Texte entschuldigt, daß ich das hier nicht wiederholen muß. Es ist das Minderheitenprogramm, das ich mir leiste. Ich schätze, daß sich zwei Prozent der Leser für die Anmerkungen interessieren, damit sind sie schon der Mühe wert. Wen sie nicht interessieren, den stören sie doch wohl nicht.

›Das Drama des gewissen Etwas‹, ›Dreiunddreißig weiße Baumwollunterhosen‹ und ›Das Leben ist hart‹ (in denen Zeitschriftenbeiträge von 1982–89 gemischt sind) waren erweiterte Neuausgaben der einst im Haffmans Verlag erschienenen und dann vergriffenen ›Modernen Zeiten‹. Diesen Umstand empfanden bei bisher fast 50 000 verkauften Exemplaren zwei Leser als so ärgerlich, daß sie dem Autor Mitteilung machten. Sie hatten sich ein neues Buch erwartet und mußten feststellen, daß ihnen die Texte aus den ›Modernen Zeiten‹ schon bekannt waren. Die Erweiterungen konnten sie nicht versöhnen. In einem der Fälle hat sich der Autor entschlossen, der frustrierten Käuferin (Härtefall: eine Soziologieprofessorin) den Betrag von 12 Mark 90 zurückzuerstatten.

Im vorliegenden Fall handelt es sich um eine neue Sammlung frischer gemischter Texte mit Reportagen, Essays, Glossen, Geschichten, Briefen, Erinnerungen, Statements, Gebrauchsanweisungen und einem vierstrophigen, sogar gereimten Gedicht. Mit Kaufpreisrückerstattungen ist daher diesmal nicht zu rechnen. Als Romanautor hasse ich alle diejenigen, die es wagen, meine Romane angelesen für immer aus der Hand zu legen. Angelesen ist beleidigender als ungelesen. Wollen die nicht wissen, wie es weiter geht? Nein, wollen sie nicht. Und ich will es bei einem Großteil der von mir angelesenen fremden Romane auch nicht wissen. Bei einem Sammelband mit verschiedenen Geschichten genügt es, wenn einem zwei sehr gut und eine ganz gut gefallen. Bei Platten ist es auch nicht anders. Wegen eines wirklich guten 3 ½-Minuten-Stücks lohnt sich der Kauf einer 35-Mark-CD, finde ich. Tip: Nach einem Jahr nochmal durchhören. Und schon mag man vier weitere Stücke.

Bei Durchsicht und Zusammenstellung der verstreuten Texte fiel mir auf, daß in all diesen Zeilen im Gegensatz zu meinen früheren relativ wenig vom politischen Klima die Rede ist. Immerhin waren die Jahre ab 1989 nicht uninteressant. Wo sind die mutigen Essays über den Golfkrieg, die sogenannte Wende, die Wiedervereinigung und so weiter? Das Fehlen oder die sparsame Erwähnung dieser vieldiskutierten Themen fand ich einerseits angenehm, andererseits etwas beunruhigend. War ich ein desinteressierter Sack geworden, ein Privatier, der nur noch Absurditäten wie Tretboote kritisiert und Maggiflaschen lobt? – Dann ist mir gottseidank gerade noch rechtzeitig eingefallen, was ich vor lauter Schreck vergessen hatte: daß ich in eben diesen Jahren vier Bücher geschrieben habe, in denen mehr als genug Gegenwart herumströmt.

Aus dem Roman ›Im diplomatischen Dienst‹ (1991) geht

deutlich hervor, was mein Held Harry von Duckwitz und ich vom Golfkrieg halten – und von den ersten hektischen Wiedervereinigungsaktivitäten. In der Fortsetzung ›Das schöne Leben‹ (1993) werden mit gebotener Beiläufigkeit dem Wiedervereinigungskater und der zweiten deutschen Vergangenheitsbewältigung kuriose Facetten abgewonnen. 1990 hatte ich ein ganzes Buch über die Agonie der Linken, die Gier der BRD und den Zusammenbruch der DDR geschrieben: ›Von deutscher Bulimie – Diagnose einer Freßgier. Vergebliche Streitschrift gegen die deutsche Einheit‹. 1994 schließlich wurde der übervolle Buchmarkt mit einem ›Western zur Lage der Nation‹ namens ›High Noon‹ noch voller gemacht, ein Buch, in dem der Politikverdrossenheit ein hohes Lied gesungen und den Nationaldeppen eins auf die Rübe gegeben wird.

In diese vier Bücher ist offenbar so viel politischer Unmut eingeflossen, daß meine anderen Texte und damit die Leser dieses Buches zum großen Teil von diesen häßlichen Dingen verschont blieben. Im nächsten dtv-Sammelband mit gemischten Geschichten werden einige von den Sachen stehen, die ich im Lauf der nächsten Monate schreiben werde, neben denen von 1989–95, die hier keinen Platz mehr fanden: Eine herzzerreißende Polemik gegen das Fußballspielen z.B., bzw. über die schrecklichen Anhänger des Fußballsports; daneben ein Essay über die Unart des Polemisierens, ein Bericht über die Folgen des Verunglimpfens von deutschen Fahnen, ein Lob der scheinbar unnützen Coffee-Table-Books und anderes mehr. Näheres in einem Jahr. Wie schnell das herumgehen kann, zeigt die Titelgeschichte.

J.v.W.
Januar 1995

Nach- und Hinweise

oder Mein Minderheitenprogramm

Flüchtlingsfreuden

Bestellt Anfang 1989 für eine Neufassung des ›Merian‹-Heftes ›Toskana‹, für dieses dann aber zu toskanafreundlich oder zu toskanafeindlich oder einfach nur zu lang. Auch hatte man sich ausschließlich eine (milde) Verspottung der albernen deutschen Umtriebe in der Toskana erhofft. Aber nach einigen Recherchen hatte ich weder Grund noch Lust gehabt, das Klischee von den kreativen Töpferkursen in der Toskana wohlgefällig zu bestätigen. Sich über das zu mokieren ist ungefähr so beliebt, so billig und so abgedroschen wie das schadenfrohe Deuten auf die letzten harmlosen Schwätzer, die noch immer das Wort »Betroffenheit« im Mund führen.

Nach dem Kassieren eines mageren Ausfallhonorars bot ich die Geschichte einer Zeitschrift an, die sich dem toskanischen Essen und Trinken widmete. Die sah in meinem Text aber nur die alten toskanadeutschen Klischees bedient. Schließlich fand das FAZ-Magazin Gefallen an meiner Darstellung, honorierte sie anständig und druckte sie in seinem Heft Nr. 535 am 1. Juni 1990 unter dem Titel ›Das Paradies des Flüchtlings oder Entschuldigung eines Toskana-Deutschen‹.

Einige Toskanadeutsche empfanden meine Entschuldigung ihrer italienischen Umtriebe als unpassende Liebeserklärung. Ich hätte ihre vermeintlichen Unsitten in einer unnachgiebigen Polemik geißeln sollen. Das hätten sie lieber gehabt. Der klassische intellektuelle Wohlstandsbürger hat nämlich wegen seines Bürgerwohlstands ein mulmiges Gefühl, ist aber zu faul für Selbstkritik. Er holt die Kritik an sich lieber von außen. Das ist bequemer. Er geht lieber ins Theater und genießt es, sich sein Bildungsbürgertum auf der Bühne vorhalten zu lassen. Dann lacht er bekanntlich laut. Oder er liest etwas, das gegen ihn stichelt und stochert. Denn da er sich selbst fragwürdig findet, läßt er sich lieber beschimpfen als exkulpieren. Schont man ihn verständnisvoll, so wie ich in der Toskanageschichte, mault der Masochist.

Das ganze ist ein völlig überkandideltes Wohlstandsproblem. In meinem Roman ›Das schöne Leben‹ gehe ich im 7. Kapitel auf die epidemische Toskanabegeisterung ein, die dort auf die Nachbarprovinz Umbrien übertragen wird. Alles reine Wahrheit. Früher gab es Leute, die in Umbrien Häuser hatten und es für klüger und schicker hielten, von ihrem »Haus in der Toskana« zu sprechen. Weil man die ewige Toskanaschwärmerei nicht mehr hören kann, gibt es mittlerweile umgekehrt Leute, denen das Haus in der Toskana so peinlich ist, daß sie behaupten, es stünde in Umbrien. Ich selbst habe weder in der Toskana noch in Umbrien ein Haus und weiß trotzdem, wovon ich rede.

Da ich entweder für einen Toskanadeutschen gehalten werde (was mir auch schon egal ist) oder für einen Toskanafachmann, bin ich noch mehrmals um Auslassungen über diese berühmte Provinz gebeten worden. Unter anderem habe ich für die sehr angenehme Ex-DDR-Zeitschrift ›Sibylle‹ zweimal über die Toskana geschrieben und zwar ungebrochen schwärmerisch, weil ich es idiotisch gefunden hätte, dem ostdeutschen Lesepublikum, das seit 1989/90 endlich reisen darf, mit spitzfindigem Gemecker einen Landstrich madig zu machen, der wahrhaftig nun mal schön ist.

Und neulich rief doch tatsächlich jemand von der Redaktion einer Zeitschrift namens ›Grund genug‹ an, von der ich noch nie etwas gehört hatte. Abschreibungsobjekt vermutlich, Anzeigenplantage. Die wollten wissen, was mir an der Toskana gefällt. Eine kleine Umfrage. Drei Sätze nur. Drei Sätze? Ja, drei Sätze, oder auch nur einen Satz. Ich brauche ja bloß zu sagen: Ich liebe die Toskana, weil sie so schön ist. – Komischerweise reizt mich so ein Blödsinn immer. Erstens macht es mir Spaß, mich auszuquetschen und auszuprobieren, ob mir nach vier oder fünf Toskanaartikeln noch ein einziger neuer Gedanke einfällt. Zweitens macht es Spaß, eine affirmationsbesessene Redaktion mit einer etwas seltsamen Antwort zu verwirren. Deswegen schrieb ich unter anderem:

»Es ist lästig, sich in einem Landstrich aufzuhalten, in dem zu hausen als Inbegriff der europäischen Lebenskunst gilt ... An der Toskana gefällt mir daher gut, daß ich kein Haus dort habe. So werde ich nicht irgendwelcher Zugehörigkeiten verdächtigt. Im übrigen sagt heute keiner mehr Tschianti. Das ist ein Jammer. Alle sprechen Chianti richtig aus. Alle wissen Bescheid. Der toskanische Rotwein ist längst das geworden, was in den 50er/60er Jahren der Kalterersee Auslese war. Die Segnungen der Popularität. Nach wie vor ist die Toskana schön. Noch schöner ist die Erinnerung an sie.«

Im Namen der Rose

Redakteur Wolfgang Bachmann hatte sich in den Kopf gesetzt, daß ich für seine Architekturzeitschrift ›Bauwelt‹ eine beliebige Geschichte schreiben sollte, die nur etwas mit der Kunst des Bauens zu tun haben mußte. Die geschilderte Begebenheit fand 1989 150 Meter von meinem Domizil statt und gab mir den Stoff. Alles ist wahr, jede Person hat wieder mal ein Vorbild in der Wirklichkeit – aber ich bin der närrische und schlechte Dichter nicht! Geschrieben in den Weihnachtstagen 1989 in Karlsruhe. Im Fernsehen sah ich mir noch an, wie der rumänische Diktator Ceauscescu exekutiert wurde. Das stahl dem Rummel um die Öffnung des Brandenburger Tors in Berlin die Schau. Dann fuhr ich zur Hauptpost und ließ das Manuskript durchfaxen. 16 Seiten. Dauerte eine dreiviertel Stunde und kostete um die 50 Mark. Fünf Jahre ist das her. Kommt mir vor wie aus der Frühzeit. Heute geht das blitzschnell und billig. Am 19. Januar 1990 erschien der Artikel im 81. Jahrgang der ›Bauwelt‹ Nr. 2/3 mit dem Untertitel »Gespräche über die letzten Dinge«.

Der Berg ruft

Bestellt für die Tirolnummer der Zeitschrift ›Merian‹, Heft 4, 1989. Rund sechs Jahre nach dem Schreiben reizt mich im Januar 1995 eine Untersuchung der dieser Geschichte innewohnenden Ideologie: Autobiographisch gesehen eine typisch verlogene Projektionsgeschichte. Bin zwischen 15 und 30 wie ein Steinbock die Berge hinauf und hinunter gesprungen. Jegliches Schlappmachen war mir fremd. Weil einem aber die Versager doch näher stehen, weil man sich dafür geniert, daß man einst besonders leicht und lässig an den Schnaufern vorbeitrabte, weil man sich daran erinnert, daß einem so war, als ob deren Schwäche einen noch stärker machte – deswegen ergreift man nun als reifer Autor die Partei der Kurzatmigen und Wackelbeinigen. Um sich zu bestrafen, zeichnet man die Fitten als fiese Durchhaltetypen. Es fehlt nicht viel und man würde mit der Nazikeule fuchteln und Hitlers zähe oder flinke Windhunde zitieren. Man hat Strafe verdient. Zwar war man kein bißchen herablassend damals, als man die unglücklich rastenden Keucher überholte, nein, man nickte ihnen freundlich zu – aber man war doch so gemein, sich dabei eine Zigarette anzuzünden, um es sich und der Welt und den Schnaufern zu zeigen, daß man mit Rauch in der Lunge noch immer besser in Form war als alle Alpenvereinsmitglieder zusammen.

Natürlich ist es ein blödes Gefühl, nicht auf dem Gipfel gewesen zu sein. Noch blöder vielleicht, unbedingt auf einem Gipfel gewesen sein zu müssen. Aber am blödesten wohl, die natürliche Lust, den Gipfel zu erreichen als Idiotie zu verdammen, wie ich es in meiner Berg-Geschichte mache. Am blödesten – und doch ganz richtig. Denn wer die Lust am Gipfelsturm, an Stärke, Kondition und Bessersein zugibt, der ist ein schrecklicher Luis Trenker. Dann schon lieber die Lustgefühle beim Durchhalten verheimlichen und sogar kritisieren. Das ist verlogen aber nicht so unanständig. Nach neuesten Erkenntnissen (16. 3. 95) hat sich die Person, an die der naive Walter so innig denkt und die er anrufen möchte, so sonderlich viel aus seiner Sehnsucht nicht gemacht. »Laß mich in Ruhe!« Wird sie ihm später schreiben. Die Berge helfen der Liebe so wenig wie das Meer.

Die Geschäfte der Liebe

Im Sommer und Herbst 1993 brachte die ›Süddeutsche Zeitung‹ in ihrem Feuilleton in loser Folge eine Reihe kurzer Erzählungen unter dem Obertitel »Ein Mord, den jeder begeht«. Meine Geschichte wurde von dieser Reihe angeregt und für sie geschrieben, wo sie dann aber nicht erschien, weil die Reihe Ende 93 Ermüdungserscheinungen aufwies und abgestellt wurde. Feuilletonchef Johannes Willms war nicht an mich herangetreten, sondern ich an ihn – und zwar deshalb, weil ich mich für das Thema Mordphantasie interessierte.

Ich hatte gerade meinen zweiten Duckwitz-Roman ›Das schöne Leben‹ zu Ende geschrieben und veröffentlicht (Mitte September). An dessen Schluß machen Harry und Ines ein Geschäft: Sie werden sich ein Jahr nicht sehen, um ihr Leben zu klären, und verabreden einen Termin für ihr Wiedersehen. Harry hofft, daß seine geliebte Ines ihren Mann in der Zeit los wird, gegen den er mittlerweile beträchtlichen Groll hegt – und ich mit ihm. Denn das Schicksal meiner Romanfiguren ist mit dem meinen eng verwoben und beschäftigt mich enorm. Dies war der Anlaß, mich an der Reihe zu beteiligen: Mit einer Mordgeschichte konnte ich die Mordgelüste Harrys spielerisch ausprobieren.

Die beiden Duckwitz-Romane sollen mit einem dritten Band zu einem erfreulichen Abschluß gebracht werden. Zum damaligen Zeitpunkt konnte ich an nichts anderes denken als daran, wie mein dritter Duckwitz-Roman weitergehen würde. Die Geschäfte-Geschichte mit ihrer Mordphantasie und ihrer anderen Ausgangsposition, ihrem anderen Milieu und ihren anderen Figuren gab mir Gelegenheit, mich ungezwungen in die Anfänge meines dritten Romans hineinzudenken und das zukünftige Verhältnis von Harry und Ines zu testen, das mit einem Wiedersehen der beiden nach einem Jahr Trennung beginnen wird.

Nachdem die ›Süddeutsche Zeitung‹ die Geschichte (die bis dahin nur aus dem jetzigen 1. Teil bestand) nicht wie erhofft bis Weihnachten 93 gebracht hatte (ich aber mit der Veröffentlichung auch Reaktionen testen wollte und daher ungeduldig war), gab ich sie dem ›Deutschen Allgemeinen Sonntagsblatt‹, das sie in seiner Nr. 2 am 14. Januar 1994 veröffentlichte.

Im Sommer 94 sprach ich mit dem Deutschen Taschenbuch Verlag (*Deutsches* Allgemeines Sonntagsblatt, *Deutscher* Taschenbuch Verlag – mein Gott, warum ist das alles so deutsch auf einmal!) über meinen nächsten Geschichten-Sammelband (nämlich über den hier vorliegenden) und was da alles hineinkommen könnte. Ich legte meine 40 oder 50 verstreut erschienenen Texte aus den letzten Jahren auf den Tisch. Auf der Suche nach einem Titel für das Buch griffen wir ohne langes Zögern zu den ›Geschäften der Liebe‹. Ich hatte erst Skrupel, weil der Titel mehr Erotik versprach als die Geschichte enthielt, und wir kamen überein, daß die Titelgeschichte noch erotisch aufzuladen sei. Der Verlag nahm diesen Punkt neckischerweise sogar in den Vertrag auf und verpflichtete mich damit förmlich, die etwas unterkühlte Ich-Erzählung (der jetzige 1. Teil) erotisch etwas anzuheizen. Laut Vertragsformulierung hatte die Geschichte bei Abgabe des Manuskripts »supersexy« zu sein. Über diesen Vertragsbestandteil war ich derart entzückt, daß ich Ende 94 eine Erzählung über einen Schriftsteller schrieb, der ziemlich vergeblich versucht, die Titelgeschichte seines nächsten Buchs vertragsgemäß mit Sex zu bestücken. Die Geschichte heißt ›Der Vertrag‹ und erschien in der Silvesternummer der Zeitung ›Die Woche‹ am 30. Dezember 1994. (Sie würde sich auch in diesem Buch nicht schlecht machen, aber dazu bin ich vertraglich nicht verpflichtet. Im übrigen ist sie nur sieben Schreibmaschinenseiten lang, das delikate Thema will aber auf dem dreifachen Raum ausgebreitet werden, und dazu hatte ich keine Zeit, weil ich ja ›Die Geschäfte der Liebe‹ erst in die gewünschte Form bringen mußte, was Ende Januar 1995 geschah.)

Erzählungen sind nicht nur Vertragsbestandteile, sie eignen sich auch als Versuchsanordnungen für Romane oder für die Wirklichkeit. In der hier vorliegenden Erzählung habe ich versucht, eine Antwort auf meine Frage zu finden, wie ein ebenso idiotisches wie reizvolles Stillhalteabkommen zwischen einem komplizierten Liebespaar ausgehen könnte. Es drängten sich verschiedene Lösungen auf. In dem geplanten Roman werde ich eine einzige Lösung finden müssen, und zwar eine glaubwürdige und gute. Ein realistischer Roman muß homogen und entschieden sein, in einer kurzen Geschichte aber kann man sich das Spiel mit den Möglichkeiten erlauben. Ermutigt zu dieser Unentschiedenheit hat mich das jüngste Filmopus ›Smoking – No Smoking‹ von Alain Resnais, in dem nach einem Stück von Allan Ayckbourn (›Intimate Exchanges‹) insgesamt fünf heitere und faszinierende Stunden lang Möglichkeiten durchprobiert werden, wie völlig anders die Lebens- und Liebesläufe und Paarbildungen einiger Personen hätten verlaufen können, wenn die Weichen des Zufalls nur ein bißchen anders gestellt gewesen wären.

Dreimal und nie wieder!

Erschienen im Januar 1992 in der Nr. 1 der ARD-Hauszeitschrift namens ›Das Erste‹, in der mit Hintergrundberichten mehr oder weniger dezent Selbstdarstellung betrieben wird. Die ARD richtet wie alle Sender Talk-Shows aus, aber man haßt diese ebenso billige wie beliebte Sendeform natürlich auch und will das mal gesagt kriegen. Deswegen darf auch hier die auf sich selbst gerichtete Polemik als Würze nicht fehlen.

Ich weiß nicht, wie oft und für wen ich nicht alles zum Würzen bestellt wurde. Wenn es so weitergeht, werde ich eines Morgens als Pfeffermühle oder als Tabasco-Flasche aufwachen. Zum Würzen bestellte Texte sind allein im vorliegenden Buch neben diesem hier der über München und der über neue Kleider, der über Weihnachten und der über Schmuck, und die Bergsteigergeschichte ist gegen das Bergsteigen geschrieben. Nur das Toskanadeutschenporträt ist deswegen so milde ausgefallen, weil mir Spott gegen Toskanadeutsche zu billig ist und zu sehr erwartet wird. Das Bedürfnis nach gekaufter Selbstkritik ist enorm, und man sollte auch nicht jammern darüber und sich als wandelndes Alibi, als gut getarnte faule Ausrede bezichtigen, sondern sagen: Also gut, ich bin Pfeffer rot oder grün oder schwarz oder weiß – und 100 Gramm von mir kosten 6 Mark 80. Besser Pfeffer sein als Kaffeesahne.

Im März 1991 kam mein erster Roman ›Im diplomatischen Dienst‹ heraus, und die guten Kontakte des Pressemanns von Hoffmann und Campe, Frank Scheffter, bescherten mir diverse Angebote zu Talk-Shows und kleinen Fernsehauftritten. Zuerst habe ich mich standhaft geziert, widerstand den Lockrufen und kam mir dabei nach einer Weile albern vor.

Die in der Geschichte erwähnten drei Mal sind authentisch: das erste Mal war es in Frankfurt eine Talk-Show des Hessischen Rundfunks, ›Zeil um zehn‹. Die Moderatorin war neu und so aufgeregt, daß ich ganz ruhig wurde. Versuchte mich vergeblich mit dem Ästhetikpapst und Professor Bazon Brook anzulegen, in dem ich im Namen meines Romanhelden Duckwitz das altmodische Kunstverständnis vom begreiflichen Kunstwerk über dem Sofa pries. Gefällige Kunst sei obszön, belehrte mich der Papst daraufhin, und mir fiel immerhin als

Antwort eine Gegenfrage ein: Was spricht gegen das Obszöne!! Dann war da noch ein angetrunken wirkender Künstler namens Martin Kippenberger und der Sohn von Deutschlands einzigem berühmt gewordenen Playboy Gunter Sachs, der Stühle kreiert oder designed, auf denen man nicht sitzen kann und dessen Mutter *nicht* die zeitweilige Gunter-Sachs-Ehefrau Brigitte Bardot ist, wie wir erfuhren. Das Ganze war eigentlich gar nichts, also nicht einmal peinlich.

Peinlicher für mich wenig später eine Talkrunde in Kölner WDR-Gemächern. Gastgeberinnen Wibke Bruhns und Gisela Marcks, die als unerbittlich nachfragende Emanzen gelten. Weitere Gäste: meine alte Brieffeindin Monika Maron aus Ex-Ost-Mauerberlin oder Ex-Mauer-Ostberlin, mit der ich 1987/88 zu DDR-Zeiten Briefe wechselte (denen ich die nicht unwahre Wendung zu verdanken habe, »einem breiten Publikum wurde er durch den im ›Zeitmagazin‹ veröffentlichten Briefwechsel mit Monika Maron aus der damaligen DDR bekannt«). Dann war noch die FDP-Polit-Dame Hildegard Hamm-Brücher und der nette Schweizer Starnestbeschmutzer Jean Ziegler. Ich war auch als Nestbeschmutzer eingeladen worden – aber irgendwie wollte und konnte ich in diesem Ambiente nicht mit Dreck herumwerfen und enttäuschte mich und meine Fans und meine Gastgeber. Weil ich nicht Feuer spie, konfrontierte man bzw. frau mich mit einer feuerspeienden Passage aus meinem Buch ›Von deutscher Bulimie‹ über die Ekelhaftigkeit des gesamtdeutschen Volksverhaltens bei der Wiedervereinigung, und bat mich, dazu Stellung zu nehmen, wozu ich dann keine Zeit hatte, weil die Hamm-Brücher den Kopf auf eine Art dazu schüttelte, daß ich mir dauernd überlegte, was ich gegen dieses Kopfschütteln sagen konnte, außer daß es mir nicht gefällt, was mich auch nicht daran hinderte, anderntags beim Heimflug nach München im selben Flugzeug der freundliche junge Mann neben der alten Dame zu sein, der sich höflich mit dieser unterhält und ihr keine unangenehmen Fragen stellt, weil mir die weder in Talk-Shows noch in Flugzeugen einfallen. – Dann war ich noch bei Joachim Kuhlenkampff, der tatsächlich meinen ›Diplomatischen Dienst‹ gelesen und gut gefunden hatte und mich zu seiner Büchersendung einlud, wo er die Frechheiten meines Romans so temperamentvoll lobte, daß ich das Karnickel war.

Nach diesen Erfahrungen wurden weitere Angebote tatsächlich standhaft von mir abgelehnt In dieser Zeit habe ich auch ›Dreimal und nie wieder!‹ geschrieben, was also ein ehrlicher und authentischer Text ist. Besonders freundlich und hartnäkkig hinter mir her und besonders schwer von meiner Talk-Show-Deplaziertheit zu überzeugen war die Redaktion der Sendung ›Talk im Turm‹. Die Drei-Mal-und-nie-Wieder-Geschichte schöpft vor allem aus dem Ausschlagen der Einladungen zu dieser Sendung, die ich gern sehe.

Viel schlimmer als Talk-Shows sind allerdings für mich Radio-Diskussionen. Eine solche hatte ich ein halbes Jahr vorher am 2. 10. 90 in Frankfurt im Haus des Hessischen Rundfunks hinter mich gebracht, also am Tag vor der deutschen Wiedervereinigungszeremonie – und unser alt- und postlinkes Gefasel darüber habe ich als schlimmer in Erinnerung als den harmlosen Staatsakt. Hendrik M. Broder und ich waren als Motzer bestellt, Cora Stephan und Claus Leggewie als die vernünftigen Intellektuellen. Broder fiel dann aus, alleine motzen konnte ich nicht, und alles ging gräßlich daneben. Ich schrieb in diesen Wochen parallel zum Zeitgeschehen gerade meinen Diplomatischen-Dienst-Roman und ließ meinen Helden sofort im letzten Kapitel diese entgeisterte Sendung entgeistert im Autoradio hören (aus dramaturgischen Gründen nicht am Vereinigungstag sondern am Jahresende). Held Harry von Duckwitz macht sich dabei auch über mein kümmerliches Auftreten häßliche Gedanken – und damit hatte ich diese finstere Stunde meines Lebens literarisch ruckzuck bewältigt.

Nachdem ich nach den drei Fernsehauftritten weitere Einladungen eine Weile ausgeschlagen hatte, ließ ich mich ausgerechnet zu einer Teilnahme an der unseriösen SAT-1-Schreihals-Sendung ›Einspruch‹ überreden, erstens, weil mich das Thema in Wallung brachte (»Deutscher Stolz«), zweitens, weil ich mal wieder in Berlin sein wollte, drittens weil ich Günter Wallraff kennenlernen wollte, der schon zugesagt hatte.

Im Herbst 1992 sah es so aus, als erwache der Nationalismus. Ausländerheime brannten, Bürger protestierten gegen die tatenlosen Politiker, die sich eilfertig der Demonstration anschlossen, was verständlicherweise die linken Ultras erboste und heftig krakeelen ließ, vor allem als der aufrechteste aller Bundespräsidenten redlich redete, was wiederum die redlichen Demokraten erboste, die dann mit deutschen Fahnen wedelten, um zu zeigen, daß ihnen das Deutschsein trotz allem nicht peinlich sei, worauf natürlich die letzten Linken vollends fuchtig wurden, da ihnen die Unterwanderung der Demonstration durch staatstragende Kräfte ohnehin schon widerwärtig sein mußte.

Als mich der Moderator Ulrich Meyer fragte, was ich von den nationalen Umtrieben und dem Fahnenschwenken halte, zitierte ich meinen Romanhelden Herrn von Duckwitz mit dem Satz »Mit einem schwarz-rot-gelben Lumpen würde ich mir nicht einmal den Arsch ausputzen« und schloß mich der Meinung meiner Figur an. Obwohl dieses harmlose Bekenntnis in der lauten Sendung sofort unterging und nicht für Zündstoff sorgte, bekam ich doch ein Ermittlungsverfahren an den Hals, weil mich ein aufmerksamer Fernsehzuschauer angezeigt hatte, dem es nicht entgangen war, daß hier eine Verunglimpfung von Staatssymbolen vorlag, also eine Straftat. Solchen Unglimpf darf man zwar Romanfiguren in den Mund legen, man kann sich ihnen aber nicht ohne weiteres anschließen. Auch wenn das Verfahren nach meiner Vernehmung leider eingestellt wurde und es nicht zu einem erhofften werbewirksamen Prozeß kam, war es doch eine lustige Erfahrung, die ich sofort für meinen nächsten Roman brauchen konnte, die Talk-Show-Teilnahme hatte sich also doch gelohnt.

Als der Moderator uns 30 Sekunden vor Schluß der Sendung noch einmal alle hastig abfragte, wie wir es denn nun fänden, Deutsche zu sein, mit einem Wort bitte, sagte ich: »Allenfalls passabel!« Dann war Schluß, und obwohl das nicht der allerklügste Ausspruch war, stand er am übernächsten Tag in den Zeitungen, einfach, weil es das letzte Wort der Sendung war. Egal, wie dumm man sonst daherredet, das bleibt nicht hängen. Aber die Tatsache, daß man im Fernsehen war, wertet noch immer auf. Ein bißchen PR, ein paar neue Erfahrungen und ein paar hundert Mark Taschengeld – es lohnt sich eigentlich doch.

Im Herbst 93 wurde ich meinem Dreieinmal-und-nie-wieder-Schwur ein weiteres Mal untreu und talkte als Gast des Frühstücksfernsehens beim ZDF mit einem freundlichen schwarzen Turnschuhmann über den polygamen Charakter des Herrn von Duckwitz und meinen neuen Roman ›Das schöne Leben‹ und empfand den Auftritt nicht als unangenehm. Im Dezember 94 war ich schließlich Gast bei einer literarischen Talkrunde, die

Wolfgang Herles in Bonn für den Sender 3 SAT moderierte. Das Reklamemachenkönnen für mein neues Buch ›High Noon‹ tröstete mich etwas darüber hinweg, daß ich mal wieder das freundliche Karnickel war.

In den Kapiteln 15 und 16 des besagten High-Noon-Western zur Lage der Nation habe ich meine Erfahrungen mit anrufenden Talk-Show-Redakteuren noch einmal ausführlich verarbeitet.

Wenn sich Städte zu sehr lieben

Geschrieben im Sommer oder Herbst 1989 für das ›Merian‹-Heft München. Dort etwa um ein gutes Drittel gekürzt. Manfred Bissinger, der gerade vom Umweltmagazin ›natur‹ weggegangen war und ›Merian‹ übernommen hatte (ehe er 1993 ›Die Woche‹ startete), bat ausdrücklich um eine »Gegendarstellung«, damit das Münchenheft nicht im Eigenlob ersticke.

1990 erschien die Geschichte dann im Januarheft von ›Merian‹ unter dem Titel ›Gegendarstellung – Ansichten eines genervten Münchners, der auszog, um das Fürchten zu lehren‹. Das Manuskript war entschieden zu lang gewesen und mußte erheblich gekürzt werden, was behutsam geschah, mich aber trotzdem fuchste und wurmte. Mein Groll gegen die Schickeria kam nicht mehr genug zum Ausdruck, fand ich, meine Auslassungen gegen die Maximilianstraße waren jetzt zu mager. Leute wie der Modeheini Moshammer, der schreckliche Schörghuber (Baurhinozeros – die korrekte Bezeichnung »Baulöwe« ist mir zu schmeichelhaft), der damalige debile Ministerpräsident Streibl, der seine Selbstgefälligkeit so penetrant zur Schau stellende Filmproduzent Eichinger und so weiter, die mir allesamt nicht geheuer sind, kamen mir in dem Heft zu unkritisch weg, und meine Schreckschüsse gegen sie oder gegen den von ihnen repräsentierten Typus schienen mir schallgedämpft.

Die professionelle Nestbeschmutzung, die dieser Artikel betreibt, ist natürlich die Kehrseite der Selbstverliebtheit dieser Stadt und geht einem wie diese auch auf den Wecker. Vielleicht sollte man sich allen Urteilen über den Charakter von Städten generell enthalten. Aber dann kommt man zum Beispiel an einem Sommertag aus Italien nach München zurück. Vormittags ist man in Bologna herumspaziert und fand, daß dies nun wirklich die schönste Stadt der Welt ist. Die richtige Größe, die richtige Farbe (dieses Rot), die richtige Lebendigkeit. Man kommt nach München zurück, der Teufel will, daß man am Abend in einem Straßencafé sitzt – und es ist *wirklich* mausetot. Keine Geschäftigkeit, kein Temperament, keine schönen lauten Stimmen, keine Angeberei. Und das bildet man sich nicht ein in seinem Heimkehrertrauma. Bestimmt nicht. Man sitzt keiner Legende auf. Man hatte sich sogar auf zu Hause gefreut, allerdings weniger auf die Stadt als auf ein paar Leute, und darauf, die angefallene Post zu sichten, gierig, als könne man hier die Erlösung finden. Der entscheidende Brief ist wieder nicht dabei. Das Leben wird weitergehen wie bisher. Überträgt man womöglich den Frust auf die Stadt? Jedenfalls ist es vor jedem Fernseher lebendiger als hier. In Dortmund, Bochum, Nürnberg, Karlsruhe, ja selbst in Erlangen ist es doch, soweit man sich erinnert, Ende August abends um neun lebendiger, verdammt nochmal.

Dafür gibt es in München den phantastischsten Plattenladen (Beck am Marienplatz). Der ist eine Reise oder den Wohnsitz wert. Morgen wird man dorthin zu einem Trostkauf pilgern. Beethovens Waldsteinsonate auf Hammerklavier von Alexej Lubimow, im Sommer 1994 in Wildbad-Kreuth gespielt. Wenn es die gibt, sieht das Leben in München schon wieder besser aus. Und Charlie Christians »Live Sessions At Minton's Playhouse«, New York, Mai 1941, mit dem göttlichen Don Byas am Tenorsaxophon. Beide Stücke haben einen Schwung drauf, der einen die Behäbigkeit Münchens für eine Weile übersehen und überstehen läßt.

The Rising Sun

Der Brief erschien im handschriftlichen Faksimile im Dezember 1989 in der ersten und einzigen Nummer einer neuflotten Frauen-Zeitschrift, die damals den Markt erobern wollte und sich den penetranten Titel ›Outfit‹ zugelegt hatte. Unter den vielen Neugründungen der Journaille ist die Geschichte dieser Eintagsfliege besonders kurz und knackig.

Die Entstehung selbst der windigsten neuen Zeitschrift hat

immer ein bißchen was von der Entstehung eines Universums an sich. Erst urknallartige Gerüchtegeräusche, bei der eine Menge Energien frei werden, Journalisten, die Kapazitäten übrig haben, spitzen die Ohren und scharren mit den Hufen, dann fliegen Trümmer herum und werden gebunden, und dabei walten allerlei zentrifugale oder zentripedale Kräfte, und irgendwelche Massen fangen an zu rotieren. Die Schöpfungsgeschichte von ›Outfit‹ wird wohl nie geschrieben werden, daher an dieser Stelle zur Erinnerung oder Nachahmung eine kleine Rekonstruktion:

Einem frischgebackenen Millionenerben muß die Idee gekommen oder sie muß ihm eingeredet worden sein, daß auf dem Markt der Frauenzeitungen zwischen den Dutzenden von konkurrierenden Blättern doch noch geradezu gierig eine Marktlücke klaffte, nämlich die Zeitschrift für die Frau zwischen 37½ und 38, vielleicht auch zwischen 39½ und 41. »Ganz besonders konsumfreudige Zielgruppe«, raunte der Erbe vielleicht dem Banker ins Ohr, und der mag andächtig genickt haben. Denn natürlich mußte der Erbe viel viel Geld von der Bank leihen, denn noch wichtiger als die Frau von Ende 30, Anfang 40 war es, viel viel Schulden zu machen, um viel viel Steuern zu sparen. Er schnalzte mit der Zunge: »Was meinen Sie, was so eine Zeitschrift an Anzeigen einbringt«, sagte er, als der Banker zögerte, »die Hersteller von Kosmetikprodukten werden Schlange stehen!«

Keine Ahnung, wieviel Geld damals floß oder nicht floß, jedenfalls wurden Redakteure angeheuert, Verträge gemacht, Räume angemietet, Faxgeräte, Telefonanlagen und Farbkopierer geleast, fremde Anzeigen aquiriert und eigene Anzeigen gebucht. In Redaktionskonferenzen wurden konkrete Themen besprochen, und ein alter Kumpel von mir, der mit Skepsis und Erfahrung der Redaktion ein wenig zuarbeitete, rief mich eines Tages im Sommer 1989 an: Man sitze an der Planung der ersten Nummer, die vor Weihnachten erscheinen soll, und natürlich macht man sich da auch über Weihnachtsgeschenke Gedanken. Es soll keinen spießigen Ratgeberteil in der Zeitschrift geben, aber es könne nicht schaden, einen Vorschlag zu machen, welches Geschenk der Frau von 39½ Freude machen könnte. Unbedingt wolle man sich von den Reklamen im Heft absetzen, also keinesfalls die angezeigten Kosmetika oder Kaschmirjacken oder Lammnappalederhosen auch noch redaktionell als nette Weihnachtsüberraschung empfehlen. Im übrigen blätterten ja auch Männer solche Zeitungen durch, und denen müsse man auch auf die Sprünge helfen. Man sei daher auf die Idee gekommen, daß heute im Zeitalter des Telefonierens und der verkümmernden Briefkultur, der handgeschriebene Brief eines Verehrers an die Frau von 39½ die schönste und persönlichste ... Mein alter Freund verstummte am Telefon: »Du weißt schon«, stöhnte er und stellte mir 1500 Mark Honorar in Aussicht. Ein kurzer Brief, mit der Hand geschrieben, einigermaßen deutlich, denn er werde faksimiliert, um den Geschenkcharakter zu betonen. Die Produktionszeit bei der ersten Nummer sei enorm, daher brauche man den Brief im August schon.

Möglicherweise war die Redaktion deswegen auf die Idee verfallen, mich zu fragen, weil ich ein Jahr zuvor mit dem im ›Zeitmagazin‹ veröffentlichten Briefwechsel mit Monika Maron aus der damaligen DDR der Briefschreiber der Nation gewesen war. Für jeden Brief nach drüben hatte es einen Tausender gegeben. Es machte mir Spaß, jetzt mit einem kleinen unbeschwerten Gruß fünfzehnhundert Mark zu verdienen. Die Idee fand ich genauso absurd wie mein Kumpel aus der Redaktion. Ein Brief ist ein Brief und kein großartiges Geschenk – im Gegensatz zu einer Lammnappalederhose oder einer Kaschmirjacke.

Daß der Brief faksimiliert werden sollte, war auch ein Reiz. Normalerweise muß man als Autor 100 Jahre tot sein, bis sich die Nachwelt über die Handschrift beugt.

Im August 1989 machte ich mit der Familie Ferien in Devon, Südwestengland. Der klevere Farmer hatte seine Scheune zu einem Gästehaus ausgebaut und alle Balken und Bretterwände mit einem stinkigen, krebserregenden Holzschutzmittel getränkt. Eines Vormittags, als die Kinder fernsehend auf dem ebenfalls krebserregenden Kunstflauschteppichboden hockten, von dessen Muster einem noch übler wurde als von dem Geruch der behandelten Hölzer, und die Erwachsenen vergeblich versuchten, sich mit dem lokalen Apfelwein namens Cyder zu betrinken, fiel mir der ›Outfit‹-Geschenk-Brief ein, und der Gedanke, in zwei Stunden Schreibarbeit 1500 Mark zu verdienen, machte mir das trostlose Dasein wieder erträglich. Für das Geld würde ich meiner Herzdame auf dem Rückweg in London eine Lammnappalederhose und eine Kaschmirjacke kaufen und mir 20 ausgefallene Jazzplatten.

Ich brauchte nicht zwei Stunden für den Brief, sondern zwei Tage, und das nicht nur, weil mein Kopf vom Holzschutzmittel so benebelt war, sondern weil alles, was leicht hingeschrieben wirkt, eine Menge Arbeit macht – auch ein verspielter Liebesbrief. Um den hinzukriegen, muß man ein wirklicher, einsam schmachtender Liebhaber sein, sonst fällt einem nichts ein. So ist dieser Brief zwar ein bestelltes Kunstprodukt und falsch, insofern als sich sein Autor vom Sommer in den Winter versetzt hat, von den Familienferien in die Einsamkeit – aber die Gefühle sind echt: echte Sehnsucht nach der echten fernen Flamme. Wie ich soeben nachrechne, war die Flammenfrau im August 89 tatsächlich 40½, gehörte also altersmäßig voll zur Zielgruppe von ›Outfit‹. Seltsam. Ich wollte mit ihr immer mal im Sommer nach Palermo fahren und nie im Winter nach Cornwall. Immer kam etwas dazwischen. Aus einer dieser roten Telefonzellen will der Briefschreiber sie anrufen, und ich glaube, in einer weiteren Abweichung zur Fiktion des Briefes, habe ich das sogar getan.

Mein halbauthentischer Brief zeigte, als er im Spätherbst erschien, bei der störrischen Person nicht die gewünschte Wirkung. Ich sage nur: Die Geschäfte der Liebe und die ewigen Rätsel, ob Investitionen sich lohnen. Nicht die gewünschte Wirkung zeigte auch die ganze ›Outfit‹-Nummer in der Öffentlichkeit – und das nicht nur, weil November 1989 war und sich die 39 und 40jährigen Frauen wie auch andere Menschen für die porös gewordene Berliner Mauer und die Öffnung des Ostens interessierten. Auch in weniger spannenden Wochen: Wer hätte sich je für eine überflüssige Zeitschrift mit dem dämlichen Titel ›Outfit‹ interessieren sollen!

Dabei wurde das Heft mordsmäßig beworben. Ich erinnere mich an eine pompöse Werbeaktion mit nicht unsympathischem Tenor. Große Plakatwände zeigten in auffälligem Schwarzweiß je eine ungewöhnlich attraktive Frau. Dazu eine Reihe ziemlich gelungener Sprüche. Leider kann ich mich nur noch an einen erinnern: *»Der Mann, der mich liebt, kann mit mir machen, was ich will.«* – Das war sie, meine 40½jährige Flamme – und gegen diese mit Ironie versetzte Emanzipation ließ sich nichts sagen.

Auch in verschiedenen Zeitschriften und Magazinen wurde

mit den Anzeigen geworben – auf Doppelseiten, die Zigtausende kosten. Bei einer derart gestreuten Aktion ist eine Million gleich weg. Sekundenlang mochte die Branche glauben, daß hier ein mutiger Verleger entschlossen ist, sein neues pfiffiges und souverän-postfeministisches Produkt mit Schwung und langem Atem in der Marktlücke zu plazieren. Leider war die Werbung ungefähr 40½ mal so gut wie das Heft, das sich in fast nichts von anderen Frauenzeitschriften unterschied.

Mein Honorar kam nicht, stattdessen auf Nachfragen die Auskunft: Noch etwas Geduld bitte, es gäbe im Augenblick Verzögerungen, weil die mißtrauische Druckerei das zweite Heft erst drucken wollte, wenn die Rechnung vom ersten bezahlt sei. Das zweite Heft erschien nie. Soviel ich weiß, hat auch nie jemand Geld gesehen. Neben der Druckerei auch die Papierfabrik nicht, die Setzerei nicht, der Vertrieb nicht, die Vermieter der Redaktionsräume und der Telefonanlagen und die der Plakatwände nicht, die Zeitschriften nicht, in denen die großen ›Outfit‹-Inserate erschienen waren, die Redakteure – und natürlich die Autoren nicht. Die Leute, die so dumm waren, meine Aufträge anzunehmen, mag sich der Erbe und Outfit-Erfinder gedacht haben, können mit mir machen, was ich will. Monate später kam Post von einem Anwaltsbüro. Darin war beschwichtigend davon die Rede, daß die Konkursmasse gleichmäßig unter den Gläubigern aufgeteilt werden würde. Nach meinen Informationen war das Privatvermögen des Kurzzeitverlegers in Sicherheit, nur ein gebrauchter Farbkopierer war nicht geleast sondern gekauft worden. Der war 15000 Tausend wert. Mehr war nicht da. Da mir nach meinen Berechnungen ungefähr 75 Pfennige aus der Konkursmasse zustehen würden, nahm ich davon Abstand, einen entsprechenden Antrag zu stellen.

Die Zeit der Unschuld

Die Schweizer Edel-Zeitschrift ›du‹ plante Ende 1989 ein Themenheft über Autos und wollte ausdrücklich einen nostalgischen, erinnerungsseligen Text von mir haben. Ich war gerührt, endlich einmal nicht wie üblich als möglichst giftsprühende Gegenstimme zum Stänkern und Poltern bestellt zu werden, sondern zum sanften Schwärmen – eine Tonart, die man schließlich auch üben und beherrschen sollte, und die bei mir bisher zu kurz kam. Schwierig an diesem Text war vor allem das Ausweichen vor eigenen Gedanken und Formulierungen, denn 1986 hatte ich schon einmal einen längeren Text über das Autofahren geschrieben (jetzt im dtv-Band ›Das Leben ist hart‹) und wollte mich nicht wiederholen. ›Die Zeit der Unschuld‹ erschien dann im März 1990 in der Nr. 3 von ›du‹, dort leicht gekürzt.

Charlottes neue Kleider

Geschrieben für ein im Familienbesitz befindliches Bekleidungshaus in Münster (Schnitzler), das sich 1992 zum 100. Geburtstag eine Jubiläumspublikation spendierte, die von dem Münsteraner Verleger Wolfgang Hölker betreut wurde. Der fand, daß die pure Selbstdarstellung einer Firma in einer Festschrift mit einem lesbaren Text neutralisiert werden müsse, in dem nicht nur werbend, sondern auch ironisch vom Kleiderkaufen die Rede ist. Wirklich, wir leben, was das betrifft, in angenehmen Zeiten. Lobhudeleien sind nur noch von Gestrigen gefragt, und es stellt sich mir als Autor nicht die Konfliktfrage, ob ich meine Würde verliere, wenn ich meine Kasse mit kessen Werbesprüchen aufbessere, nein, ich kann denselben mokanten Text für Werbezwecke schreiben, den ich genau so für irgendeine unabhängige Redaktion geschrieben hätte – jedenfalls wenn der Auftraggeber souverän ist. Die Bundeswehr ist bisher allerdings noch nicht an mich herangetreten, doch wenn sie mir für einen 10seitigen Essay, in dem die Fahnenflucht gepriesen, die Soldaten als Mörder und der Verteidigungsminister als ein Arglose bezeichnet werden dürfen, ein anständiges Honorar zahlen, dann schreibe ich den. Die Gefahr besteht noch nicht. (Das Wort »Arglose« schlägt mir das Rechtschreibprogramm meines Schreibcomputers für »Arschloch« vor, das als »nicht im Wörterbuch« gemeldet wird.)

Vor einigen Jahren hatte eine Zementfabrik Geburtstag. Ähnlicher Fall wie bei Schnitzler in Münster. Die Festschrift, in der Beton vielstimmig als idealer Baustoff gepriesen wurde, drohte der Firma zu penetrant positiv zu werden und man bestellte bei mir eine Antibetonpolemik – die dann gut honoriert, aber nicht gedruckt wurde. Man hatte Angst, die Betonkunden zu irritieren, denen man die Festschrift verehren wollte.

Kleider sind mir allerdings näher als Beton, und sie sind auch wichtiger als Soldaten. Deswegen habe ich gerne ungezwungen über das Kleiderkaufen nachgedacht und darüber geschrieben. Wann tut man das sonst schon. Die Passage mit den ausgestellten Hosen der 70er Jahre, die so ekelhaft waren, daß sie ebenso bewältigt werden müssen wie die DDR-Stasi-Vergangenheit, hat mir so gut gefallen, daß ich sie ein Jahr später ziemlich unverändert in das 2. Kapitel meines Romans ›Das schöne Leben‹ übernommen habe.

Das 27 Meter lange Frühstücksbüffet

Von Stephan Opitz bestellter Text, geschrieben im Frühjahr 1993 für die von ihm und dem (einzig akzeptablen) Starkoch Vincent Klink bei Klett Cotta herausgegebene 1. Nummer des ›Kulinarischen Almanach‹, eine Fortführung des bei Haffmans erschienenen Magazins für kulinarische Literatur ›Der Rabe‹ (1987), der sich von 1988- 92 ›Die Rübe‹ nannte. Herausgeber Opitz hatte dem Text den barocken Titel gegeben: »Brief an einen Freund, die Absage eines Frühstücks betreffend und was hernach passierte.«

Ich lege auf gepflegtes Essen wenig Wert. Alle zehn Tage halbwegs manierlich tafeln, ja gerne. In der Zwischenzeit genügen Butterbrezeln, Spaghetti, Wienerwürste. Äh! Wenn mir davon übel geworden ist, beiße ich in Äpfel und möglichst kanarische Tomaten. Das ist oder wäre die mir entsprechende Ernährung. Daß man als unkultivierter Schlingwürger zum Mitautor besserer kulinarischer Publikationen und damit auch seltener eingeladener Gast in Sternerestaurants wird, sehe ich als freundliche Ironie der modernen Marktwirtschaft, die ihre Antikörper hegen und pflegen muß, und weniger als Versuchung, mein Leben zu ändern und ein Feinschmecker zu werden.

Der Wunsch der kulinarischen Herausgeber nach einem Beitrag brachte mich wie so oft in die Klemme. Man ist geschmeichelt, man freut sich richtig, daß es Leute gibt, die Texte von einem haben wollen, aber man muß auch romaneschreibenderweise Geld verdienen – was heißt »man«, ich bin in der total-privilegierten und hoffentlich bis zu meinem Lebensende anhaltenden Gutwetterlage, mit der Romanschreiberei ganz passabel zu verdienen. Nachteil: Solche Kurzbeiträge bringen einen aus dem Erzählrhythmus und halten auf. Der Abgabetermin wird durch den literarischen Seitensprung noch schwerer zu halten. Vorteil: Wie jeder Seitensprung kann auch dieser dem manchmal zur Behäbigkeit neigenden Erzählton guttun und fördert obendrein die lebenswichtige Verbreitung des Autorennamens. Mit etwas Geschick lassen sich obendrein Thema oder Passagen des literarischen Seitensprungs später im Roman einfügen, das heißt, die auf Abwegen verlorene Zeit war dann eben doch nicht verloren. So sind nicht nur ›Charlottes neue Kleider‹ (weiter vorn in diesem Buch) einige Monate später in den Roman ›Das schöne Leben‹ eingeflossen (in das 2. Kapitel), sondern auch dieses ›27 Meter lange Fühstücksbüffet‹ (in das 3. Kapitel). Sollte sich jemand darüber ärgern, gebe ich zu bedenken, daß in der Musik Selbstzitate gang und gäbe sind. Eine 1987 für den oben erwähnten kulinarischen ›Raben‹ geschriebene antikulinarische Geschichte hat 1991 Einzug in das 6. Kapitel des Romans ›Im diplomatischen Dienst‹ gehalten. Langsam sollte ich das Futterthema sein lassen.

Nicht die Bohne

Iris Radisch vom Feuilleton der ›Zeit‹ war auf die Idee gekommen, für die Buchmessen-Literaturbeilage der Wochenzeitung im Oktober 1993 von allerlei Schriftstellern Kinder- oder Schulbuchgedichte auf die deutsche Nation schreiben zu lassen. Sie schickte als Anregung ein deutschtümelndes Gedicht aus frohgemuten Zeiten des 19. Jahrhunderts mit und bat um zeitgenössische Paraphrasen. Am 7. Oktober erschien mein gedichtähnliches Gebilde neben Gedichten anderer Kollegen in der ›Zeit‹, dort mit einem Untertitel, der die Holprigkeit von Stil und Inhalt entschuldigen sollte: ›Indoktrination für die allererste Altersstufe‹.

Kurz zuvor, Ende September 94, waren der Ex-DDR-Dichter Uwe Kolbe als ost- und ich als westdeutscher Autor von der Universität Durham/ Nordengland zu einer Germanistentagung mit dem Thema ›Literature and Society in Post-Unification Germany‹ eingeladen, wo wir zu den angenehm gelehrten Vorträgen britischer Germanisten unsere östlichen und westlichen literarischen O-Töne beisteuerten. Dort trug ich unter anderem meine erst drei Tage alten Hoppelverse vor. Und – o aufmerksame Wissenschaft! – ein Professor aus Cardiff sagte mir, die Zeile mit der Tüte aus Plastik oder Jüte fände er besonders durchtrieben, da sei mir eine gute Anspielung auf meinen Ärger mit der ›Zeit‹ gelungen, der sich 1987 an einer Plastiktüte entzündet hatte bzw. an meinem Satz in einem Brief an die damalige DDR-Autorin Monika Maron: »Lieber eine Plastiktüte mit Abfällen am Waldrand als ein Soldat.« Dieser Satz war damals als pure Menschenverachtung verdammt worden und hatte mich zum unerwünschten ›Zeit‹-Autor gemacht. Über diesen spannenden Vorgang hatte ich 1988 im ›Raben‹ Nr. 22 35 Seiten lang berichtet: ›Das Militär und die Mülltüte oder die Folgen einer abfälligen Bemerkung‹. Wunderbarerweise wird dieser Intimbericht (der fast in das vorliegende Buch gekommen wäre) an englischen Universitäten sorgfältig gelesen. Nur mußte ich leider den Professor enttäuschen: Ich hatte beim Erfinden der 1994er Mülltüte aus Plastik kein bißchen an die menschenverachtende Tüte von 1987 gedacht.

Ein Sir Parker aus England reagierte auf die Veröffentlichung meines nationalen Schmähgedichts mit einem sympathisierenden Limerick, ein Berliner Leser mit einem Gegengedicht, das mich als »eiskalten Yuppie« beschrieb. Interessant: Der häufig propagierte »gesunde Patriotismus« wird offenbar als heimelige nationale Nestwärme empfunden – und wem die nicht geheuer ist, der ist eiskalt und Yuppie dazu. In Gottes Namen. Ich bin kein Yuppie, kann Yuppies nicht ausstehen, und es ärgert mich, als einer zu gelten, obwohl mich der Yuppie-Verdacht in meinem Alter (ungefähr 49 Komma 3 zum Zeitpunkt des Gedichtschreibens) nicht mehr treffen sollte. Aber lieber noch kalter Yuppie als warmer Nationalpatriot.

Hier gebietet es die politische Moral, auf meinen im Herbst 1994 erschienenen ›Western zur Lage der Nation‹ mit dem anrührenden Titel ›High Noon‹ hinzuweisen, wo ich ohne die Zwänge des Reimens und der kindgerechten Sprache dem Bundespräsidenten (Herzog) über den Mund fahre, der kurz nach seiner Wahl zu einem Reporter auf die Frage, ob er Patriot sei, stolz und bedächtig geantwortet hatte: »Ich liebe das deutsche Volk.« Diese Äußerung erweckte den Abscheu von meinem Ich-Erzähler und mir. Der Präsident wurde daher mit folgender Beschreibung bestraft:

»Der gute Mann erinnerte mich zunehmend an eine dieser wattierten Hauben, die man früher den Kaffeekannen zum Warmhalten überstülpte... Wenn man schon so pervers ist, das eigene Volk zu lieben, dann zeigt man das gefälligst nicht. Es gibt ungeschriebene Anstandsregeln. Für mich ist Vaterlandsliebe ungefähr so abartig wie Sodomie. Sie ist vermutlich etwas ganz Archaisches. Brünstige Liebe zum Tier oder brünstige Liebe zum Volk. Kann sein, daß einige Menschen das brauchen, und es soll ihnen nicht weggenommen werden. Keine Verbote, wir sind tolerant. Strafbar, weil eklig, ist allerdings nach den Vorstellungen meiner Moral das offene Bekenntnis.«

»Ich liebe das *deutsche* Volk«, hatte der Präsident in Wirklichkeit gesagt. Das Wort »deutsch« habe ich in meinem ›High-Noon‹-Halbroman weggelassen, weil ich ein Buch schreiben wollte, in dem kein einziges Mal die Silbe »deutsch« vorkommt.

Der Westen ist müde

In der DDR gab eine Frauenzeitschrift namens ›Sibylle‹, die die Wiedervereinigung nicht nur überlebte, sondern die sich in den Jahren danach zu einem ungewöhnlich gut gemachten Kulturmagazin mit absolut unostdeutschem Bild und Ton entwickelte. Keine der selbstzufrieden in ihren Anzeigen erstickenden Zeitschriften des Westens hat eine annähernd edle Gestalt. Nachdem ich einmal von diesem angenehmen Blatt interviewt worden war und zweimal darin über die Reize der Toskana geschrieben hatte, plante die Redaktion eine monatliche Glosse, in der ich mich so heftig und elegant wie möglich über die Häßlichkeiten der Gegenwart aufregen sollte. Die vorliegende ›Studie über den Energieverbrauch‹ sollte den Auftakt bilden. Sie erschien im 2. Heft 1994 unter dem Titel ›Zur Klage der Nation‹.

Von 1982–1986 hatte ich in den (1987 eingestellten) ›Westermanns Monatsheften‹ regelmäßig sogenannte »Entrüstungen« geschrieben, die dann in zwei munteren Büchern gesammelt wurden (›Warum ich Monarchist geworden bin‹ und ›Warum ich trotzdem Seitensprünge mache‹). Nach rund zehn Jahren wieder damit anzufangen war ein ebenso verlockender wie erschreckender Gedanke. Ein bißchen wie plötzlich wieder bergsteigen oder skifahren zu müssen. Ich sagte der Redaktion, die Energie und die Vorschläge müßten von ihr kommen, ich selbst könne mich leider nicht mehr wie früher über die Schandtaten der Politiker erregen, könne nur versuchen, und das gern, mich zum ausführenden Organ ihrer Wut auf den Westen zu machen.

Dieser Gedanke wurde auch Thema meines ›Energiesparprogramms‹. Aus der Reihe wurde nichts, und ich war nicht unglücklich darüber. Die Leute aus Ostdeutschland bringen alle Entwicklungen, für die der Westen Jahre und Jahrzehnte brauchte, im Handumdrehen hinter sich. Kann sein, daß sie schon von der Einsicht befallen waren, daß man, auch was Empörung betrifft, Energien sparen muß, und folglich keine Lust hatten, von diesem kostbaren Gut abzugeben.

Für den Helden und Ich-Erzähler meines 94er Halbromans ›High Noon‹ ist eben das das große Thema: Wieviel politische Empörung ist nötig?

Die Maggiflasche

Geschrieben 1989 für die Rubrik ›Das Kalenderblatt‹ des Bayerischen Rundfunks, wo sich jährende Ereignisse in fünf kurzen Minuten zu glossieren waren. Damals schrieb ich ab und zu einen Beitrag für die ›Kalenderblatt‹-Redaktion. Anlaß war diesmal der 77. Todestag von Julius Maggi. In der Schlußpassage der kleinen Hymne waren hörspielartig einige echte Maggispritzer zu vernehmen, dann das Aufbrechen eines Brötchens und genüßliches Zubeißen. Den letzten Satz las der Sprecher mit vollem Mund. Nachdem diese Töne am 18. Oktober 1989 um 10 Uhr 35 im Sendebereich des Bayerischen Rundfunks verklungen waren, erschien die Maggischleichwerbung später im Magazin für kulinarische Literatur des Haffmans Verlags ›Die Rübe‹ Nr. 3, 1991 (siehe auch Kommentar zum ›Frühstücksbüffet‹).

Bitte um Ruhestörung

Wolfgang Bachmann, der mich als Redakteur der ›Bauwelt‹ zum Aufschreiben der wahren Geschichte vom Abriß eines alten Hauses und vom vergeblichen und konfusen Widerstand einiger Bürger dagegen bewegt hatte (vorn ›Im Namen der Rose‹), wechselte zum Architekturblatt ›Baumeister‹ und wollte wieder Texte von mir haben. Diesen schrieb ich im Sommer des ›documenta‹-Jahres 1992, in dem nicht nur die moderne Kunst die Gemüter erregte, sondern auch die fürchterliche Hatz der Rechten auf Asylanten und die falsche Hilflosigkeit von Regierung und Opposition. Erschienen 1992 im Septemberheft des ›Baumeister‹.

Um Ruhestörung werden auch 1995 noch die Künstler, händeringend gebeten, wie ich den Vortrags- und Podiumsdiskussionsrundenprogrammen der Klein- und Großstädte entnehme.

Versuch über das Tretboot

Stephan Opitz hatte mich zu einer Tagung »Literatur und Seefahrt« in den hohen Norden nach Rendsburg eingeladen, was ich erst ausschlug, weil ich mit dem Meer nichts zu tun habe (ha! siehe vorn die Meeresschmähungen im Beitrag über die Liebeslockrufe der Berge – so konsequent bin ich selten!). Ich dachte an die Liebe zu Wasser, die Liebe im Kahn – und daß ich da mal mit 70, 75 ein Gedicht drauf schreiben, aber jetzt keinen Vortrag halten wollte. Zur Abwehr sagte ich, das einzige, wozu ich ein Verhältnis hätte, seien Tretboote. »Dann sprich doch über Tretboote«, sagte Opitz – und da ich ja auch Lust hatte, an der Tagung teilzunehmen und mit ein paar Kollegen zu plaudern, sagte ich zu.

Anfang September 1993 fand die Tagung statt. In Hamburg wurde tags zuvor im Literaturhaus das im Renner Verlag erschienene lyrische Werk von H. C. Artmann vorgestellt, das zu diesem Zeitpunkt nicht wie vorgesehen fertig, sondern nur bis zur Korrekturfahne einiger Bände gediehen war und erst Monate später fertig sein sollte. Da ich die heikle Aufgabe hatte, die nicht vorhandene Artmannausgabe im Beisein des Autors der Öffentlichkeit vorzustellen, mußte ich mich etwas vorbereiten und konnte meine Gedanken über Tretboote nicht genug sammeln.

Anderntags hörte ich, daß im Verlag Hoffmann und Campe soeben die ersten Exemplare meines vor drei Wochen beendeten Romans ›Das schöne Leben‹ eingetroffen waren. Ich raste zum Verlag und holte mir ein Exemplar, weil es bekanntlich kaum Schöneres gibt, als in eigenen frischen Büchern zu blättern. Der Zug von Hamburg nach Rendsburg fährt anderthalb Stunden. Ich gönnte mit eine dreiviertel Stunde Lektüre des eigenen Romans. Die verbleibende dreiviertel Stunde sinnierte ich darüber nach, was ich über das Tretboot sagen sollte. Der Vortrag lief gut, wobei ich nie verstehen werde, wie unfertige Sätze und wackelige Gedanken trotzdem bei den Zuhörern Zustimmung erfahren.

Es ist etwas quälend, das, was man schon einmal erfolgreich gesagt hat, später noch einmal aufzuschreiben. Dies geschah im Januar 1994. Die hier vorliegende Druckfassung erschien dann im Sommer 1994 im maritimen ›Raben‹ Nr. 39 des Haffmans Verlags.

Die Rechnung des Milchmanns

Erschienen 1993 im Maiheft der Zeitschrift ›natur‹ unter dem etwas reißerischen Titel »Jagdszenen aus Amigo-Land«. Den von mir vorgeschlagenen, noch reißerischeren Titel »Allein gegen Müllers Milch Mafia« hatte die Redaktion nicht genommen.

Es war nicht im Ernst damit zu rechnen, daß es mit dieser Geschichte Ärger geben würde. Ein Mann, der als prozeßwütig verspottet wird, kann sich nicht so lächerlich machen, gegen diese Darstellung einen Prozeß anzustreben. Dachte ich. Im übrigen dürften die Anwälte der Zeitschrift meinen Artikel auf seine juristische Unanfechtbarkeit überprüft haben.

Überraschenderweise gab es dann doch ein nicht unamüsantes Nachspiel, das dem Fernsehjournalisten Georg M. Hafner zu Ohren kam. Der war gerade damit befaßt, sein rororo-Sachbuch ›Die Skandale der Republik‹ mit dem Folgeband ›Neue Skandale der Republik‹ zu ergänzen und bat mich um einen Beitrag zum Fall Müllermilch, den ich im Frühjahr 1994 schrieb und der im September in dem rororo-Sachbuch erschien. Zwischen all den wilden Skandalgeschichten über die Stasi, über die Treuhand, über den Verkauf von Berlin, über die Tricks der Rüstungslobby, die Lauschangriffe und die Aids-verseuchten Blutkonserven nimmt sich mein ganz privatpersönlicher Müllermilch-Skandal ziemlich harmlos aus. Dem Bericht über die Folgen meiner müllerfeindlichen Geschichte hatte ich einen märchenhaften Titel gegeben, und da diesmal nach der Buchveröffentlichung kein Wunsch nach einer Gegendarstellung laut wurde, kann man davon ausgehen, daß es sich um ein absolut wahres Märchen handelt (die Passagen, die sich in der Skandalbuch-Geschichte mit der ›natur‹-Geschichte überschneiden, sind im Folgenden weggelassen oder gekürzt):

Der arme Herr Müller
Eine unverhoffte Begegnung

Es war ein häßlicher Februartag 1993, und ich hatte gerade vom Umweltschutz-Magazin ›natur‹ einen Anruf bekommen, ob ich Lust und Laune hätte, über Müller eine Geschichte zu schreiben. Müller... Müller, welcher Müller? Jetzt rächte sich meine Werbefernseh-Unbildung. Ich hatte noch nie etwas von dem Molkereiproduktriesen Müller aus Aretsried bei Augsburg und dem heroischen Kampf des Grünen-Abgeordneten Raimund Kamm gegen den monströsen Unternehmer gehört.

Der klassische Leckerbissen für einen Autor ist es, fragwürdigen Machenschaften selbst auf die Spur zu kommen, bei den Recherchen auf die schönsten faulen Stellen zu stoßen, um dann im richtigen Augenblick die unverschämte Wahrheit mit einem triumphalen Paukenschlag publikumswirksam hervorzuzaubern. Die Enthüllung! Nicht nur Denkmäler werden so der Öffentlichkeit übergeben, sondern auch denkwürdige Schweinereien. Von solchen Coups träumen Journalisten und Oppositionspolitiker. Wurde schon einmal Anstoß an einer Sache genommen, muß man sich ihr als Autor anders nähern. Wenn die journalistischen Mittel erschöpft sind, die Arbeit des Aufdekkens getan ist, die Fakten offen auf dem Tisch liegen und die dubiosen Machenschaften ihren Fortgang nehmen, bleiben nur noch literarische Methoden übrig. Eine eigenwillige Beleuchtung und frische Worte müssen her, um an die bekannten skandalösen Inhalte zu erinnern und erneut auf sie hinzuweisen.

Hier bietet sich der Kommentar an, der meist in heller Empörung auf den Schmutz deutet – ein Stilmittel linksliberaler Chefredakteure, das nicht jedem liegt. Unterhaltsamer für Autor und Leser ist die mehr oder weniger flammende Polemik mit satirischen Elementen. Skandale haben ohnehin einen erheblichen Unterhaltungswert, sie sind ein ideales poetisches Sujet, denn bei der Darstellung skandalöser Vorfälle lassen sich Spaß und Information wunderbar verbinden. Horaz' Vorstellung von der Dichtkunst.

Das Pressematerial war zwei Finger dick. Der Journalist, der sich dem Fall Müller mit Inbrunst angenommen hatte, hatte sogar ein ganzes Buch über die Müllermilchmachenschaften veröffentlicht. (Klaus Wittmann: ›Alles in Butter – oder was? Eine Geschichte um Milch und Macht.‹, Ledermann Verlag) Müllers Umweltsünden waren zu meinem Schrecken derart durchgekaut, daß sie auch polemisch nicht mehr darstellbar sein würden.

In solchen Fällen hilft nur noch die Kunst des infamen Seitenhiebs. Indem ich über den Kampf des Müllermilchgegners Raimund Kamm schrieb, konnte ich über Müller selbst distanziert und mit ausgesuchter Überheblichkeit berichten und zur Erheiterung und Belehrung der Leser beiläufig boshafte Urteile fallen lassen.

Diese Aufklärungsstrategie verlangt, daß ich Müller nicht wutschnaubend als kriminellen Umweltsünder darstellte, sondern als Prozeßfetischisten lächerlich zu machen versuchte, der alle Menschen, die ihm mangelndes Umweltbewußtsein oder gar Umweltuntaten vorwerfen, sofort mit Klagen überhäuft und mit gigantischen Streitwerten in die Knie zwingen will – eine leider legitime juristische Methode, die ich mindestens ebenso skandalös finde wie das Einleiten von Sahne in das nette Flüßchen zu Füßen der Fabrik, was den Fischen nicht gut bekommt.

Zur Kunst des infamen Seitenhiebs gehört das heimtückische Bemitleiden und Inschutznehmen, das doppelzüngige Loben, das Anbringen von Argumenten, die ein Unternehmer kaum begreifen kann, etwa die kühne Behauptung, eine derartige Expansion, wie sie der bedauernswerten, im beinharten Konkurrenzstreß sich plagenden Müllermilchfirma widerfuhr, ein so wucherndes Wachstum sei vielleicht ein unternehmerisches

Glanzstück, schon gut, aber ästhetisch gesehen eine Obszönität. Da könne der arme Herr Müller gar nichts dafür, bei einer solchen marktwirtschaftlich durchaus vernünftigen Blähung könne der Durchfall sprich Umweltdreck nicht ausbleiben.

Der arme Herr Müller, von den Zwängen der brutalen Marktwirtschaft zum Tyrannen gemacht. Es war ein bißchen gemein, daß ich ihm vorwarf, nicht so gewalttätig auszusehen wie Heinrich George in den 20er Jahren, wenn er schon sein Unternehmen nach Art archaischer Konzernherren führe. Gemein auch die Aberkennung des Titels »Milchbaron« und die Verleihung des Titels »Müllermilchmafioso«, die ich kraft meines gräflichen Adelsnamens vornahm. Und natürlich hatte es mir Spaß gemacht, über Raimund Kamms »Ökosau«-Titulierung und ihre Folgen zu berichten – schadenfroh und im Dienst der Umweltmoral zugleich – wann hat man dazu schon Gelegenheit ...

Im Mai 93 erschien das ›natur‹-Heft. Der Text war behutsam redigiert, manche forschen Urteile waren mit einem »scheint mir« oder ähnlichem Zierat als persönliche Meinungsäußerung sichergestellt. Was die Tatsachen betrifft, hatte ich nur Dinge über Müller berichtet, die bereits in publizierter Form vorlagen und denen offenbar nicht widersprochen worden war. Aber, o unerfindlicher Ratschluß des Müllerschen Anwaltstabs, der Milchmann erreichte mühelos eine ganze Latte von Richtigstellungen, die von der Zeitschrift auch ohne Gegenwehr schon in der nächsten Nummer abgedruckt wurden – à la: Falsch ist, daß ich je Angestellte auf meinem Firmengelände nach Feierabend einschloß, weil sie mit ihrer Arbeit noch nicht fertig waren; falsch ferner, daß ich einen Angestellten ergriff, hob und heftig bewegte, um, wie der Autor behauptet, alles Gewerkschaftliche aus ihm herauszuschütteln usw. (Dabei hatte ich solche Possen mehr als passende Metaphern kolportiert und nicht mit Wahrheitsanspruch.) Falsch war angeblich auch die von mir angegebene Menge von in den Fluß gelangter Sahne sowie die Anzahl der toten Fische, deren Ableben auch nicht zwingend mit dem versehentlichen Ausströmen des kostbaren Milchprodukts in Zusammenhang gebracht werden könne usw. Alles nachzulesen im Juni-Heft von ›natur‹, wo es vielleicht deswegen so ausführlich und widerspruchslos abgedruckt wurde, weil die Redaktion in diesen Tagen gerade einen neuen Chefredakteur bekam und andere Probleme hatte.

Ziemlich zeitgleich mit der Richtigstellung ließ Müller Strafanzeige bei der Staatsanwaltschaft gegen die Redakteure und gegen mich als den Autor erstatten, wegen Beleidigung, übler Nachrede und Verleumdung. Ich mußte mich zur Vernehmung ins Münchner Polizeipräsidium in die Ettstraße begeben, wo immer diese traurigen Gestalten mit den Handschellen in den Gängen herumlaufen. Um der Kriminalbeamtin (dieselbe, die mich wenige Wochen zuvor wegen Verunglimpfung der deutschen Flagge vernommen und mit der ich mich gut verstanden hatte) die Mühe einer Protokollanfertigung zu ersparen, hatte ich meine Einlassung gleich fix und fertig mitgebracht. Als Autor kann man solche Texte immer gut gebrauchen.

Die Staatsanwaltschaft hatte ein Einsehen oder war überarbeitet, jedenfalls sah sie kein öffentliches Interesse und verwies den Kläger in den schnuckeligen Bereich des Privaten.

Die Privatklage wenig später war etwas moderater formuliert, man erlaubte sich jetzt nicht mehr, mir das Wort »Finsterling« und »Emporkömmling« als ehrabschneidend anzukreiden. Den »Milchmafioso« und die »Ökosau« allerdings, wollte Müller nicht auf sich sitzen lassen.

Im November endlich war ein Gerichtstermin angesetzt, und Müllers Anwälte taten einiges für ihr Honorar, indem sie das Gericht mit Eingaben bombardierten: Erstens wollten sie keinen Sühnetermin, den der Richter angeordnet hatte, sondern gleich eine Gerichtsverhandlung, die doch der Richter sich und dem überlasteten Gericht ersparen wollte. Zweitens hatte der Richter dummerweise das persönliche Erscheinen des Klägers angeordnet – und das wollte dieser auf keinen Fall. Müller erscheint nämlich nie vor Gericht. Selbst sein Erzgegner Raimund Kamm hat ihn noch nie vor Gericht zu Gesicht bekommen. Der Kläger sei zu dem Zeitpunkt wegen wichtiger Geschäftsabschlüsse in England und den neuen Bundesländern unterwegs, jammerten die Anwälte. (Wunderbar, wie ungerührt die Gerichte solche honigsüßen Bittbriefe an die Gegenseite zu deren Kenntnisnahme und Ergötzen gratis weiterleiten.) Zudem, schrieben Müllers Anwälte, sei ihrem Mandanten eine Begegnung mit dem Beklagten nicht zuzumuten, denn erneute

Beleidigungen seien zu erwarten. Sie, die Anwälte, könnten die seelischen Verletzungen ihres Mandanten vor Gericht ebenso gut vortragen. Der unerbittliche Richter aber bestand auf Müllers persönlichem Erscheinen, und ich brachte in Erfahrung, daß er die ganze Angelegenheit sofort wegen mangelnden Interesses des Klägers fallenlassen würde, wenn sich dieser nicht blicken lasse.

Die ganze Vorgeschichte gab ich an die Presse, die am Tag des Gerichtstermins genüßlich spekulierte, ob der Milch-Millionär Müller am 26. 11. 93 um 13 Uhr im windigen Sitzungssaal Nr.A 212/II des Amtsgerichts erscheinen würde. Vielleicht war dieser amüsierte Artikel (›Alles Öko-Sau, oder was?‹) in der Münchner Abendzeitung der Anlaß, daß Herr Müller wider Erwarten tatsächlich auf den Plan trat.

Wir waren beide etwas zu früh dran, Herr Müller und ich. Ich legte Wert auf einen gepflegten Smalltalk mit meinem Kläger und genoß, wie sich der meiner Höflichkeit nicht entziehen konnte. Erst als seine beiden Anwälte auftauchten und ihren Mandanten vor mir in Schutz nahmen, veränderte sich sein Verhalten, und er wurde wieder zum beleidigten Gegner.

Der Richter bat uns, zwanglos im Sitzungssaal Platz zu nehmen. Dies sei keine Verhandlung, sondern ein nichtöffentlicher Sühnetermin. Wir konnten aber nicht anders, als gegenüber Platz zu nehmen, wie es sich für feindliche Parteien gehört. Dann mußte Müller seinem zweiten Begleitjuristen erst einmal eine Vollmacht erteilen, sonst hätte dieser den Raum verlassen müssen. Die zu dritt, ich allein, das gefiel mir, das fing gut an. Einsam wie ich war und bisher ungehört in dieser Privatklage, wurde mir das Wort erteilt.

Ich brachte vor, daß ich mich weniger auf den Kunst- noch auf den Satirevorbehalt berufen, mich auch nicht auf die ewige Meinungsäußerungsfreiheit versteifen wolle, obwohl ich mich von diesen drei Pfeilern des bürgerlichen Rechts hinreichend geschützt fühle. Als Autor sei mir die Frage des Kontexts wichtig. Wenn ich zu Herrn Müller öffentlich sagen würde: »Sie sind ein Milchmafioso, Herr Müller!« könnte ich verstehen, wenn er sich beleidigt fühlte. Der ironische Kontext allerdings nehme in meinen Augen dem Text alles Beleidigende. Die »Ökosau« sei sowieso nur erstens ein Zitat, und zweitens nähme ich ja Herrn Müller gewissermaßen vor diesem Wort in

Schutz. Meine kümmerliche Waffe als Autor sei die Ironie, die sei offenbar nicht begriffen worden, das ganze sei ein Mißverständnis. Daß ich eigentlich froh sein müßte, weil die Ironie endlich einmal eine verletzende Wirkung gehabt hatte, sagte ich lieber nicht.

Dann sprach der Richter, der komischerweise auf meine plausiblen Spitzfindigkeiten nicht einging und mir schon einen Schrecken einjagte, als er sagte, er fände meinen Artikel über Herrn Müller auch nicht in Ordnung, der Ökosache hätte ich damit keinen Dienst erwiesen, er könne meine Beschimpfungen nicht verstehen, er würde sich auch beleidigt fühlen, wenn er mit solchen Worten tituliert werden würde, das mit dem Kontext leuchte ihm überhaupt nicht ein, allenfalls sei hier Meinungsäußerungsfreiheit geltend zu machen, daß ich diese allerdings bis zur Neige ausschöpfen müsse, fände er überflüssig.

Wo war ich? Unverstanden und ohne hilfreichen Anwalt konnte ich nur noch vor mich hin murmeln, daß es bei mir anders aussähe, wenn ich die Meinungsäußerungsfreiheit bis zur Neige auskostete, schließlich hätte schon so mancher Minister oder Ministerpräsident es hingenommen, von mir mit einem wahrhaft groben Wort wie etwa »Scheißefresser« für seine Untaten bestraft zu werden. Als aggressiver Unternehmer müsse Herr Mülller auch aggressive Töne hinnehmen. »Milchmafioso« sei für meinen Geschmack eine völlig harmlose Bezeichnung. Jeder Romanautor werde von seinen Kritikern infamer beleidigt. Herrn Müllers Empfindlichkeit könne ich nicht verstehen.

Müllers Anwälte hatten aber durch die Mahnworte des Richters Oberwasser, wedelten malerisch mit ihren Kutten, zeigten sich über meine Uneinsichtigkeit hell empört. Der Wortführer sah gar Zeichen für den Kulturverfall des Abendlands. Es gehe nicht nur um die Beleidigung von Herrn Müller, vielmehr müsse solchen Tönen ein für allemal Einhalt geboten werden. Ich müsse vor Gericht gebracht und bestraft werden, exemplarisch. So eindrucksvoll hatte der Anwalt deklamiert, so scheinbar aufrichtig empört über meine Unverschämtheit, daß ich mich schon fast im Gefängnis sah.

Der undurchschaubare Richter sagte, er könne die Erregung zwar gut verstehen, er rate aber von einem Prozeß dringend ab, den nämlich würde der Kläger niemals gewinnen. Nun beschimpfte der wortführende Mülleranwalt den Richter und hielt ihm Doppelzüngigkeit vor: Wo denn da das Recht bleibe? Einerseits seien meine Beleidigungen für einen anständigen Demokraten nicht hinnehmbar, andererseits werde hier richterlich von dem Führen eines Prozesses abgeraten – was bitte solle dieser Widerspruch!? Bis zu den höchsten Instanzen werde man gehen!

Der Richter lächelte jetzt sanft und sicher und kam mir ganz weise vor, als er sagte, er habe sich schlau gemacht und alle vergleichbaren Urteile gelesen. Es sei wirklich aussichtslos, sagte er, ob man das nun gut finde oder nicht. Er sagte es ein bißchen so, als sei ich ein resistentes Ungeziefer, dessen Stiche man verärgert ertragen muß. Die Meinungsäußerungsfreiheit mache mich unangreifbar. Er schlage gütliche Einigung vor. Dann bat er Herrn Müller, seine inneren Verletzungen zu beschreiben, was diesem nicht überzeugend gelang. Neulich habe eine Übernahmeverhandlung stattgefunden, sagte Herr Müller, die Verkäufer hätten alle das ›natur‹-Heft vor sich liegen gehabt und ihn ganz komisch angeschaut. Die Anwälte übergingen schleunigst die hölzernen Ausführungen des beleidigten Mandanten. Jetzt roch es nach Geschäftsschädigung (das kann teuer werden) – aber die wurde nicht geltend gemacht, weiß Gott warum, das mußte gute Gründe haben.

Der Richter riet erneut zur Einigung, obwohl es ihm egal sein könne, wie er sagte, das hier sei nämlich sein letzter Fall und sein letzter Tag im Münchner Amtsgericht, morgen gehe es ab in den Osten, nach Chemnitz, mit dem Fall Müller gegen Westphalen sei er so oder so nicht mehr befaßt. Vielleicht treffen wir uns dort in anderer Sache wieder, sagte Herr Müller plötzlich ganz keck. Er hat nämlich in den neuen Bundesländern einiges vor, und auch dort hat er Ärger mit den Schmierfinken von der Presse, die unbegreiflicherweise etwas gegen seine heilsbringenden und arbeitsplatzschaffenden Aktivitäten haben. Da ist prozeßmäßig schon einiges angelaufen, sagte Herr Müller nicht ohne Stolz. Ich hoffe nicht, daß wir uns dort sehen, sagte der Richter.

Die Müllerseite beharrte noch eine Weile darauf, daß ich bestraft werden müsse. Auch weil ich Arbeitsplatzvernichtung betrieben hatte. Und das in Zeiten wirtschaftlicher Rezession! Müllers Anwalt las mir positive Leserbriefe zu meinem Artikel vor, in denen es hieß, Müllermilchprodukte würde man künftig im Supermarktregal stehenlassen. Es fiel mir sehr schwer, bei dieser Botschaft nicht in Freudengeheul auszubrechen. »Ist Ihnen eigentlich klar, was Sie mit Ihrer Schmähkritik angerichtet haben, Herr Dr. Graf von Westphalen?« Ich kann meine albernen Titel nicht leiden, jetzt aber fand ich es köstlich, wie Müllers Staranwalt meinen Namen jedes Mal mit vollem Titelballast erwähnte, juristisch völlig korrekt, denn wenn er irgendeinen Partikel wegläßt, könnte ich sofort einwenden: Wie? Von wem sprechen Sie? Das bin ich nicht! Deswegen war der Untäter ständig dieser Herr Dr. Graf von Westphalen. Und dessen Uneinsichtigkeit machte den Anwalt so fassungslos. Er griff sich an die Kutte, dort wo das Herz ist. Er hätte ja verstehen können, wenn der Herr Dr. Graf von Westphalen gesagt hätte, beim Schreiben seien die Pferde mit ihm durchgegangen, da seien ihm eben leider ein paar Schimpfworte im Affekt unterlaufen, aber da dieser Mensch nach wie vor dazu stehe, könne es keine gütliche Einigung geben.

»Allerdings!« sagte ich, solche Worte seien mein Betriebskapital, wenn man sie mir entziehen wolle, könne ich meinen Beruf nicht mehr ausüben. Der Anwalt schnappte, der Richter rollte mit den Augen, Herr Müller sah auf die Uhr. Ich fühlte mich jetzt sicher und verkündete: Um so besser, ich würde nämlich immer der Sieger sein, selbst im völlig unwahrscheinlichen Fall einer Verurteilung wäre die Strafe erstens minimal, zweitens aber der Märtyrerruhm unbezahlbar. Im Fall des wahrscheinlichen Prozeßsiegs wäre der Triumph der schönen Literatur über das häßliche Unternehmertum eine reine Wonne. Wenn man mir dazu verhelfen wolle, dann bitte nur zu. Die Presse würde immer auf meiner Seite sein, egal wie die Gerichte entschieden.

Der Richter verordnete uns ein Päuschen und schlug vor, ich solle mich entschuldigen. Dann solle Herr Müller seine Klage zurückziehen, und damit keine Partei das Gesicht verlieren, sollten wir Stillschweigen vereinbaren.

Die Mülleranwälte nahmen ihren Mandanten unter die schwarzen Kunstseidenfittiche (oder Baumwolle?), tuschelten zehn Minuten auf dem gedämpften Amtsgerichtsflur herum (Neubau, antiautoritärer Teppichboden!) und sahen mich böse an, als ich mich näherte. Schließlich mußte der Vorschlag des Richters besprochen werden.

Dann wurden sie plötzlich alle freundlich und kamen auf mich zu, und ich war kein Untäter mehr und vergaß ganz, daß eigentlich der Herr Müller der Untäter respektive ein Milchmafioso war. Plötzlich hatte es gar keinen Sinn, wegen so einem Blödsinn endlose Prozesse zu führen, nicht wahr, wir sind doch erwachsene Menschen, wir haben doch Besseres zu tun. Ich habe mich natürlich noch ein bißchen geziert und denen gesagt, welche Publicity mir ein Prozeß einbrächte, welchen literarischen Ruhm. Da sprach der Mülleranwalt allerdings sehr richtige Worte: Ich bitte Sie, sagte er, was wäre das für ein Ruhm! Tatsächlich, es wäre etwas lächerlich, wenn nach acht Jahren in der letzten Instanz das Urteil gesprochen würde, daß die Verwendung des Wortes »Milchmafioso« in diesem Zusammenhang nicht strafbar sei. Bis dahin hat Müller hundert weitere Journalisten mundtot geklagt, hat durch das Ausweiten seines Milchimperiums auf die Britischen Inseln tausend schottische Bauern brotlos gemacht, hat nach Boris Becker den Exkanzler Kohl und vielleicht sogar den Expräsidenten Weizsäcker mit Zehnmillionenmarksverträgen für die Müllermilchwerbung verpflichtet.

Na schön. Irgendwie mußte ich ihm entgegenkommen, ohne einen Rückzieher zu machen. Wieder im Sitzungssaal, gab ich in etwa folgendes zu Protokoll: Es ist mir unbegreiflich, wie sich Herr Müller durch meine Worte verletzt fühlen kann, sollte er sich aber tatsächlich verletzt fühlen, dann täte es mir leid. Genügt Ihnen das? fragte der Richter den Herrn Müller. Ich ziehe meine Klage zurück, sagte der feierlich mit seinem wirklich freundlichen Augsburger Akzent. Obwohl ich das peinliche Wort »Entschuldigung« sorgfältig vermieden hatte, war am nächsten Tag in der Zeitung die kleine Meldung über die Gerichtsbegegnung leider nicht ganz unrichtig mit den Worten »Entschuldigung, Herr Müller« überschrieben.

Stillschweigen vereinbarten wir nicht. Das war auch besser so. Sonst wäre ich nämlich jetzt schon wieder dran, mit dieser erbaulichen und wahrhaftigen Erzählung hier.

Erkaufte Liebe

Der kleine ›Versuch über den Schmuck‹ erschien im Mai/Juni 1989 in der Nr. 20 des Hochglanzsuperreicheleutecoffeetablemagazins ›fmr‹, das sich der Mailänder Verleger Franco Maria Ricci mit Erfolg leistet und von dem es Ende der 80er Jahre auch eine deutsche Ausgabe gab, die es auf 21 Nummern brachte. Schon im Herbst schlug der deutschen Version des picobello fadengehefteten, kunstbuchschweren Blattes die letzte Stunde, dem seit einer Weile seine eigene Erlesenheit zu schaffen gemacht hatte. In seiner kunstsinnigeren italienischen Heimat gedeiht ›fmr‹ nach wie vor.

Paul Otto Schulz, der damals die deutsche Ausgabe betreute, bestellte sich bei mir den Text, der dem Abfeiern des Schmucks in diesem Heft etwas Spott und Skepsis entgegenstellen würde.

Die Kunst des Flirtens

Bestellt von Arno Widmann, als er ein Gastspiel als Textchef bei der ›Vogue‹ hatte, erschienen ebenda unter dem auch hier verwendeten Titel in der Juli-Nummer 1991. Mittlerweile ist Arno Widmann, der von der Berliner Tageszeitung ›taz‹ kam, nach seiner ›Vogue‹-Zeit über eine Schnupperschleife, die ihn an der linken ›Frankfurter Rundschau‹ und der rechten ›Frankfurter Allgemeinen Zeitung‹ vorbeiführte, wieder bei der ›taz‹ gelandet – um dann, wie ich heute, am 1. 2. 95 einer kleinen Meldung entnehme, direkt ins Feuilleton der ›Zeit‹ zu springen. Ich hingegen bin in diesen Jahren nur weitsichtig geworden und würde daher heute die Anleitung zum Flirten mit einem weiteren plumpen Trick anreichern, nämlich:

Man durchstreife Kaufhäuser auf der Suche nach lohnenden Flirts und lasse sich nicht von den Kaufhausdetektiven beunruhigen, die man hinter sich herzieht, wenn man verstohlen umherblickend in Trögen von Pullovern wühlt. Dann ist sie da. Endlich. Du gehst auf sie zu mit Fragegesicht, den Pullover in der Hand. Ich gehöre nicht zum Personal, sagt sie, fast bedauernd womöglich. Seien Sie froh, sagst du dann, und sie denkt sich: Richtig, ich sollte nicht unglücklich sein, zwar ist mein Mann ein Esel, aber wenigstens muß ich keine Pullover verkaufen. Milde sieht sie dir ins Gesicht. Ich kann nur den Preis nicht lesen, sagst du, der ist so winzig geschrieben. Zeigen Sie, sagt sie, zeigen Sie mal...

Falsche Gefühle

Geschrieben auf Anregung von Christian Rohr für dessen Anthologie ›Eifersucht‹, die 1993 im Schneekluth Verlag erschien, dort unter dem Titel ›Spätfolgen‹. Die beiden letzten Absätze sind hier neu dazugekommen. Damals fehlte mir die Zeit. Die Doktorarbeit, die in meiner kleinen Eifersuchtsskizze der Studentin aufgehalst wird, würde mich selbst interessieren. Ich reserviere mir an dieser Stelle das Thema für einen verstiegenen Essay. Schließlich ist die These von mir.

Jede Menge Meisterwerke

1990 hatte ich auf Wunsch der Firma Montblanc einen Literaturpreis konzipiert. In zwei Punkten wollte ich ihn von den vielen anderen Literaturpreisen absetzen. Erstens sollte sich jeder, also auch der unbekannte Literat, beteiligen können, zweitens wollte ich der unprätentiösen Literatur, deren Autoren den Mut haben, sich völlig verständlich auszudrücken, eine Chance geben – gerade weil diese Art Literatur gewöhnlich nicht mit Preisen honoriert wird.

Wie das vorliegende Buch zeigt, lasse ich mich selbst gerne von Aufträgen zu Geschichten anregen. Dafür habe ich von manchem Hochliteraten und manchem Hochliteraturexperten schiefe Blicke geerntet, weil doch der echte Dichter alle seine Themen aus dem eigenen Herzen oder dem hohlen Bauch schöpft. Die Themenvorgabe finde ich nach wie vor nicht anrüchig, sondern anregend. Sie war von Anfang an Bestandteil des Konzepts des ›Montblanc-Literaturpreises für kurze Geschichten‹, wie der komplette Name lautet. 1991 wurde der Preis zum ersten Mal ausgeschrieben. Thema war »Profit«. Keto von Waberer gewann. 2000 Einsendungen hatte es gegeben. 1992 sollten Geschichten zum Stichwort »Die Umarmung« geschrieben werden. Es gewann die völlig unbekannte Katrin Gloggengießer. 3000 Geschichten waren eingegangen, Etat von Montblanc und Kräfte der Jury erschöpft. Daher wurden ab 1993 gezielt Autoren zur Teilnahme eingeladen. 1993 gewann Ingomar von Kieseritzky mit einer Geschichte zum Thema »Der Gipfel«, 1994 Gabriele Wohmann. Thema war »Der Termin« gewesen.

Den Einladungen und Teilnahmebedingungen des Wettbewerbs lag ein längerer Aufsatz von mir bei, darüber, wie ich mir gute Literatur wünsche und vorstelle und wie die geschrieben werden könnte. Die in diesem Aufsatz vertretenen Auffassungen wurden von fast allen Autoren begrüßt. Die Geschichten, die dann eingesandt wurden, entsprachen nur selten dem literarischen Strategiepapier, das insofern etwas von einem Horoskop hat: Der Suchende erkennt sich in jedem Fall darin wieder.

Die Vorstellung von gelungener Literatur ist in dem Papier offenbar plausibel ausgebreitet, die wirklichen Geschichten aber können dieser Vorstellung dann nur in seltenen Glücksfällen standhalten. Es ist wie mit der Liebe und der Vorstellung von ihr. So weckte jeder Montblanc-Literaturpreiswettbewerb Erwartungen famoser Literatur, die dann scheinbar ausblieb. Die besten Geschichten des Wettbewerbs wurden jedes Jahr in Taschenbüchern gesammelt (›Der Gipfel‹ und ›Der Termin‹ bei dtv, ›Umarmungen‹ und ›Profit‹ in der Serie Piper), und meine Nachworte darin sind verborgene, sich windende Entschuldigungen dafür, daß keine der Geschichten die Welt aus den Angeln hebt. Obwohl mein unverdrossenes Strategiepapier eine solche Urkraft vorsichtshalber einer kurzen Geschichte gar nicht erst zutraut, wünscht man sich eben heimlich doch das Wunder und das Unmögliche.

Die Züricher ›Weltwoche‹ hatte für diese Auffassung von Literatur etwas übrig. Sie hatte meinen Diplomatischen-Dienst-Roman einmal mit den Worten gelobt, dies Buch komme »nicht in der üblichen Sonntagssprache« daher. Das hat mir gutgetan. Die Sonntagssprache ist es, die feierliche, die einen stöhnen läßt und die einem die Lust am Lesen verdirbt. Christian Seiler von der ›Weltwoche‹ kannte mein Montblanc-Preis-Papier und bat mich, den Text zu einem Essay für seine Zeitung umzuarbeiten, der dann am 6. Mai 1993 in der hier abgedruckten Form und mit dem auch hier verwendeten extremoptimistischen Titel erschien.

Das Fest der Liebe

Geschrieben im Herbst 1993 für die Dezembernummer der Zeitschrift ›Der Feinschmecker‹ und dortselbst mit niedlichen Illustrationen erschienen.

Ausziehen!

Geschrieben im September 1994 als Antwort auf eine Umfrage des ›FAZ-Magazins‹. Die Nummer erschien im am 14. Oktober. Was ich mir schon gedacht hatte, bewahrheitete sich: Das Gros der befragten Männer behauptete, am liebsten den Schlips auszuziehen, ob der TV-Tagesthemenheld Ulrich Wickert oder der Puppenminister Norbert Blüm, der obendrein auch gern aus den Schuhen schlüpft.

Meine Antwort war peinlicherweise die längste auf der Seite. Aber ich hatte der Redaktion gesagt, daß ich mindestens 20 Zeilen bräuchte, um mit der Antwort dem Dunst der blöden Frage zu entkommen. – Das mit dem Ausziehen bei Kälte ist nicht gelogen, aber eine Weile her. Die Unterhosen, die ich im 7. Kapitel meines Romans ›Das schöne Leben‹ ausführlicher besinge, zeige ich schon, aber nur nicht jedem und jeder.

Zu Schlipsen habe ich ein absolut gestörtes Verhältnis. Die harmlosen Fetzen haben mir nichts getan, und doch verabscheue ich sie. Die Symbolkraft und die Abschreckung, die sie für mich haben, steht ihnen gar nicht zu. Zwar unterstelle ich nicht mehr jedem Schlipsträger Angepaßtheit, aber ich finde Schlipse nach wie vor häßlich, unpraktisch, überflüssig, sinnlos. Es gibt so viele Schlipse, daß einem nichts anderes übrig bleibt, als sie gnädig zu übersehen. Wenn sie mir aber auffallen, dann nie angenehm. Ich selbst habe mir mit 18 das einzige Mal einen Schlips gekauft und den eine Weile auch gern getragen. Ich kam mir dabei vor wie Clark Gable oder Rock Hudson und geniere mich heute noch ein bißchen für diese Gefühle. Man müßte mir eine Menge bieten, wenn ich jemals wieder einen Schlips umbinden sollte. Ich kann mir keine Situation vorstellen, die das erzwänge, keine Verführerin, der das gelänge. Höchstens mit 70 Jahren verwegen Motorrad fahren, und dann einen Schlips, damit er flattert im Wind – das ließe sich machen.

Was das ungenierte Präsentieren von Unterhosen in Gesellschaft betrifft, bin ich entweder von einer ›FAZ-Magazin‹ lesenden Werbeagentur bestohlen worden oder die Albernheit liegt in der Luft. Im Januar 1995, drei Monate nach Erscheinen meiner Entblößungsgeschichte, läuft jedenfalls in den Kinos eine lustige Zigarettenwerbung: Junge Frau stellt jungen Mann ihren strengaristokratisch wirkenden Eltern vor. Konversation mit Verhörcharakter. Dabei zerrt Hund wütend an den Hosenbeinen des Bewerbers, der sich davon zunächst unbeeindruckt zeigt. Plötzlich wird es ihm doch zuviel: Ohne die Unterhaltung zu unterbrechen steht er auf, zieht die Hose aus, überläßt sie dem Hund und nimmt in seinen abenteuerlichen Unterhosen wieder Platz.

Wer bin ich?

Die mit ihren Fotos von Schriftstellern berühmt gewordene Isolde Ohlbaum stellte Aufnahmen für einen neuen Bildband mit Autorenporträts zusammen (›Porträts‹, 1993, Knesebeck Verlag) und lud die Abgelichteten ein, ein paar Worte über ihr Verhältnis zu Foto und Fotografiertwerden beizusteuern. Meine kleine, zu 95 Prozent wahre Geschichte, hier um zwei Bemerkungen länger, bezog sich nicht auf das für das Buch ausgewählte Bild (auf dem ich mir wie ein mittelmäßiger Minnesänger vorkomme), sondern auf ein Ohlbaumfoto, das 1987 entstanden war, als ein attraktives Abbild für meinen Briefwechsel mit Monika Maron im ›Zeitmagazin‹ gesucht wurde. Dort schmückte es dann auch zusammen mit einem Ohlbaum-Bild der Maron allwöchentlich die Briefkolumne und machte auf die meisten ›Zeit‹-Leser einen besseren Eindruck als meine Briefe. Der Verlag Hoffmann und Campe setzte das populäre Foto 1991 auf ein Plakat, das meinen ersten Roman bewarb. Mit diesem Plakat hatte ich nicht nur in Passau meine befremdlichen Erfahrungen. In Passau kam noch ein weiterer Schock hinzu: Zwar war der ehrwürdige Rathaussaal bei der Lesung gerammelt voll, aber zu einem erstaunlich großen Teil mit jungen Männern, die ein farbiges Band quer über die Brust trugen. Corpsstudenten! Katholische Verbindung! Die waren sogar Mitveranstalter. Einer stellte mich freundlich vor, und alle waren nett zu mir, obwohl ich, um dem standzuhalten, die blasphemischsten Stellen aus meinen Büchern vorlas.

Selbstmord mit 99

Erschienen in der wachen Wochenzeitung ›Deutsches Allgemeines Sonntagsblatt‹ Nr. 3 vom 15. Januar 1993. Seit Monaten schon hatte mich die Redakteurin Christiane Schott eingeladen, einen Nachruf zu Lebzeiten für das Blatt zu schreiben. Die Ankündigung, daß die Rubrik eingestellt werde, in der Schriftsteller sich selbst als frisch verstorben zu beschreiben hatten, ließ mich schließlich aktiv werden und den Blick in den Spiegel als Leiche tun, der dann unwesentlich gekürzt unter dem Titel ›Er hinterließ einen Haufen guter Laune‹ die Reihe beschloß. Ist eine lustige Übung, die man sich jährlich zum Geburtstag leisten sollte. Und da behaupte noch einer, der Tod sei in unserer Gesellschaft tabu! So ein Unsinn!

Herbert Rosendorfer im dtv

»Er ist der Buster Keaton der Literatur.«
Friedrich Torberg

Das Zwergenschloß und sieben andere Erzählungen
dtv 10310

Vorstadt-Miniaturen
dtv 10354

Briefe in die chinesische Vergangenheit
Roman
dtv 10541 und
dtv großdruck 25044
Ein chinesischer Mandarin aus dem 10. Jahrhundert gelangt mittels Zeitmaschine in das heutige München und sieht sich mit dem völlig anderen Leben der »Ba Yan« konfrontiert ...

Stephanie und das vorige Leben
Roman · dtv 10895

Königlich bayerisches Sportbrevier
dtv 10954

Die Frau seines Lebens und andere Geschichten
dtv 10987

Ball bei Thod
Erzählungen
dtv 11077

Vier Jahreszeiten im Yrwental
dtv 11145

Eichkatzelried
dtv 11247

Das Messingherz oder Die kurzen Beine der Wahrheit
Roman · dtv 11292
Der Dichter Albin Kessel wird eines Tages vom Bundesnachrichtendienst angeworben. Allerdings muß er immer an Julia denken ...

Bayreuth für Anfänger
dtv 11386

Der Ruinenbaumeister
Roman
dtv 11391
Schutz vor dem Weltuntergang: Friedrich der Große, Don Giovanni, Faust und der Ruinenbaumeister F. Weckenbarth suchen Zuflucht.

Herbert Rosendorfer im dtv

Der Prinz von Homburg
Biographie
dtv 11448
Gescheit, anschaulich, genau, dennoch amüsant und unterhaltend schreibt Rosendorfer über diese für Preußen und Deutschland wichtige Zeit.

Ballmanns Leiden oder Lehrbuch für Konkursrecht
Roman
dtv 11486

Die Nacht der Amazonen
Roman
dtv 11544
Die Geschichte Christian Webers, Pferdeknecht aus Polsingen, »alter Kämpfer« und Duzfreund Adolf Hitlers, ist das Satyrspiel zur Apokalypse der Nazizeit.

Herkulesbad / Skaumo
dtv 11616

Über das Küssen der Erde
dtv 11649

Mitteilungen aus dem poetischen Chaos
dtv 11689

Die Erfindung des SommerWinters
dtv 11782

... ich geh zu Fuß nach Bozen und andere persönliche Geschichten
dtv 11800

Die Goldenen Heiligen oder Columbus entdeckt Europa
Roman · dtv 11967
Östlich von Paderborn: Außerirdische landen in Deutschland, und unaufhaltsam bricht die Zivilisation, unterwandert von der Heilssüchtigkeit der Menschen, zusammen.

Der Traum des Intendanten
dtv 12055

Ein Liebhaber ungerader Zahlen
Roman · dtv 12307 und dtv großdruck 25152

Don Ottavio erinnert sich
Unterhaltungen über die richtige Musik
dtv 12362

Binnie Kirshenbaum im dtv

Wer etwas vom Seiltanz über einem Vulkan lesen will, also von den Erfahrungen einer kühnen Frau mit dem männlichen Chaos, dem sei Binnie Kirshenbaum nachdrücklich empfohlen.«
Werner Fuld in der ›Woche‹

Ich liebe dich nicht
und andere wahre Abenteuer
dtv 11888

Zehn ziemlich komische Geschichten über zehn unmögliche Frauen. Sie leben und lieben in New York, experimentierfreudig sind sie alle, aber im Prinzip ist eine skrupelloser als die andere...
»Scharf, boshaft und irrsinnig komisch.« (Publishers Weekly)

Kurzer Abriß meiner Karriere
als Ehebrecherin
Roman · dtv 12135

Eine junge New Yorkerin, verheiratet, linkshändig, hat drei außereheliche Affären nebeneinander. Sie lügt, stiehlt und begehrt andere Männer. Daß sie ein reines Herz hat, steht außer Zweifel. Wenn sie nur wüßte, bei wem sie es verloren hat, gerade. »In diesem unkonventionellen Roman ist von Skrupeln keine Rede. Am Ende fragt sich der Leser amüsiert: Gibt es eine elegantere Sportart als den Seitensprung?«
(Franziska Wolffheim in ›Brigitte‹)

Ich, meine Freundin und all diese Männer
Roman · dtv 24101

Die beiden Freundinnen Mona und Edie haben sich im College kennengelernt und sofort Seelenverwandtschaft festgestellt. Sie sind entschlossen, ein denkwürdiges Leben zu führen. Und dabei lassen sie nichts aus... »Teuflisch komisch und frech. Unbedingt lesen!« (Lynne Schwartz)

T. C. Boyle im dtv

»Aus dem Leben gegriffen und trotzdem unglaublich.«
Barbara Sichtermann

World's End
Roman · dtv 11666
Ein fulminanter Generationenroman um Walter Van Brunt, seine Freunde und seine holländischen Vorfahren, die sich im 17. Jahrhundert im Tal des Hudson niederließen.

Greasy Lake und andere Geschichten
dtv 11771
Von bösen Buben und politisch nicht einwandfreien Liebesaffären, von Walen und Leihmüttern...

Grün ist die Hoffnung
Roman · dtv 11826
Drei schräge Typen wollen in den Bergen nördlich von San Francisco Marihuana anbauen, um endlich ans große Geld zu kommen.

Wenn der Fluß voll Whisky wär
Erzählungen
dtv 11903
Vom Kochen und von Alarmanlagen, von Fliegenmenschen, mörderischen Adoptivkindern, dem Teufel und der heiligen Jungfrau.

Willkommen in Wellville
Roman · dtv 11998
1907, Battle Creek, Michigan. Im Sanatorium des Dr. Kellogg läßt sich die Oberschicht der USA mit vegetarischer Kost von ihren Zipperlein heilen. Unter ihnen Will Lightbody. Sein Trost: die liebevolle Schwester Irene. Doch Sex hält Dr. Kellogg für die schlimmste Geißel der Menschheit... Eine Komödie des Herzens und anderer Organe.

Der Samurai von Savannah
Roman · dtv 12009
Ein japanischer Matrose springt vor der Küste Georgias von Bord seines Frachters. Er ahnt nicht, was ihm in Amerika blüht...

Tod durch Ertrinken
Erzählungen
dtv 12329
Wilde, absurde Geschichten mit schwarzem Humor.

América
Roman · dtv 12519

Oskar Maria Graf im dtv

»Oskar Maria Graf gehört zu den bedeutendsten Schriftstellern unseres Jahrhunderts.«
Carl Zuckmayer

Wir sind Gefangene
Ein Bekenntnis
dtv 1612
Grafs Erlebnisse 1905 bis 1918.

Das Leben meiner Mutter
dtv 12381
Aus der Lebensbeschreibung einer einfachen Frau aus dem Volke, wie es die Mutter Oskar Maria Grafs war, erwächst eine Chronik bäuerlich-dörflichen Daseins und der politischen Ereignisse der Zeit.

Anton Sittinger
Roman
dtv 12453
Aus dem Blickwinkel eines deutschen Kleinbürgers schildert Oskar Maria Graf die Ereignisse der Jahre 1918 bis 1933 und legt am Beispiel eines Menschen »wie du und ich« Verhaltensweisen bloß, die mitverantwortlich waren, daß sich das nationalsozialistische Terrorregime etablieren konnte.

Die Erben des Untergangs
Roman einer Zukunft
dtv 11880

An manchen Tagen
Reden, Gedanken und Zeitbetrachtungen
dtv 11898

Bolwieser
Roman eines Ehemannes
dtv 12310
Xaver Bolwieser, ein kleinbürgerlicher Bahnhofs vorsteher, wird plötzlich aus der Bahn geworfen: Seine Frau hat Liebhaber, die Gerüchteküche brodelt, und sein Meineid, zur Beteuerung ihrer Unschuld, bringt ihn ins Gefängnis ...

Reise in die Sowjetunion 1934
SL 71012

Über Oskar Maria Graf:
Gerhard Bauer:
Oskar Maria Graf
Ein rücksichtslos gelebtes Leben
dtv 30413

John Steinbeck im dtv

»John Steinbeck ist der glänzendste Vertreter der leuchtenden Epoche amerikanischer Literatur zwischen zwei Weltkriegen.«
Ilja Ehrenburg

Früchte des Zorns
Roman
dtv 10474
Verarmte Landarbeiter finden in Oklahoma kein Auskommen mehr. Da hören sie vom gelobten Land Kalifornien... Mit diesem Buch hat Steinbeck seinen Ruhm begründet.

Der rote Pony und andere Erzählungen
dtv 10613

Die Straße der Ölsardinen
Roman · dtv 10625
Gelegenheitsarbeiter, Taugenichtse, Dirnen und Sonderlinge bevölkern die Cannery Row im kalifornischen Fischerstädtchen Monterey.

Die Perle
Roman
dtv 10690

Tortilla Flat
Roman · dtv 10764

Wonniger Donnerstag
Roman · dtv 10776

Eine Handvoll Gold
Roman · dtv 10786

Von Mäusen und Menschen
Roman
dtv 10797

Jenseits von Eden
Roman
dtv 10810
Eine große amerikanische Familiensaga – verfilmt mit James Dean.

Meine Reise mit Charley
Auf der Suche nach Amerika
dtv 10879

König Artus und die Heldentaten der Ritter seiner Tafelrunde
dtv 11490

An den Pforten der Hölle
Kriegstagebuch 1943
dtv 11712

Ilija Trojanow im dtv

»Urplötzlich wechselt er ins Phantastische oder Groteske. Er verwebt Orientalisches mit Westlich-Technischem, tobt sich im Detail aus, um dann zum kühnen Zeitensprung anzusetzen. Kurz: Er überrascht, wo er nur kann.«
Der Spiegel

In Afrika
Mythos und Alltag Ostafrikas

dtv 12284

»Afrika ist vielleicht der Teil der Welt, in dem es noch am meisten zu entdecken gibt.« Ein wunderschöner Bericht über Ostafrika, die Landschaft und Städte, aber in erster Linie über die Menschen dort. Ein Bericht, der sich durch gründliche Kenntnis und ein tiefgehendes Verständnis, vor allem aber durch ungebremste Begeisterung für den »dunklen Kontinent« und seine Möglichkeiten auszeichnet.

Autopol

in Zusammenarbeit mit Rudolf Spindler
dtv 24114

Sten Rasin mag das schöne neue Europa des 21. Jahrhunderts nicht. Doch bei der jüngsten Aktion seiner Widerstandsgruppe wird er geschnappt. Einmal zu oft. Er wird »ausgeschafft«, dorthin, von wo es kein Zurück gibt – nach Autopol, zu den anderen, die man draußen nicht will, vor denen man Angst hat. Aber Rasin ist kein gewöhnlicher Krimineller. Er ist Idealist, ein Kämpfer, und er will zurück in die Freiheit. Schnell schafft er sich auch in Autopol Verbündete... ›Autopol‹ entstand als *novel in progress* im Internet, zusammen mit der ›aspekte‹-Online-Redaktion. Aus dem literarischen Experiment ist eine spannende Science-fiction-Story geworden, ein Buch mit neuen Dimensionen.

Thomas Bernhard im dtv

»Wer in eine Übereinstimmung gerät mit dem radikalen Ernst, mit der glitzernd hellen Finsternis der Bernhardschen Innenweltaussagen, ist angesteckt, fühlt sich sicher vor Heuchelei und gefälligen Künstlerposen, leeren Gesten, bloßer Attitüde.«
Gabriele Wohmann im ›Spiegel‹

Die Ursache
Eine Andeutung
dtv 1299
Thomas Bernhards Internatsjahre zwischen 1943 und 1946. »Wenn etwas aus diesem Werk zu lernen wäre, dann ist es eine absolute Wahrhaftigkeit.« (Frankfurter Allgemeine Zeitung)

Der Keller
Eine Entziehung
dtv 1426
Die unmittelbare autobiographische Weiterführung seiner Jugenderinnerungen aus ›Die Ursache‹. Der Bericht setzt ein, als der sechzehnjährige Gymnasiast beschließt, sich seinem bisherigen verhaßten Leben zu entziehen...

Der Atem
Eine Entscheidung
dtv 1610
»In der Sterbekammer bringt sich der junge Thomas Bernhard selber zur Welt... Aus dem Totenbett befreit er sich, in einem energischen Willensakt, ins zweite Leben.« (Die Zeit)

Die Kälte
Eine Isolation
dtv 10307
Mit der Einweisung in die Lungenheilstätte Grafenhof endet der dritte Teil von Thomas Bernhards Jugenderinnerungen, und ein neues Kapitel in der Lebens- und Leidensgeschichte des Achtzehnjährigen beginnt.

Ein Kind
dtv 10385
Die Schande einer unehelichen Geburt, die Alltagssorgen der Mutter und ihr ständiger Vorwurf: »Du hast mein Leben zerstört« überschatten Thomas Bernhards Kindheitsjahre. »Nur aus Liebe zu meinem Großvater habe ich mich in meiner Kindheit nicht umgebracht«, bekennt Bernhard rückblickend auf jene Zeit.